台灣の讀者の皆さんへのコメント

海を越えて旅したことのない私の書いた小説が、
海を越えて多くの讀者の皆様のもとに屆いていることを、
心から嬉しく思っています。
この作品も、どうぞお樂しみいただけますように！

致親愛的台灣讀者

從未出國旅行的我，
這次很高興自己寫的小說能跨海與許多讀者見面，
希望這部作品能帶給您無上的閱讀樂趣。

宮部みゆき

宮部美幸

北一喜多捕物帖

きたきた捕物帖

宮部みゆき　高詹燦 譯

宮部美幸 作品集／75
MIYABE MIYUKI

北一喜多捕物帖

Contents

導讀

進入「宮部美幸館」，就是進入最具原創力與當下性的新新羅浮宮

——張亦絢

宮部美幸並不是不容錯過的推理作家——她是不容錯過的作家。她不只值得我們在休閒時光中，一飽推理之福，也為眾人締造了具有共同語言的交流平台，讓我們得以探討當代的倫理與社會課題。

在這篇導讀中，我派給自己的任務，是在高達六十餘部作品中，挑出若干作品，介紹給兩類讀者，一是還未開始閱讀宮部美幸者；二是面對她龐大的創作體系，雖曾閱讀一二，但對進一步涉獵，感到難有頭緒的讀者。

入門：名不虛傳的基本款

在入門作品上，我推薦《無止境的殺人》、《魔術的耳語》與《理由》。

《無止境的殺人》：對於必須在課業或工作忙碌時間中，抽空閱讀的讀者，短篇集使我們可以自行調配閱讀的節奏——小說其實具備我們在小學時代都曾拿到過的作文題目旨趣：假如我是×××——本作可看成「假如我是某某某的錢包」的十種變奏。擬人化的錢包是敘述者。如何在看似同一主題下，變化出不同的內容，本作也有「趣味作文與閱讀」的色彩，是青春期讀者就適讀的想像力之作。短篇進階則推《希望莊》。從短篇銜接至較易讀的長篇，《逝去的王國之城》則是特

別溫馨的誠摯之作。

《魔術的耳語》：這雖不是作者的首作，但卻是作者在初試啼聲階段，一鳴驚人的代表作。北上次郎以〈閱讀小說的最高幸福〉讚譽，我隔了二十年後重讀，依然認爲如此盛讚，並非過譽。媚工、心智控制、影像——分別代表了古老非正式的「兩性常識」、傳統學科心理學或醫學、以至商業新科技三大面向的操縱現象及後遺症——這三個基本關懷，會在宮部往後的作品，比如《聖彼得的送葬隊伍》中，不斷深入。雖是作者的原點之作，也已大破大立。

《理由》：與《火車》同享大量愛好者的名作；雖然沒有明顯資料顯示，是枝裕和的《小偷家族》受到《理由》一書的影響，但兩者除了有所相通，寫於一九九九年的《理由》更是充分顯露宮部美幸高度預見性天才的作品。住宅、金融與土地——社會派有興趣的主題，偶爾會得到若干作家略嫌枯燥的處理——《理由》則以「無論如何都猜不到」的懸疑與驚悚，令人連一分鐘也不乏味地，就看完了批判經濟體系的上乘戲劇。說它是「推理大師爲你／妳解說經濟學」，還是稍微窄化了這部小說。除了推理經典的地位之外，也建議讀者在過癮的解謎外，注意本作中，無論本格或社會派中，都較少使用的荒謬諷刺手法。

冷門？尺度特別的奇特收穫

接著我想推三部有可能「被猶豫」的作品，分別是：《所羅門的僞證》、《落櫻繽紛》、與《蒲生邸事件》。

《所羅門的僞證》：傳統的宮部美幸迷，都未必排斥她的大長篇，比如若干《模仿犯》的讀者非但不抱怨長度，反而倍受感動。分成三部、九十萬字的《所羅門僞證》可能令人遲疑，節奏太慢？眞有必要？事實上，後兩部完全不是拖拉前作的兩度作續，三部都是堅實縝密的推理。最後一部的模擬法庭，更是將推理擴充至校園成長小說與法庭小說的漂亮出擊：宮部美幸最厲害的「對腦也對心說話」，更是發揮得淋漓盡致。此作還可視爲新世紀的「青春冒險小說」。說到冒險，過去的未成年人會漂到荒島或異鄉，然而現代社會的面貌已大爲改變：最危險的地方，就在「哪都不能去」的學校家庭中。誰會比宮部美幸更適合寫青春版的「環遊人性八十天」？少年少女之於宮部美幸，恰如黑猩猩之於珍古德，或工人之於馬克斯，三部曲可說是「最長也最社會派的宮部美幸」。

《落櫻繽紛》：「療癒的時代劇」，本作的若干讀者會說。但我有另個大力推薦的理由，我認爲，這是通往小說家從何而來的祕境之書。除了書前引言與偶一爲之的書名，宮部美幸鮮少吊書袋。然而，若非讀過本書，不會知道，她對被遺忘的古書與其中知識的領悟與珍視。如果想知道，小說家讀什麼書與怎麼讀，本書絕對會使你／你驚豔之餘，深受啓發。

《蒲生邸事件》：儘管「蒲生邸」三字略令人感到有距離，然而，融合奇幻、科幻、歷史、愛情元素的本作，卻可說是一舉得到推理圈內外矚目，極可能是擁護者背景最爲多元的名盤。如果對「二二六事件」等歷史名詞卻步，可以完全放下不必要的擔憂。跳脫了「你非關心不可」與「你知道也沒用」兩大陣營的簡化教條，這本小說才會那麼引人入勝。我會形容本書是「最特殊也最親民的宮部美幸」。

以上三部，代表了宮部美幸最恢宏、最不畏冷門與最勇於嘗試的三種特質，它們有那麼一點點專門的味道，但絕對值得挑戰。

中間門：看似一般的重量級

最後，不是只想入門、也還不想太過專門——介於兩者之間的讀者，我想推薦《誰？》、《獵捕史奈克》與《三鬼》三本。

《誰？》：小編輯與大企業的千金成婚，隨時被叫「小白臉」的杉村三郎成爲系列作中，業餘到專業的偵探。看似完全沒有犯罪氣氛的日常中，案中案、案外案——至少有三案會互相交織連鎖——其中還包括一向被認爲不易處理的陳年舊案。喜歡生活況味與懸疑犯罪的兩種讀者，都容易進入；宮部美幸還同時展現了在《樂園》中，她非常擅長的親子或手足家庭悲劇。動機遠比行爲更值得了解——這不但是推理小說的法則，也是討論道德發展的基本認識：不是故意的犯罪、不得已的犯罪與不爲人知的犯罪，爲何發生？又如何影響周邊的人？除了層次井然，小說還帶出了「少女勞動者會被誰剝削？」等記憶死角。儘管案案相連，殘酷中卻非無情，是典型「不犯罪外，也要學會自我保護與生活」的「宮部伴你成長」書。

《獵捕史奈克》：主線包括了《悲嘆之門》或《龍眠》都著墨過的「復仇可不可？」問題。節奏快、結局奇，曾在《魔術的耳語》中出現的「媚工經濟」，會以相反性別的結構出現。本作是在各種宮部之長上，再加上槍隻知識的亮眼佳構。光是讀宮部美幸揭露的「槍有什麼」，就已值回票價——何況還有離奇又合理的布局，使得有如公路電影般的追逐，兼有動作片與心理劇的力道。雖然不同年齡層的男人互助，也還是宮部美幸筆下的風景，但此作中宮部美幸對女性的關愛，已非零星或一閃而過，而有更加溢於言表的顯現。

《三鬼》：《本所深川不可思議草紙》的細緻已非常可觀，《三鬼》驚世駭俗的好，並不只是深刻運用恐怖與妖怪的元素。它牽涉到透過各式各樣的細節，探討舊日本的社會組織與內部殖民。以兼作書名的〈三鬼〉一篇爲例，從窮藩栗山藩到窮村洞森村，令人戰慄的不只是「悲慘世界」，而是形成如此局面背後「不知不動也不思」的權力系統。這是在森鷗外〈高瀨舟〉與〈山椒大夫〉譜系上，更冷峻、更尖銳也可說更投入的揭露——看似「過去事」，但弱勢者被放逐、遺棄、隔離並產生互殘自噬的課題，可一點都不「過去式」。雖然此作最令我想出聲驚呼「萬萬不可錯過」，不代表其他宮部的時代推理，未有其他不及詳述的優點。

透過這種爆發力與續航性，宮部美幸一方面示範了文學的敬業；在另方面，由於她的思考結構具有高度的獨立性與社會批判力，也令人發覺，她已大大改寫了向來只強調「服從與辦事」的「敬業」二字的涵意。在不知不覺中，宮部美幸已將「敬業」轉化爲一系列包含自發、游擊、守望相助精神的傳世好故事。

進入「宮部美幸館」，就是進入最具原創力與當下性的新新羅浮宮。

本文作者簡介

張亦絢

巴黎第三大學電影及視聽研究所碩士。早期作品，曾入選同志文學選與台灣文學選。另著有《我們沿河冒險》(國片優良劇本佳作)、《晚間娛樂：推理不必入門書》、《小道消息》、《看電影的慾望》，長篇小說《愛的不久時：南特／巴黎回憶錄》(台北國際書展大賞入圍)、《永別書：在我不在的時代》(台北國際書展大賞入圍)。二〇一九起，在BIOS Monthly撰寫影評專欄「麻煩電影一下」。

宮部美幸的推理文學世界「增補版」

總導讀——傅博

日本當代國民作家宮部美幸

近年來在日本的雜誌上，偶爾會看到尊稱宮部美幸爲國民作家的文章。怎樣才能榮獲這個名譽呢？好像沒有確切的答案，然而綜觀過去被尊稱爲國民作家的作家生涯，便不難看出國民作家的共同特徵。

明治維新（一八六八年）一百多年以來，被尊稱爲國民作家的爲數不多，夏目漱石和吉川英治是最早期的國民作家。夏目漱石是純文學大師，其作品具大眾性，一九一六年逝世至今，已歷一百年，其作品在書店仍然可見，代表作有《我是貓》、《少爺》等等。吉川英治是大眾文學大師，其作品有濃厚的思想性，對二次大戰戰敗的日本國民發揮了鼓舞的作用，其著作等身，代表作有《宮本武藏》、《新・平家物語》等等。

屬於戰後世代的國民作家有松本清張和司馬遼太郎。松本清張是社會派推理文學大師，其寫作範圍十分廣泛，除了推理小說之外，對日本古代史研究、挖掘昭和史等，留下不可磨滅的貢獻。司馬遼太郎是歷史文學大師，早期創作時代小說，之後撰寫歷史小說和文化論。這兩位作家的共同特徵是，著作豐富、作品領域廣泛、質與量兼俱。他們的思想對一九六〇年代後的日本文化發揮了影響力。

上述四位之外，日本推理小說之父江戶川亂步、時代小說大師山本周五郎，以及文學史上創作量最多、男女老少人人喜愛的赤川次郎也榮獲國民作家的尊稱。

綜觀以上的國民作家，其必備條件似乎是著作豐富、多傑作；作品具藝術性、思想性、社會性、娛樂性、普遍性；讀者不分男女，長期受到廣泛的老、中、青、少、勞動者以及知識分子的閱讀。

宮部美幸出道至今未滿二十年，共出版了四十三部作品，包括四十萬字以上的巨篇八部、長篇二十四部、中篇集四部、短篇集十三部，非小說類有繪本兩冊、隨筆一冊、對談集一冊。以平均每年出版兩冊的數量來說，在日本並非多產作家，但是令人佩服的是，其寫作題材廣泛、多樣，品質又高，幾乎沒有失敗之作。所獲得的文學獎與同世代作家相較，名列第一，該得的獎都拿光了。質的成功與量成比例，是宮部美幸文學的最大武器，也是獲得國民作家之稱的最大因素。

宮部美幸，本名矢部美幸，一九六〇年十二月二十三日生於東京都江東區深川。東京都立墨田川高中畢業之後，到速記學校學習速記，並在法律事務所上班，負責速記，吸收了很多法律知識。一九八四年四月起在講談社主辦的娛樂小說教室學習創作。

一九八七年，〈鄰人的犯罪〉獲第二十六屆《ＡＬＬ讀物》推理小說新人獎，〈鎌鼬〉獲第十二屆歷史文學獎佳作。一位新人，同年以不同領域的作品獲得兩種徵文比賽獎項實爲罕見。

前者是透過一名少年的觀點，以幽默輕鬆的筆調記述和舅舅、妹妹三人綁架小狗的計畫所引發的意外事件，是一篇以意外收場取勝的青春推理佳作，文風具有赤川次郎的味道。後者是以德川幕府時代的江戶（今東京）爲時空背景的時代推理小說。故事記述一名少女追查試刀殺人的凶手之經過，全篇洋溢懸疑、冒險的氣氛。

要認識一位作家的本質，最好的方法就是閱讀其全部的作品。當其著作豐厚，無暇全部閱讀時，則是先閱讀其處女作，因爲作家的原點就在處女作。以宮部美幸爲例，其作品裡的偵探，不管是系列偵探或個案偵探，很少是職業偵探，大多是基於好奇心，欲知發生在自己周遭的事件眞相，而做起偵探的業餘偵探，這些主角在推理小說是少年，在時代小說則是少女。其文體幽默輕鬆，故事收場不陰冷而十分溫馨，這些特徵在其雙線處女作之中已明顯呈現。

繼處女作之後的作品路線，即須視該作家的思惟了；有的一生堅持一條主線，不改作風，只追求同一主題，日本的推理小說家大多屬於這種單線作家——解謎、冷硬、懸疑、冒險、犯罪等各有專職作家。

另一種作家就不單純了，嘗試各種領域的小說，屬於這種複線型的推理作家不多，宮部美幸即是罕見的複線型全方位推理作家。她發表不同領域的處女作——推理小說和時代小說——同時獲得肯定，登龍推理文壇之後，此雙線成爲宮部美幸的創作主軸。

一九八九年，宮部美幸以《魔術的耳語》獲得第二屆日本推理懸疑小說大獎，拓寬了創作路線，由此確立推理作家的地位，並成爲暢銷作家。

宮部美幸作品的三大系統

這次宮部美幸授權獨步文化出版社，發行台灣版「宮部美幸作品集」二十七部（二十三部中有四部分爲上下兩冊），筆者以這二十三部爲主，按其類型分別簡介如下。

要完整歸類全方位作家宮部美幸的作品實非易事，然其作品主題是推理則毋庸置疑。筆者綜合故事的時空背景以及現實與非現實的題材，將它分爲三大系統。第一類爲推理小說，第二類時代小說，第三類奇幻小說，而每系統可再依其內容細分爲幾種系列。

一、推理小說系統的作品

宮部美幸的出道與新本格派崛起（一九八七年）是同一時期，早期作品除可能受此影響之外，文體、人物設定、作品架構等，可就是受到赤川次郎的影響了。所以她早期的推理小說大多屬於青春解謎的推理小說；許多短篇沒有陰險的殺人事件登場，大多是以日常生活中的家庭糾紛爲主題，屬於日常之謎系列的推理小說不少。屬於本系列的有：

1.《鄰人的犯罪》（短篇集，一九九〇年一月出版）收錄處女作以及之後發表的青春推理短篇四篇。早期推理短篇的代表作。

2.《完美的藍——阿正事件簿之一》（長篇，一九八九年二月出版／獨步文化版．宮部美幸作品集01——以下只記集號）「元警犬系列」第一集。透過一隻退休警犬「阿正」的觀點，描述牠與現在的主人——蓮見偵探事務所調查員加代子——的辦案過程。故事是阿正和加代子找到離家出走的少年，在將少年帶回家的途中，目睹高中棒球明星球員（少年的哥哥）被潑汽油燒死的過程。在搜查過程中浮現的製藥公司的陰謀是什麼？「完美的藍」是藥品名。具社會派氣氛。

3.《阿正當家——阿正事件簿之二》（連作短篇集，一九九七年十一月出版／16）「前警犬系列」第二集。收錄〈動人心弦〉等五個短篇，在第五篇〈阿正的辯白〉裡，宮部美幸以事件委託人登場。

4.《這一夜，誰能安睡？》（長篇，一九九二年二月出版／06）「島崎俊彥系列」第一集。透過中學一年級生緒方雅男的觀點，記述與同學島崎俊彥一同調查一名股市投機商贈與雅男的母親五億圓後，接獲恐嚇電話、父親離家出走等事件的眞相，事件意外展開、溫馨收場。

5.《少年島崎不思議事件簿》（長篇，一九九五年五月出版／13）「島崎俊彥系列」第二集。在秋天的某個晚上，雅男和俊男兩人參加白河公園的蟲鳴會，主要是因爲雅男想看所喜歡的工藤小姐一眼，但是到了公園門口，卻碰到殺人事件，被害人是工藤的表姊，於是兩人開始調查眞相，發現事件背後的賣春組織。具社會派氣氛。

6.《無止境的殺人》（長篇，一九九二年九月出版／08）將錢包擬人化，由十個錢包輪流講自己所見的主人行爲而構成一部解謎的推理小說。人的最大欲望是金錢，作者功力非凡，藉由放錢的錢包揭開十個不同的人格，而構成解謎之作，是一部由連作構成的異色作品。

7.《繼父》（連作短篇集，一九九三年三月出版／09）「繼父系列」第一集。一個行竊失風的小偷，摔落至一對十三歲雙胞胎兄弟家裡，這對兄弟的父母失和，留下孩子各自離家出走，於是兄弟倆要求小偷當他們的爸爸，否則就報警，將他送進監獄，小偷不得已，承諾兄弟倆當繼父。不久，在這奇妙的家庭裡，發生七件奇妙的事件，他們全力以赴解決這七件案件。典型的幽默推理小說集。

8.《寂寞獵人》（連作短篇集，一九九三年十月出版／11）「田邊書店系列」第一集。以第三人稱多觀點記述在田邊舊書店周遭所發生的與書有關的謎團六篇。各篇主題迥異，有命案、有日常之謎、有異常心理、有懸疑。解謎者是田邊舊書店店主岩永幸吉和孫子稔。文體幽默輕鬆，但是收場不一定明朗，有的很嚴肅。

9.《誰？》（長篇，二○○三年十一月出版／30）「杉村三郎系列」第一集。今多企業集團會長今多嘉親之司機梶田信夫被自行車撞死，信夫有兩個未出嫁的女兒，聰美與梨子。梨子向今多會長提議，要出版父親的傳記，以找出嫌犯。於是，今多要求在集團廣報室上班的女婿杉村三郎協助姊妹倆出書事務。聰美卻反對出書，杉村認爲兩姊妹不睦，藏有玄機，他深入調查，果然……

10.《無名毒》（長篇，二○○六年八月出版／31）「杉村三郎系列」第二集。今多企業集團廣報室臨時僱用的女職員原田泉與總編吵架，寄出一封黑函後，即告失蹤。原田的性格原來就稍有異常，今多會長要求杉村三郎調查眞相。杉村到處尋找原田的過程中，認識曾經調查過原田的私家偵探北見一郎，之後杉村在北見家裡遇到「隨機連環毒殺案」第四名犧牲者的孫女古屋美知香，於是捲入毒殺事件的漩渦中。杉村探案的特徵是，在今多會長叫他處理公務上的糾紛過程中，因其正義感使他去解決另外的事件。

以上十部可歸類爲解謎推理小說，而從文體和重要登場人物等來歸類則是屬於幽默推理、青春推理爲多。屬於這個系列的另有以下兩部。

11.《地下街的雨》（短篇集，一九九四年四月出版／66）。

12.《人質卡農》（短篇集，一九九六年一月出版／71）。以下九部的題材、內容比較嚴肅，犯罪規模大，呈現作者的社會意識。有懸疑推理、有社會派推理、有報導文體的犯罪小說。

13.《魔術的耳語》（長篇，一九八九年十二月出版／02）獲第二屆日本推理懸疑小說大獎的社會派推理傑作。三起看似互不相干的年輕女性的死亡案件，和正在進行的第四起案件如何演變成連續殺人案。十六歲的少年日下守，爲了證實被逮捕的叔叔無罪，挑戰事件背後的魔術師的陰謀。宮部美幸早期代表作。

14.《Level 7》（長篇，一九九〇年九月出版／03）一對年輕男女在醒來之後失去記憶，手臂上被印上「Level 7」；一名高中女生在日記留下「到了 Level 7 會不會回不來」之後離奇失蹤。尋找自我的男女，和尋找失蹤女高中生的眞行寺悅子醫師相遇，一起追查 Level 7 的陰謀。兩個事件錯綜複雜，發展爲殺人事件。宮部後期的奇幻推理小說的先驅之作、早期代表作。

15.《獵捕史奈克》（長篇，一九九二年六月出版／07）持散彈槍闖入大飯店婚宴的年輕女子關沼慶子、欲利用慶子所持的槍犯案的中年男子織口邦男、欲阻止邦雄陰謀的青年佐倉修治、欲去探望臥病妻子的優柔寡斷的神谷尙之、承辦本案的黑澤洋次刑警，這群各有不同目的的人相互交錯，故事向金澤之地收束。是一部上乘的懸疑推理小說。

16.《火車》（長篇，一九九二年七月出版）榮獲第六屆山本周五郎獎。停職中的刑警本間俊介受親戚栗坂和也之託，尋找失蹤的未婚妻關根彰子，在尋人的過程中，發現信用卡破產猶如地獄般的現實社會，是一部揭發社會黑暗的社會派推理傑作，宮部第二期的代表作。

17.《理由》（長篇，一九九八年六月出版）二〇〇一年榮獲第一百二十屆直木獎和第十七屆日本冒險小說協會大獎。東京荒川區的超高大樓的四十樓發生全家四人被殺害的事件。然而這被殺的四人並非此宅的住戶，而這四人也不是同一家族，沒有任何血緣關係。他們爲何僞裝成家人一起生活？他們到底是什麼人？又想做什麼？重重的謎團讓事件複雜化，事件的眞相是什麼？一部報導文學形式的社會派推理傑作。宮部第二期的代表作。

18.《模仿犯》（百萬字長篇，二〇〇一年四月出版）同時榮獲第五十五屆每日出版文化獎特別獎，二〇〇二年同時榮獲第五屆司馬遼太郎獎和二〇〇一年度藝術選獎文部科學大臣獎文學部門獎。在公園的垃圾堆裡，同時發現女性的右手腕與一名失蹤女性的皮包，不久凶手打電話到電視公司和失主家中，果然在凶手所指示的地點發現已經化爲白骨的女性屍體，是利用電視新聞的劇場型犯罪。不久，表面上連續殺人案一起終結，之後卻意外展開新局面。是一部揭發現代社會問題的犯罪小說，宮部文學截至目前爲止的最高傑作，推理文學史上的不朽名著。

19.《R．P．G》（長篇，二〇〇一年八月出版／22）在食品公司上班的所田良介於杉並區的建築工地被刺死，在他的屍體上找到三天前在澀谷區被絞殺的大學女生今井直子身上所發現的同樣纖維，於是兩個轄區的警察組成共同搜查總部，而曾經在《模仿犯》登場的武上悅郎則與在《十字火焰》登場的石津知佳子連袂登場。是一部現今在網路上流行的虛擬家族遊戲爲主題的社會派推理小說。

宮部美幸的社會派推理作品尚有：

20.《刑警家的孩子》（長篇，一九九〇年四月出版／65）。
21.《不需要回答》（短篇集，一九九一年十月出版／37）。

二、時代小説系統的作品

時代小說是與現代小說和推理小說鼎足而立的三大大眾文學。凡是以明治維新之前爲時代背景的小說，總稱爲時代小說或歷史．時代小說。

時代小說視其題材、登場人物、主題等再細分爲市井、人情、股旅（以浪子的流浪爲主題）、劍豪、歷史（以歷史上的實際人物爲主題）、忍法（以特殊工夫的武鬥爲主題）、捕物等小說。

捕物小說又稱捕物帳、捕物帖、捕者帳等，近年推理小說的範疇不斷擴大，將捕物小說稱爲時代推理小說，歸爲推理小說的子領域之一。捕物小說的創作形式是日本獨有，其起源比日本推理小說早六年。一九一七年，岡本綺堂（劇作家、劇評家、小說家）發表《半七捕物帳》的首篇作〈阿文的魂魄〉，是公認的捕物小說原點。

據作者回憶，執筆《半七捕物帳》的動機是要塑造日本的福爾摩斯——半七，同時欲將故事背景的江戶的人情和風物以小說形式留給後世。之後，很多作家模仿《半七捕物帳》的形式，創作了很多捕物小說。

由此可知，捕物小說與推理小說的不同之處是以江戶的人情、風物爲經，謎團、推理爲緯而構成的小說。因此，捕物小說分爲以人情、風物爲主，與謎團、推理取勝的兩個系統。前者的代表作是野村胡堂的《錢形平次捕物帳》，後者即以《半七捕物帳》爲代表。

宮部美幸的時代小說有十一部，大多屬於以人情、風物取勝的捕物小說。

22.《本所深川不可思議草紙》（連作短篇集，一九九一年四月出版／05）「茂七系列」第一集。榮獲第十三屆吉川英治文學新人獎。江戶的平民住宅區本所深川，有七件不可思議的事象，作者以此七事象爲題材，結合犯罪，構成七篇捕物小說。破案的是回向院捕吏茂七，但是他不是主角，每篇另有主角，大多是未滿二十歲的少女。以人情、風物取勝的時代推理佳作。

23.《幻色江戶曆》（連作短篇集，一九九四年八月出版／12）以江戶十二個月的風物詩爲題，結合犯罪、怪異構成十二篇故事。以人情、風物取勝的時代推理小說。

24.《最初物語》（連作短篇集，一九九五年七月出版，二〇〇一年六月出版珍藏版，增補一篇作品／21）「茂七系列」第二集。以茂七爲主角，記述七篇茂七與部下系吉和權三辦案的經過，作者在每篇另有記述與故事沒有直接關係的季節食物掌故，介紹江戶風物詩。人情、風物、謎團、推理並重的時代推理小說。

25.《顫動岩——通靈阿初捕物帳1》（長篇，一九九三年九月出版／10）「阿初系列」第一集。破案的主角是一名具有通靈能力的十六歲少女阿初，她看得見普通人看不見的東西，而且一般人聽不到的聲音也聽得到。某日，深川發生死人附身事件，幾乎與此同時，武士住宅裡的岩石開始顫動。這兩件靈異事件是否有關聯？背後有什麼陰謀？一部以怪異取勝的時代推理小說。

26.《天狗風——通靈阿初捕物帳2》（長篇，一九九七年十一月出版／15）「阿初系列」第二集。天亮颳起大風時，少女一個一個地消失，十七歲的阿初在追查少女連續失蹤案的過程中遇到邪惡的天狗。天狗的眞相是什麼？其陰謀是什麼？也是以怪異取勝的時代推理小說。

27.《糊塗蟲》（長篇，二〇〇〇年四月出版／19．20）「糊塗蟲系列」第一集。深川北町的鐵瓶大雜院發生殺人事件後，住民相繼失蹤，是連續殺人案？抑或另有陰謀？負責辦案的是怕麻煩的小官井筒平四郎，協助他破案的是聰明的美少年弓之助。本故事架構很特別，作者先在冒頭分別記述五則故事，然後以一篇長篇與之結合，構成完整的長篇小說。以人情、推理並重的時代推理傑作。

28.《終日》（長篇，二〇〇五年一月出版／26．27）「糊塗蟲系列」第二集。故事架構與第一集一樣，在冒頭先記述四則故事，然後與長篇結合。負責辦案的是糊塗蟲井筒平四郎，協助破案的除了弓之助之外，回向院茂七的部下政五郎也登場，作者企圖把本系列複雜化，或許將來作者會將幾個系列納爲一大系列。也是人情、推理並重的時代推理小說。

以上三系列都是屬於時代推理小說。案發地點都在深川，但是每系列各具特色，有以風情詩取勝，也有以人際關係取勝，也有怪異現象取勝，作者實爲用心良苦。宮部美幸另有四部不同風格的時代小說。

29.《扮鬼臉》（長篇，二〇〇二年三月出版／23）深川的料理店「舟屋」主人的獨生女阿鈴發燒病倒，某日一個小女孩來到其病榻旁，對她扮鬼臉，之後在阿鈴的病榻旁連續發生可怕又可笑的不可思議的事，於是阿鈴與他人看不見的靈異交流。一部令人感動的時代奇幻小說佳作。

30.《怪》（奇幻短篇集，二〇〇〇年七月出版／67）。

31.《鎌鼬》（人情短篇集，一九九二年一月出版／69）。

32.《忍耐箱》（人情短篇集，一九九六年十一月出版／41）。

33.《孤宿之人》（長篇，二〇〇五年出版／28．29）。

三、奇幻小說系統的作品

史蒂芬．金的恐怖小說和奇幻小說《哈利波特》成為世界暢銷書後，原處於日本大眾文學邊緣的奇幻小說獲得成長發展的機會，漸漸確立其獨立地位，而宮部美幸的奇幻小說就在這欣欣向榮的機運中誕生。她的奇幻作品特徵是超越領域與推理小說結合。

34.《龍眠》（長篇，一九九一年二月出版／04）榮獲第四十五屆日本推理作家協會獎的長篇獎。週刊記者高坂昭吾在颱風夜駕車回東京的途中遇到十五歲的少年稻村愼司，少年告訴記者：「我具有超能力。」他能夠透視他人心理，愼司爲了證明自己的超能力，談起幾個鐘頭前發生的事件眞相，從此兩人被捲入陰謀。是一部以超能力爲題材的奇幻推理傑作，宮部早期代表作。

35.《十字火焰》（長篇，一九九八年十一月出版／17．18）青木淳子具有「念力放火」的超能力。有一天她撞見了四名年輕人欲殺害人，淳子手腕交叉從掌中噴出火焰殺害了其中的三個人，另一個逃走了。勘查現場的石津知佳子刑警，發現焚燒屍體的情況與去年的燒殺案十分類似。也是一部以超能力爲題材的奇幻推理大作。

36.《蒲生邸事件》（長篇，一九九六年十月出版／14）榮獲第十八屆日本SF大獎。尾崎孝史爲了應考升學補習班上京，其投宿的飯店發生火災，因而被一名具有「時間旅行」的超能力者平田次郎搭救到一九三六年二月二十六日的二．二六事件（近衛軍叛亂事件）現場，兩名來自未來的訪客能否阻止起義而改變歷史？也是一部以超能力爲題材的奇幻推理大作。

37.《勇者物語——Brave Story》（八十萬字長篇，二〇〇三年三月出版／24．25）念小學五年級的三谷亘的父母不和，正在鬧離婚，有一天他幻聽到少女的聲音，決心改變不幸的雙親命運，打開幽靈大廈的門，進入「幻界」到「命運之塔」。全書是記述三谷亘的冒險歷程。一部異界冒險小說大作。

除了以上四部大作之外，屬於奇幻小說的作品尚有以下四部：

38.《鳩笛草》（中篇集，一九九五年九月出版／70）。

39.《僞夢1》（中篇集，二〇〇一年十一月出版）。

40.《僞夢2》（中篇集，二〇〇三年三月出版）。

41.《ICO——霧之城》（長篇，二〇〇四年六月出版）。

以上三十九部是小說。另有四部非小說類從略。

如此將宮部美幸自一九八六年出道以來，一直到二〇〇五年底所出版的作品，歸類爲三系統後，再按時序排列，便很容易看出作者二十年來的創作軌跡，也可預見今後的創作方向。請讀者欣賞現代，期待未來。

二〇〇七・十二・十二

本文作者簡介

傅博

文藝評論家。另有筆名島崎博、黃淮。一九三三年出生，台南市人。於早稻田大學研究所專攻金融經濟。在日二十五年以島崎博之名撰寫作家書誌、文化時評等。曾任推理雜誌《幻影城》總編輯。一九七九年底回台定居。主編「日本十大推理名著全集」、「日本推理名著大展」、「日本名探推理系列」以及「日本文學選集」（合計四十冊，希代出版）。二〇〇九年出版《謎詭・偵探・推理——日本推理作家與作品》（獨步文化），是台灣最具權威的日本推理小說評論文集。

北一喜多捕物帖平面圖
本所深川
下谷
佐竹右京大夫
御籾藏
郡代宅邸
柳原沿堤
淺草御門
柳橋
兩國橋
回向院
西福寺
御米藏
御舟藏
相生町
松坂町
一目橋
御藏橋
淺草
田原町
本所
御竹藏
石原町
駒形町
淺草寺
彌勒寺
二目橋
吾妻橋
津輕越中守
竪川
向島
西
南
北
東
三目橋
横川町
横川
新辻橋
業平橋
西尾隱岐守
津輕越中守
靈山寺
押上村
猿江
御材木藏
四目橋

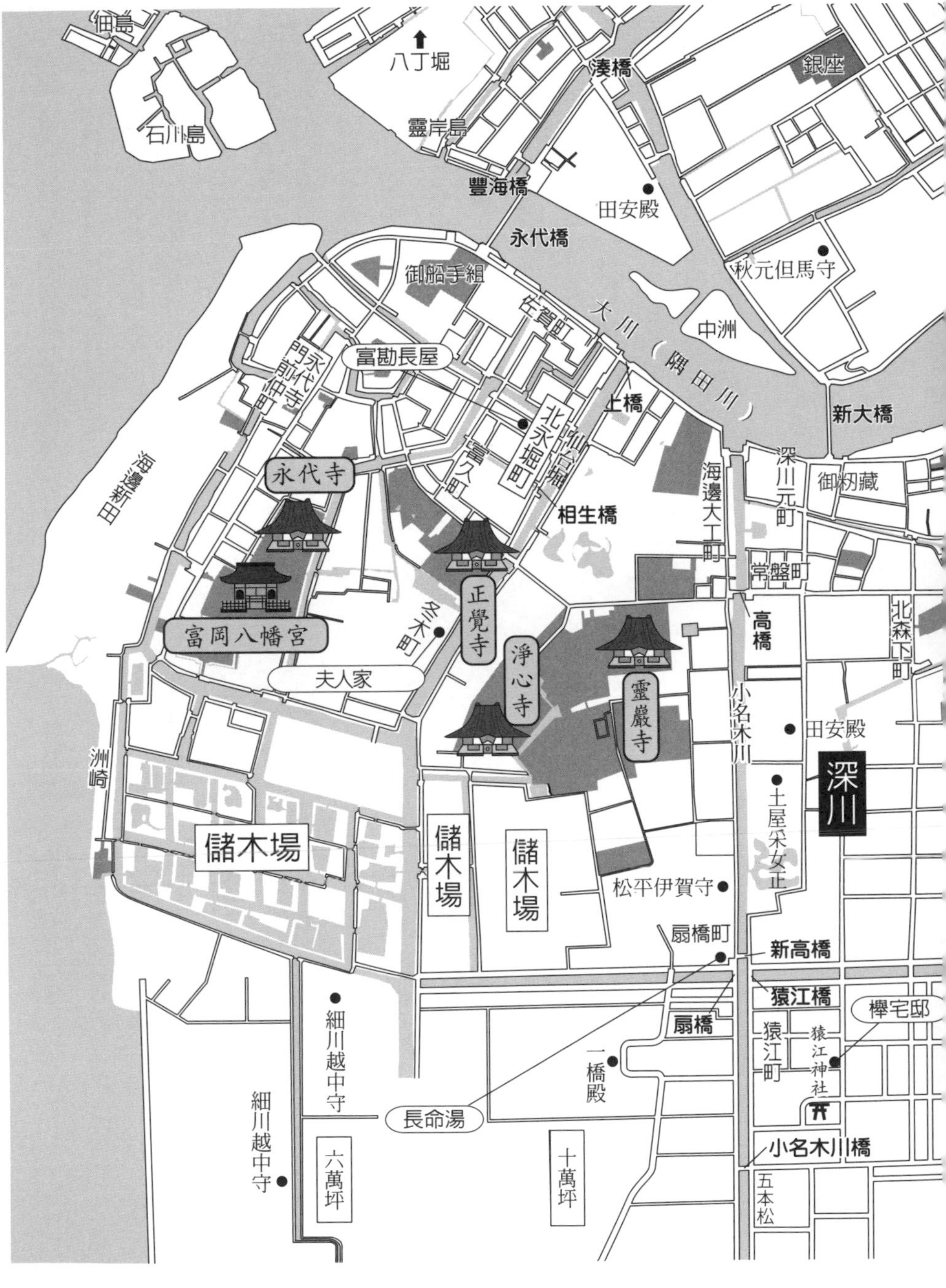
佃島
石川島
八丁堀
霊岸島
湊橋
銀座
豐海橋
田安殿
永代橋
秋元但馬守
御船手組
佐賀町
大川（隅田川）
中洲
富勘長屋
永代寺門前仲町
上橋
新大橋
北永堀町
仙台堀
海邊新田
永代寺
富久町
海邊大工町
深川元町
御籾藏
相生橋
常盤町
正覺寺
冬木町
高橋
北森下町
富岡八幡宮
淨心寺
靈巖寺
夫人家
小名木川
田安殿
深川
洲崎
土屋采女正
儲木場
儲木場
儲木場
松平伊賀守
扇橋町
新高橋
猿江橋
櫸宅邸
扇橋
猿江町
猿江神社
一橋殿
細川越中守
細川越中守
長命湯
小名木川橋
六萬坪
十萬坪
五本松

第一話

河豚和笑福面

一

深川元町的捕快、文庫屋的千吉老大，在初春一個乍暖還寒、細雪飄降的午後，來到熟識的小曲師傅住處，吃河豚火鍋配溫酒，不幸中毒身亡。

此人素好美酒佳人，所以這種死法堪稱無憾。千吉老大最年輕的徒弟北一心想。老大九泉之下要是知道，可能會笑著說——你一個乳臭未乾的小子也敢這樣說我，好大的膽子。

千吉老大享年四十六，是貌比舞台演員的美男子，年輕時就不用說了，女人緣絕佳，年過四十後，成熟的韻味漸增，更是桃花不斷。他本人一看就知道是個風流種，因而經常傳出豔聞。

「千吉老大是個不折不扣的萬人迷。只要對方是女人，上從老嫗，下至女嬰，無不為他著迷。」

與千吉老大交誼深厚的深川長屋管理人勘右衛門，人稱「富勘」，曾這麼形容他。富勘自己也是注重穿著打扮的人，那長得出奇的短外罩繫繩，打著奇特的繩結，是他的招牌標誌。聽說他喜歡逛花街，兩人可說是物以類聚。

千吉老大雖然是捕快，卻不會擺出凶惡的表情。他說隨意揮舞十手（註一）太過土氣，很排斥這麼做，相對的，他能言善道，擅長調解糾紛。若有人起衝突，只要他居中安撫哄慰一番，往往過程中雙方就能找到折衷點。

這也是萬人迷的力量——富勘說。

「世上的紛爭糾葛，原因大抵出在女人或錢財上，而會爲錢財的紛爭大聲嚷嚷的，多半是女人，所以只要善於應付女人，就善於應付紛爭，這倒也合情合理。」

千吉老大人稱「文庫屋」，由來正如其名。他的本業是販售裝曆書、戲作本、讀本的文庫（厚紙製成的箱子）。充當店面的住家位於深川元町，北一是住在家裡的夥計，工作是出外兜售（行商），平日會扯著嗓門喊「來買文庫喔～文庫」，四處叫賣。

北一三歲的那年夏天，在四目的夜市與母親失散迷了路，當時千吉老大說「你先到我家來吧」，收留了他，北一就此住下。過了這個新年，他已滿十六歲。千吉老大可說是他的再生父母，如今他連失散的母親長什麼樣，都已記憶模糊。經過這麼多年，也許當初他不是走失，而是遭到遺棄。

千吉老大倒下時，北一一如往常挑著裝載文庫的扁擔，沿著小名木川，在猿江的御材木藏附近叫賣。那一帶位於深川外郊，有不少農田，不過仍聚集了幾座旗本（註二）宅邸和大名宅邸，另外也有當地的名主（註三）宅院或大型商家的外宅坐落其中，這些宅院裡的女侍或夥計都會來購買文庫。

一般來說，文庫的蓋子會畫上各種家紋，客人會購買畫有自家家紋的文庫。但在數年前，千吉老大靈機一動，改爲製作貼有當季花卉或吉祥物圖案的文庫，對外販售，果然押對了寶。圖案華麗的文庫，作爲帥氣的老大販售的商品，可說是相得益彰。另外，從老大的十手上掛的朱纓產生聯想，人們稱爲「朱纓文庫」，人氣居高不墜。

採取剪貼的方式，便不必委託畫師處理，改找有幾分畫技的人兼差多畫幾幅圖，再自行動手剪貼，價格便宜許多。這樣還能隨意搭配組合圖案，不僅能靈活變通，種類也豐富多樣。

當初賣的是貼有寶船或富士山圖案的文庫，之後是梅花和黃鶯等應景之物，也會應商家的要求，製作繪有屋號或招牌的文庫。由於加上愈來愈多精細的巧思，近來甚至有許多客人說「雖然沒有收納書本的需求，還是想買朱纓文庫來蒐藏」，北一深感老大在經商方面確實有過人的長才。

「嘿～各位熟悉的朱纓文庫來嘍。白梅、紅梅、梅花朵朵開～文庫等您來買啊～」

很不巧，北一不像老大是美男子，長得又瘦又小。但說來十分不可思議，他的聲音響若洪鐘，擅長模仿鳥和貓狗的叫聲，所以這天他邊走邊叫賣，趁著空檔夾雜了幾次黃鶯的叫聲。

註一：捕快慣用的捕具。

註二：江戶時代，奉祿未滿一萬石，但有資格參加將軍出席的儀式的直屬家臣。

註三：相當於現今的村長，採世襲制。

這一帶雖然算是武家宅邸，但都是下屋敷（註一）或抱屋敷（註二），沒有威儀十足的長屋門或冠木門，只有樹籬搭配木門的簡單樣式，屋頂也大多是茅草鋪設而成。

當中有一座北一特別喜歡的宅邸。那是外型小巧、有著茅草屋頂的雙層樓房，西側有一棵得抬頭仰望的高大山毛櫸，彷彿在守護宅邸，伸展著繁茂的枝葉。北一對這幕景致情有獨鍾。

在這個季節，庭院裡開滿山茶花，所以可能不是武家宅邸，但也沒看到印有家紋或屋號的燈籠或暖簾，只能如此猜測。

北一是個貧窮的無名小卒，儘管有名氣響亮的千吉老大充當父親，終究是來路不明的野孩子，再怎麼努力也不可能住進這種宅邸。北一心想「真羨慕啊……」，停下歇口氣，準備轉身往回走。

說來遺憾，縱使扯開嗓門叫賣，這座「櫸宅邸」都不曾有人買他的文庫。而且，他沒見過裡頭有人進出，始終靜悄悄。

不過，這天不一樣。

北一停下歇息時，櫸宅邸的後門有人走出，匆匆繞過大樹下，步向正面的大門。那是披著短外罩搭裙褲的武士。對方來到樹籬前，停下腳步。

「喂，賣文庫的。」

武士雙手在嘴邊拱成圓筒狀，呼喚北一。嗓音很粗獷。

「你是捕快千吉的手下，對吧？」

樹籬上方突然冒出一張國字臉。北一取下原本因耳朵冷而罩在頭上的手巾，低頭行一禮，應了聲「是」。

「謝謝惠顧。」

武士急促地朝北一招手。見他一臉焦急，北一也急忙彎著腰，小跑步到樹籬前。

湊近一看才發現，這名武士身材豐腴，面貌精悍，約莫年過三旬——或許更年輕。

「抱歉，不是要跟你做買賣。我剛從高橋一帶回來。」

武士口齒清晰地說道。不知爲何，他一本正經地望著北一。

「你趕快回去一趟。聽說千吉吃河豚中毒，命在旦夕。此事在那邊的大街上鬧得沸沸揚揚。」

如果是高橋一帶，就在深川元町附近。「咦！」北一驚呼，一口氣喘不過來。

武士同情地望著呆立原地的北一，急忙拉開門閂，打開大門。

註一：江戶時代，各藩大名（諸侯）在江戶市內日常起居的宅邸，稱爲「上屋敷」，另外設在近郊的宅邸，則稱爲「下屋敷」。

註二：武士受幕府賜地而建造的宅邸，稱爲「拜領屋敷」，自行花錢購買民間農地建造的宅邸，則稱爲「抱屋敷」。

「扛著扁擔一路跑回去，想必很礙事。我替你保管，之後你再來取。」

武士催促北一將行頭交給他，像圓木般粗的手臂伸了過來。

文庫即是紙箱，就算疊得跟山一樣高，也重不到哪裡去，所以瘦弱的北一能勝任四處兜售的工作。瞧瞧這位武士的臂膀，彷彿一彎就會冒出虯結的肌肉，想必是不費吹灰之力。

明明是緊急時刻卻躊躇不前，北一覺得自己很可悲，不禁怯縮。

「很遺憾，從周遭居民慌亂的情況來看，千吉恐怕凶多吉少。不過，河豚的毒不會馬上致人於死，你現在趕緊回去，或許還能見上最後一面。不用想那麼多了，快！」

武士催促北一動身，神情漸顯焦急。

「這是小普請組（註一）支配組頭——椿山勝元大人的別邸。我是他的御用人（註二），名喚青海新兵衛。我不是要騙取你做買賣的商品，放心吧。」

對方話說到這個分上，北一才彷彿解開咒縛。

「我、我明白了，真的很抱歉！」

將扁擔交給對方，北一再度深深一鞠躬，接著頭也不回地飛奔而去。日後，有位當時撞見北一的客戶說：

註一：「普請組」是負責土木建築工程的單位。

註二：在大名或旗本家中掌管財務出納及雜務的職位。

「當時小北跑得飛快，還揚起了塵煙。」

可見北一跑得有多賣力。雖然體格瘦弱，倒是有雙飛毛腿。最後努力沒白費，在千吉老大一息尚存之際，北一終於趕抵家門。但老大已無法說話，臉色蒼白猶如幽魂，沉睡不醒，氣若游絲。

附近的鄰居阿姨，以及聽聞消息跑來的師兄們，吩咐他去張羅各種醫治用的物品，北一又四處奔波，好不容易回到家，就守在老大寢室的門檻外，不斷祈禱老大康復，整晚沒闔眼。

有人說，中了河豚毒，只要服下樟腦就行。有人說，藍染液有療效。也有人要他烤魷魚，讓老大聞煙味。富勘找來的大夫則是下令：

「總之，先讓他把胃裡的東西全吐出來。」

於是，北一往躺在床上的老大嘴裡不斷灌冷開水。老大始終像木偶般全身癱軟，執行起來無比困難。那一夜，北一宛如置身戰場。

然而，千吉老大還是在黎明時分嚥下最後一口氣。

從魚市場買來河豚、動手宰殺的，都是老大自己，怨不得別人。跟他一起吃河豚火鍋的小曲師傅，以「梅香」這個風雅的藝名廣爲人知，旗下有不少弟子，頗受歡迎，不過大家也都知道她是個酒豪。當時她只顧喝酒，河豚吃不多，只有些許中毒現象，說來著實諷刺。

在齊聚此地的眾人面前，梅香師傅頻頻落淚，直說「對不起」，但富勘安慰她「正因會發生這種事，人們才稱河豚爲『鐵砲』（中了就會死），只能說是老大命中該絕」。

千吉老大與師傅以前有男女關係，但約莫一年前師傅有了新的相好，兩人似乎就成爲一般的酒伴。今天也一樣，老大突然拎著河豚露面，向師傅借廚房和鍋子，於是師傅便遣下女去買蔥和酒。

「我曾勸老大，河豚適合冬天吃，不是過年後該吃的食材。」

——天氣這麼冷，跟寒冬沒兩樣，甚至飄起了雪，再適合不過。

「他這麼一說，我也覺得有道理，別有一番趣味。」

老大親手烹煮的河豚火鍋無比美味。聽到這裡，北一落下幾滴淚。眞的只有幾滴。因爲老大曾告訴他，男人不該哭。

捕快的職務該由誰繼承？

千吉老大領受的手牌（註一），是本所深川同心（註二）——澤井蓮太郎授予。澤井從十六歲開始見習，今年應該已二十二歲。八丁堀的同心對外聲稱只限一代，其實大部分都採世襲，澤井也是從他父親那一代便與千吉老大有交誼，所以北一他們都稱呼他爲「澤井少

註一：同心發給捕快的手牌，功用如同名片，證明此人是同心的手下。

註二：江戶時代，在與力底下負責維護公共安全的下級官員，類似現代的警察。

爺」。

前任同心退休後，搬離八丁堀的組合宅，住進市町，擔任俳諧（註一）師傅，過著閒雲野鶴的生活，這次聽聞千吉老大猝死的消息，父子倆一同前來弔唁。目送千吉老大的棺桶運出位於深川元町的住家後，他們馬上針對今後的安排展開討論。

千吉老大的大徒弟，是一個年過三旬的男子，名叫萬作，和妻子阿玉一起住在這屋子裡，投入文庫屋的工作。打從北一懂事起，他們夫婦就理所當然地住在這裡，孩子一個接著一個出生，如今最大的兒子已十二歲，共有六個孩子，長男還會幫忙挑擔出外叫賣。

老大看準「朱纓文庫」大賣、店內生意轉好的機會，將生意交給萬作夫婦負責，所以文庫屋只能由他們夫婦繼承。只需取得房東（牛込的一家大舊衣店）的許可，以萬作的名義重新簽訂合約即可。居中安排的房屋管理人是富勘，辦理手續不會費太多工夫。

麻煩的是，捕快一職由誰來繼承？

首先，萬作不可能。他一直都從事文庫屋的工作，千吉老大不曾讓萬作參與捕快手下的工作，也不指望他這麼做。雖然萬作身材魁梧，卻寡言少語，不夠親切，陰沉的個性更是糟糕。萬作的妻子阿玉，性格和丈夫截然不同，特別多話，但老大生前曾抱怨：

——她滿腦子天真的想法。

足見她思慮淺薄。

這麼一來，只能由其他徒弟，亦即北一的四個師兄的其中一人來繼承，應該會依照長幼順序。不過，考慮到每個人先前立下的功勞，免不了會有一場糾紛。北一如此暗忖，這時澤井少爺卻雙手置於膝上，說道：

「我不想將手牌交給千吉的徒弟。我要收回朱纓十手。」

在座眾人頓時鴉雀無聲，猶如置身墓地。不，就算是墓地，到了彼岸（註二）也比這裡熱鬧。

令人震驚的事接連發生，連澤井老太爺也被兒子這句話嚇得倒抽一口冷氣。

「蓮太郎，你在說些什麼啊！」

他脹紅了臉，出聲訓斥，但澤井少爺那端正的臉上，眉毛挑也不挑一下。

「沒事先向父親稟報，兒在此致歉。不過，這是兒與千吉討論後所做的決定。」

——老大也同意？

「人生就是這般虛幻無常，因此從見習的身分轉為正職時，我便抱著以防萬一的打算，向千吉問過此事。」

老大很明確地說，我的徒弟都無法繼承這把十手。

「千吉為此寫了封書信，之後再請您過目。」

註一：具有固定格式的幽默詩歌。

註二：日本的節日，以春分或秋分為中心，前後為期一週，人們會前往掃墓，為已故親友祈求平安。

師兄們個個臉上一陣紅一陣青，然後逐漸變得蒼白。澤井少爺完全不爲所動，甚至讓人覺得有點可怕。

——像死人在說話一樣。

不久，年紀最大的師兄硬擠出一句話：

「沒想到老大對我們這麼沒信心，眞是羞愧，簡直是無地自容啊。」

他頹然垂首，眾人也都垂頭喪氣。

北一更是難過。

因爲老大非常能幹，什麼事都能自己搞定，除了跑腿之外，根本不需要眞正的徒弟，所以既沒栽培，徒弟也沒成長。他自己也很清楚。

——我們全是廢物。

北一更是廢物中的廢物。

這時，澤井老太爺大喝一聲：

「這樣的話，要由誰來守護松葉！」

「松葉」不是別人，正是千吉老大的夫人。不是一般人常取的「阿松」，而是略帶風雅的名字。聽說是夫人的父親取的名字，他和澤井老太爺同樣是俳人。

夫人和已故的老大同年。沒人問過，所以不清楚兩人當初是怎麼結識，但老大似乎在成爲獨當一面的捕快前，便與她共組家庭，一直過著琴瑟和鳴的生活。之所以說「似乎」，是因為從萬作夫婦到北一，老大的徒弟平日都和夫人沒有往來。

夫人雙目失明。她小時候染上天花，雖然撿回一命，也沒留下痘疤，但雙眼視力嚴重受損，所以幾乎足不出戶，成天窩在房間。出入她住處的，只有千吉老大和隨身侍女阿光。該怎麼說好呢？在北一的眼中，夫人如同雲端上的人（師兄們應該也有類似的感受）。在老大的喪禮上也一樣，夫人不知道該說是像擺設，還是裝飾。連此刻在談論這麼重要的事，她都被排除在外，差點被人遺忘也是無可奈何。

——不過，說什麼由誰來守護，這屋子是夫人的家吧？

身處在討論的圈子外，搔抓著下巴時，北一遭到波及。

「北一，瞧你那副悠哉的模樣，今後有何打算？」

「咦？」北一雙目圓睜，澤井老太爺似乎很受不了他的反應，表情一陣扭曲。

「如果萬作成為文庫屋的主人，你是否還能住在這裡，可就難說了。」

阿玉彷彿一直在等這句話，尖聲應道：「小北也得離開這裡。因為不論是製作文庫，或出外叫賣，靠我丈夫和孩子就應付得來。」

——咦，原來是這麼回事嗎？我被掃地出門了？

就連先前，北一也算不上是「住」在這個家。他在廚房旁的狹小木板地房間起居，吃冷飯剩菜，一個月一次從老大那裡領到的錢，與其說是工資，不如說是跑腿費。儘管如此，他仍期望（只是暗自心想）有天能在老大底下當一名比較像樣的手下。

阿玉那番刺耳的言語，令老太爺聽了更爲光火。

「阿玉，妳剛才說『小北也得』，是什麼心思？妳的意思是，連松葉都要一併趕出家門嗎？」

見老太爺怒氣騰騰，阿玉微微縮起身子，但她原本就是個思慮淺薄的人，無法由衷服氣。她躲在丈夫萬作的背後，不客氣地頂嘴：

「我們繼續經營文庫屋，就算是報答老大的恩情了。我會固定到他的墳前上香，也會好好供養他。」

「這算哪門子報答恩情？根本就是竊占！」

澤井老太爺氣得面紅耳赤，萬作僵在原地，猶如一尊地藏王像，阿玉雖然表情僵硬，卻毫不退讓，其他師兄則是默不作聲。沒人有意收留夫人，他們都沒有這等器量。當然，北一也是一丘之貉。

澤井少爺像是在安撫，平靜地說：「父親，請冷靜一下。」

「這教我怎麼冷靜得下來！」

「千吉意外猝死，雖然這樣看起來很無情，但還是只能以眾人可接受的方式來處理。」

接著，他喚了一聲「喂，萬作」。萬作依舊猶如一尊地藏王像。

「你繼承文庫屋，支付松葉一筆招牌使用費，如何？松葉就拿那筆錢另外租屋，和女侍一起搬離這裡。」

阿玉差點又要大叫，澤井少爺瞥了她一眼，她立刻閉上嘴巴。澤井少爺露出剛才那宛如死人般的眼神，阿玉嚇得膽顫心驚。

這時，北一身後傳來一道話聲：

「很好，就這麼辦吧。」

北一抬頭一看，富勘就站在後面。他明明陪同送棺桶去火葬場，不知道什麼時候回來了。今天他身穿黑色禮裝，繫繩一樣長長垂掛著。

「我來寫合約，可以請澤井大人在上面簽名嗎？」

澤井少爺回應「我原本就是這麼打算」。

「招牌使用費等我和幾個商家討論後，再定出符合行情的價碼。萬作先生，可以吧？」

聽富勘這麼說，萬作才有了動作，不發一語地深深一鞠躬，應該是同意。

「眞是的……」

澤井老太爺低聲沉吟，取出懷紙擦臉。他的眼眶和鼻頭都泛紅。

「小北啊。」

富勘昂然而立，低頭朝北一喚道。他有個向前挺出的長下巴。

「你和你的師兄們不一樣，沒有其他謀生之道。先不談以後有何打算，如果不留下來繼續賣文庫，你會無法餬口。」

「啊，是。」

「萬作先生，這一點你也同意吧？」

這次換萬作望向北一，點了點頭。阿玉非常不滿，嘟著一張嘴，活像火男（註一）。

「之前也都是我們在養老大、夫人，還有這個沒用的傢伙。」

阿玉口吐惡言，發起牢騷，但澤井少爺又望了她一眼，她的臉色頓時變得像寒天一樣。

「那麼，順便立一份合約吧。」富勘雙手一拍，「小北，我負責管理的裏長屋（註二）有間空房。這樣剛好，你就去那裡住吧。是位於北永堀町的『富勘長屋』。」

很感謝吧——富勘說道。富勘是深川周邊多家出租宅院和長屋的房屋管理人。這些房子全冠上一個「富」字，而取名「富勘」的，只有那棟長屋。他的意思應該是要北一對此心存感謝吧。

眞是遺憾……澤井老太爺說著，深深嘆一口氣。澤井少爺從懷中取出扇子，朝臉搧了起來。

——澤井少爺原來是這樣的爲人啊。

雖然像被狐仙戲耍，茫然不知所從，但這場重要的討論終究有了結果。

二

在富勘俐落地奔走下，很快找到夫人的新住所。那是位於冬木町一隅的町家，雖然是平房，但離仙台堀近，通風好、日照佳，而且浴缸用的不是大鐵鍋，是有爐口可供燒柴的室內浴缸，相當奢華。

這一帶不論是商人、工匠，還是每天辛苦掙錢度日的窮人，都受過千吉老大的照顧，所以搬家時不少人前來幫忙，調來的木箱和拖車多到得說一聲「不需要這麼多」。

女侍阿光的年紀與北一相近，兩人不時會交談，平日也會幫忙洗衣。由於這層緣故，兩人理所當然地一起打包行李。這時，阿光突然哭了起來。

「夫人眞教人同情。」

夫人的貼身女侍一再換人，就北一所知，阿光已是第四人。她受僱至今，只有兩年左右。原本以爲她應該不至於投入多深的情感，沒想到她卻泣不成聲。

「就算沒繼承捕快的工作，終究繼承了文庫屋，所以萬作先生和阿玉嫂應該要奉夫人爲主人，好好待她才合理吧。可是，現在居然要將夫人逐出家門。」

阿光的老家，是位於淺草御門附近的定食飯館，父母經營得有聲有色，生意興隆。不過，自從阿光的姊姊招贅夫婿，夫妻倆的孩子出生後，便待阿光十分苛薄。她在家中待不下去，只好離家，此事之前聽她提過。

註一：日本一種傳統的面具，形似中年男性，噘著嘴，造型古怪滑稽。

註二：位於大路旁的長屋叫「表長屋」，位於巷弄裡的長屋叫「裏長屋」。

她可能是將自身的遭遇，與老大亡故後無依無靠的夫人重疊在一起，於是感到心痛吧——或許是北一想多了。

「雖然不清楚阿玉嫂是怎麼想，不過，萬作先生約莫原本就是這個打算。」

回想過去，萬作並不是個貪婪、一肚子壞水、忘恩負義的人，只是極為沉默寡言。

「萬作先生還是一如往常，跟地藏王像一樣保持沉默，是澤井少爺說要請夫人搬出這個家，才順利談妥此事。」

阿光眨了眨哭得紅腫的眼睛，「哦，是這樣啊……」

「富勘先生馬上配合澤井少爺的說法，畢竟阿玉嫂是那樣的為人。」

北一不認為少了老大後，阿玉會善待夫人。最好許下付款的承諾，分開住比較妥當。事後心情平靜下來，北一逐漸明白這一點，重新體認到這位澤井少爺果然非池中物。

「話說回來，這木箱真重，裡頭裝的是什麼？」

共有五口箱子，全部放上去後，拖車都快塌了。

「是夫人喜愛的讀物。」

「咦？」北一大感意外。

阿光破涕為笑。

「由我念給夫人聽，這是很重要的工作。小北，你不知道嗎？」

那一幕，北一始終沒機會目睹。

「阿光，妳識字啊？真不簡單。」

「比較難的字我不認得，不過，如果是黃表紙或繪雙紙（註），還念得來。同一本書往往會重複念很多遍。」

阿光說，要是有不會念的字，就去請教「村田屋」。

「村田屋？」

「那是位於佐賀町的租書店。店主治兵衛是個好人，只要委託他，就會幫忙製作抄本。他偶爾會來找夫人，只是你可能沒見過他。」

從清早到黃昏，北一都在外頭行走叫賣，回到家一吃完飯，倒頭就睡。

「只要見過一次就忘不了，因爲他有一對像炭球的眉毛，和圓滾滾的眼睛。」

當行李全部搬運完畢，阿光整理好廚房，已能開始使用時，夫人坐著轎子抵達。富勘與她同行，扶著她的手，引導她跨過新家的門檻。天氣暖和，選在這天搬家感覺十分吉利。

大概是鮮少在人前露面的緣故，夫人沒梳髮髻，直接以髮梳盤起頭髮。今天她身穿一襲波浪條紋的和服，披著芥末綠的長外罩，手上拎著提袋。

北一默默守在一旁。夫人來到入門台階處，忽然停下腳步，轉向他問：

「是北一，對吧？」

註：兩者皆是江戶時代的通俗讀本，類似現在的繪本。

北一大吃一驚：爲什麼夫人會知道？每年只有元旦時，我會混在師兄當中去向夫人拜年啊。

「是的，夫人。」

由於太過吃驚，北一連講話都破音。

北一仔細觀察夫人，發現她有一張長臉，鼻子略長。膚色白淨，髮量豐沛，白髮並不明顯。以女人來說，個子算相當高，腰身纖細，應該就是所謂的柳腰吧。

——老大是對夫人一見鍾情吧。

當初老大不知道是用什麼甜言蜜語追求夫人？北一胡思亂想時，夫人微閉的眼皮顫動，開口道：

「發生這種事，對你很過意不去。你們老大就是這麼冒失，讓你受委屈了。」

竟然吃河豚中毒——夫人莞爾一笑。她的嗓音帶有獨特的沙啞。

北一低頭行一禮，一口氣說道：「哪裡的話，是老大把我撿回來養大，這份恩情我永生不忘，今後我依然會努力投入賣文庫的工作。至於未來的出路，我也會自己好好規畫。」

富勘在一旁插話：「小北的住處找好了，請您放心。是我負責管理的富勘長屋。」

這樣啊——夫人頷首，眼皮再度微顫，略略偏頭。

「北一啊，你是不是把做買賣的東西寄放在哪裡了？」

明白夫人的意思後，北一的心臟差點從嘴裡跳出來。

對啊！因爲老大猝死，忙得不可開交，連叫賣也暫停了，壓根忘了這件事。
「夫、夫人……」
「我猜中了，對吧？」
夫人面露微笑，富勘和阿光則是雙目圓睜。
「小北，此事當眞？」
「你寄放在哪裡？」
「我這就去取！」
北一將衣服下襬塞進腰帶，奪門而出，身後傳來阿光的聲音「路上小心哪」。

「噢，來了、來了。」
欅宅邸的青海新兵衛，今天以束衣帶綁住便服的衣袖，正在修剪樹籬，一旁立著竹掃帚。御用人也得包辦園丁的工作嗎？
「眞的很抱歉，東西一直擱著，我……」
北一氣喘吁吁地道歉，新兵衛打斷他的話，伸手指向樹籬後方。
「你從那邊繞過來吧。」
宅邸後方沒有樹籬，是一座寬敞的後院，從附近的運河引水過來，造出一條窄細的水渠。交界處的土堤坡度甚陡，平坦的石頭擺成階梯狀。那是走下水邊時的立足處，用來洗衣相當方便。

新兵衛從宅邸後方的木門探出頭。

「你是匆匆趕來的吧？進來喝杯粗茶。」

新兵衛再次招手，於是北一踏進櫸宅邸。廚房和一般住家沒什麼兩樣，不過水甕特別大。土間（註）打掃得很乾淨，爐灶旁的台座擺著簸箕，裝有滿滿的蜂斗菜。不知道是摘來的，還是從外面買來的，還微微散發青草的氣味。

從土間走進屋內，來到一旁木板地的牆邊，北一寄放的買賣行頭就擺在那裡。貨架已從扁擔上取下，文庫疊放在一旁，他不禁鬆了口氣。

青海新兵衛果真沏好了茶，一把握著茶杯，坐在入門台階處。北一恭敬站著，素燒的茶杯相當燙手。

「千吉的事實在令人同情，雖然有點晚，但請容我在此表達哀悼之意。」

連對叫賣的小販講話也這般客氣的新兵衛，看起來年紀比一開始猜想的還要大，氣度十分沉穩。

「青海大人認識我家老大嗎？」

「我很慶幸沒請千吉幫過忙，但我們在高橋旁的圍棋會所曾有數面之緣。」

那天新兵衛剛好也是從圍棋會所回來。

「我對頗受好評的『朱纓文庫』開賣的緣由非常感興趣，每次遇見千吉，總是很冒昧地問他爲何會想到這樣的設計，他都如實告訴我，沒露出不悅之色。你們老大當眞是處世圓融。」

聽他這麼說，北一頓時想起老大的面容，一陣鼻酸。爲了掩飾，北一喝了一大口茶，不小心嗆著，新兵衛見狀又是一笑。除了他響亮的笑聲之外，宅邸內再無其他聲響，甚至感覺不出有人的氣息。

爐灶的鐵壺直噴熱氣，滋滋作響。

「請問……這裡沒什麼人是嗎？」

北一記得新兵衛說過，這裡是「別邸」，似乎是小普請組支配什麼的，可見宅邸的主人是旗本。

新兵衛爽快地頷首，「這幾天只有我一個人留守，平常比較熱鬧。不過現在本邸有活動，大家全過去幫忙了。」

說到這裡，他的手指朝鼻子底下摩挲。

「瀨戶大人在的時候，連這樣的粗茶也不能擅自飲用。」

「瀨戶大人」應該是青海大人的上司。御用人的位階這麼低，連粗茶都不能隨意飲用嗎？所以才會對像我這種身分低下的叫賣小販如此親切嗎？

註：日式房子入門處沒鋪地板的黃土地面。

「之前忘了問，你叫什麼名字？」

這麼一提，北一才想到還沒主動報上名字。

「小的名叫北一。」

「小北是吧？今後請多指教啊。」

是，請多多惠顧。

「請容我問個僭越的問題，『朱纓文庫』今後會怎樣？我很在意這件事。」

明明不買，卻很在意是吧。對買賣十分執著的北一，相當不甘心。

「還是跟以前一樣繼續做生意，由老大的大徒弟……」

一提到萬作夫婦，新兵衛的兩道粗眉皺在一塊。

「那麼，朱纓十手由誰繼承？」

「沒人繼承。捕快的手牌會歸還。」

新兵衛聞言，不悅似地嘴角一撇。不知爲何，他皺起的眉頭始終沒回到原位。

「小北，你打算繼續沿街叫賣嗎？」

「是的，因爲我沒其他謀生方式。」

新兵衛擱下茶杯，雙手揣進懷裡。

「既然如此，請容我說句更僭越的話。此事關係著你工資的多寡，仔細聽我說吧。」

這樣我無法靜下心來講，你坐吧。那個空桶挺合適，這就對了。

「如果我沒記錯，『朱纓文庫』是三年前的元旦開始販售。」

有貼寶船圖繪和富士山圖繪兩種。

「當時還沒喊出『朱纓文庫～』，是那個月中旬才改變叫賣方式。」

爲什麼連這種瑣事都記得如此清楚？

「替這項商品取名『朱纓文庫』的人，應該不是千吉吧。」

北一不太記得，「呃……」

「是哪位客人提議的嗎？」

「也許是夫人吧……」

某天早上，老大心情大好地說「從今天起，就這樣叫賣」。這不像是萬作或阿玉會出的主意，而阿光向來不管生意上的事。

「這樣啊……」

新兵衛摩挲著方正的下巴前端。

「從那之後，不曾有其他文庫屋模仿『朱纓文庫』的設計，對吧？」

不等北一回答，新兵衛便接著往下說。

「至少在本所深川一帶，我不曾見過。有些文庫屋接受商家委託，會在文庫上畫屋號，但在江戶市內沿街叫賣，外觀是當季花卉、風物、吉祥物等圖案的文庫，只有『朱纓文庫』。」

既然你這麼說，就算是吧。

「不過，今後未必如此。」

——爲什麼？

「其他文庫屋沒依樣畫葫蘆，是顧忌千吉持有十手，不敢盜用他的設計。」

千吉老大的面子大，他們怕會惹禍上身。既然老大已死，沒人繼承捕快一職，這些地方上的文庫屋只要有心，就能自行製作模仿「朱纓文庫」的贗品，不必有所顧慮。

「千吉的夫人會緊盯這種事，並表示意見嗎？」

這不可能。「夫人雙目失明。」

新兵衛的下巴往內收，「哦！」

接下來，在新兵衛的詢問下，北一坦白說出繼承和招牌使用費的合約，以及夫人搬遷等事的前因後果。之前一直沒機會跟外人談談，北一的愧疚一再累積（就像棉屑一樣）。他覺得要是自己振作一點，或許有其他謀生之路可走，因此話匣子一開，便怎麼也停不下來。

「原來是這麼回事……」

新兵衛如此低語，一旁的鐵壺滋滋作響。鐵壺從剛才便一直叫個不停，裡頭的熱水差不多快燒乾了。

「呃，我來添水吧。」

「嗯？啊，不好意思。」

取下木頭蓋子後，北一發現大水甕底下鋪滿碎石子。這座宅邸約莫是汲取水渠裡的水，過濾後飲用。

見水甕的水面上映出自己清瘦的臉龐，北一猛然回神，心想：跟素昧平生的青海大人講這麼多話，不太恰當吧？但後悔已太遲。

「這麼一來，更需要想想辦法了。」

新兵衛自言自語般說道。

「得趕緊刻個印章，讓人一看就知道是千吉的『朱纓文庫』，今後萬作製作的文庫都要蓋上印章，這樣就行了。」

儘管無法防止贗品在市面上流竄，但能分辨眞僞。

「就算夫人沒辦法處理，但那名叫富勘的長屋管理人，似乎能夠倚賴，你不妨去找他商量。」

新兵衛還說，如果富勘不懂爲何要這麼做，帶他來找我。

「我會向他說明緣由。」

「謝謝您。」

不過，實在是一位愛管閒事的武士大人呢。

「青海大人，您對老大的文庫眞是捧場。」

「我只是很佩服他，居然想出這麼風雅的點子。其實，少主比我還中意。」

「少主？」

新兵衛露出發現自己說溜嘴的表情。「總之，你快去找富勘商量吧。」

「我會的，謝謝您幫忙保管這些貨。」

「發生這麼多事，難怪你會忘記。要是宅邸裡有人在，我就能親自送去給你，但不巧就我一個人負責留守。」

還好你想起來了——新兵衛笑道。

「是夫人提醒的，否則我恐怕不會想起。」

聽北一這麼說，新兵衛微微瞠目。「夫人是怎麼說的？」

「她說，你是不是把做買賣的東西忘在哪裡了。」

「雙眼失明的夫人，爲什麼能猜出這種事？」

這麼一提，確實奇怪。

「抱歉，又有事想麻煩你，不過我實在感興趣。小北，方便代我向夫人詢問此事嗎？知道原因後，請告訴我一聲。」

到時候我再請你喝粗茶。

「如果能瞞著瀨戶大人，或許還能請你吃一小片羊羹。」

姑且不談御用人的身分，看得出青海新兵衛對芝麻小事頗感興趣，而且對瀨戶大人唯命是從。

富勘一說就懂，還表示他也一直爲此擔心。

「我會盡可能注意有無贗品出現，不過效果畢竟有限，就接受刻印章這個提案吧。」

做個正式的花押比較好，請工匠刻製吧。

「那位武士大人眞是精明。」

北一並不覺得。

「他似乎閒得發慌。」

「說到御用人，如果是在大名家，可是相當於家老的重要職位。那是掌管財務，指揮底下僕役的身分，不可能閒得發慌。」

「那麼，他就不是眞正的御用人，只是一般負責留守的人員。」

地位高的一定是那位瀨戶大人。

「不管怎樣，等印章刻好，一起去向對方道謝吧。好了，小北，我們走。」

夫人搬遷的事已處理完畢，接下來換北一了。話雖如此，他的全部家當只有一個包袱。

他和富勘徒步來到北永堀町。

裏長屋沒有會買文庫的客人，所以北一不曾到富勘長屋做生意。不過前年夏天，這棟長屋的出入口旁，一座小稻荷神社裡，有個來路不明的浪人切腹身亡，富勘爲了善後四處奔走，北一來幫了點忙。由於明顯是自盡，不需要千吉老大出面。

後來富勘長屋裡的一名年輕浪人遭到襲擊，不幸殞命。北一心想，該不會是受了什麼詛咒吧？當時似乎連千吉老大也感到不安，與富勘討論過此事。

——這不是市井上的小紛爭，睜一隻眼閉一隻眼吧。

於是，沒再繼續查辦此案。

北一沒想到自己竟然會住進這棟長屋。就算之前詛咒的事只是件笑話，心裡不免有個疙瘩。不知道房租能不能因此算便宜一點，抱持這種心思的北一，似乎小器了點。

正值日暮時分，長屋的房客全在家。住在從出入口數過來第二戶的一對母女，將陶爐擺在門前烤起了魚，白煙直冒。

「這位是將要住進來的文庫小販，名叫北一。咳咳咳……」

「請多指教……咳！」

「哎呀，我才要請你多指教，可以叫你『小北』嗎？咳咳咳，這煙真濃。」

是妳們母女烤魚的緣故吧。這對母女是阿秀與佳代。阿秀都在家接一些裁縫的工作。住在她們對面的是賣魚小販寅藏，以及他的女兒阿金、兒子太一。阿金應該和阿光差不多年紀。太一看起來年紀比北一小，但體格遠比北一結實。

——我太瘦弱了。

想到這裡，北一不好意思與他目光交會。

住北一隔壁的是菜販鹿藏和阿鹿，他們是一對上了年紀的老夫妻。另一戶的房客，是位於長屋最深處，擺路邊攤的辰吉和阿辰這對母子。雖說是母子，辰吉已年過四旬，阿辰則是個皮膚乾癟的老婆婆。

北一擅長記名字和人臉。儘管有濃煙妨礙，但寥寥數人他一次就記住了。而且在路旁擺出二手商品販售的辰吉，他在市町上有過數面之緣。

深川這一帶，富勘長屋不算特別破舊。之所以像缺牙般空著幾戶，應該是因為鄰近河邊，濕氣較重。比起住滿愛嘮叨的大嬸和小鬼，吵得耳根無法清靜，這樣反倒輕鬆自在。

北一俐落地問候過眾人，準備走進自己住處時，阿金對富勘說的話傳進耳中。

「我以為笙先生住過的地方，你不會再租人了。」

「托梁和地板沒壞的只剩這一戶，之前空著純粹是巧合。」富勘應道。

之前的房客叫「笙先生」是吧——難道是那名遭到襲擊、被斬殺的年輕浪人？

「姊，我知道你很懷念他，但總不能老把這種事掛在嘴邊吧。」

這個告誡的聲音，約莫是太一吧。北一心想，感覺弟弟比較可靠。

三

儘管身分已是文庫屋的老闆，萬作依舊寡言少語，態度冷淡，還是老樣子沒變。

不過，阿玉果然變了個人，派頭十足。現在她耍威儀的對象只有北一，但她說要擴大店面，增加出外叫賣的人員和店內夥計，成天往人力仲介商那裡跑。老大的七七忌日還沒過，她已找到新的店面，滿面春風。

「朱纓文庫」的印章尚未刻好。雖然想守護老大的這個設計，但北一現在有些自暴自棄，只要能讓阿玉吃點虧，就算贗品四處橫行也無所謂了。

叫賣文庫時，北一不像以前那麼投入。早上起床要前往深川元町，甚至提不起勁。老大在世時，光憑「捕快千吉的文庫屋」的名號，連屋號都不需要，如今掛上「千吉屋」這個招牌，阿玉竟然抱怨「其實應該要叫『萬作屋』才對」，聽了教人心裡很不是滋味。

師兄們就沒人肯出面提醒嗎？現在講這些又有何用——正當北一這麼想時，一名師兄抱著酒桶來到店裡。那張五官平滑的臉上滿是笑容。

「我現在是本所的政五郎老大的手下，所以過來打聲招呼。雖然這裡不是我們的地盤，但我們老大熱心助人，要是有什麼困難，隨時都可以找我。」

瞧他講得臉不紅氣不喘，真想痛毆他一頓，但北一也只是心裡想想而已。

北一每天都會到夫人位於冬木町的家中露臉。頭幾天是早上去問安，不過阿光問他，如果方便，傍晚忙完生意後能來一趟嗎？

「房東給了我們燒洗澡水用的木柴。我希望能三天一次，幫夫人燒洗澡水，不知道能否請你幫這個忙？」

房東是同樣位於冬木町的「福富屋」，是一家大規模的木材批發商。原來如此，這樣自然會有多出的木頭可供燒柴。

儘管有人陪同，澡堂還是地面溼滑，危機四伏。先前在深川元町的老家，夫人都只是簡單的沖澡。現在的住處設有浴室，阿光希望她能盡情泡澡。

「好啊。不光燒洗澡水，汲水也交給我吧。」

「那眞是幫了我一個大忙。你留下來吃晚餐，當成跑腿費吧。」

阿光說已事先徵得夫人同意。

「夫人也很擔心，說北一不知道有沒有好好吃飯。」

眞是謝天謝地，這麼一來就不會挨餓了，順便也很快解開青海新兵衛託他調查的謎題。

夫人喜歡泡澡，尤其是熱水澡。阿光侍候她入浴時，北一都守在鍋爐口控制水溫。隔著排放蒸氣的小窗，北一與夫人閒聊。這時，北一提到先前將做買賣的貨品寄放在別人家中，一直忘了去取的事。

「其實不是什麼難事。」夫人解釋：「因爲老大倒下那天，我只聽到你跑回來的腳步聲。」

如果肩上扛著扁擔，就不會是這樣的聲音。

「我猜可能是暫時寄放在某處。前一天阿玉大聲叫嚷著，扁擔和貨架少了一組，文庫的數量也不對。」

夫人說，她料想應該是北一忘記取回來了。

「那麼重要的貨品，你不可能隨便棄置。阿玉平常懶散，但在這方面一點都不馬虎。關於貨品的事，她不會弄錯。」

夫人說，推算一下就知道是怎麼回事。

北一面向鍋爐口的火焰，卻冷汗直流。想必是之前暫停出外叫賣和店內販售，阿玉沒清點手上的文庫數量吧。要是她搶在夫人之前質問北一的疏失，真不知道會落得什麼下場，很可能會指責他是小偷。

話說回來，真教人吃驚。

「夫人，您在屋內聽得到我的腳步聲嗎？」

「嗯，聽得到。」

「夫人耳力過人，光憑腳步聲就知道誰來了。」阿光像在炫耀自己，語氣得意洋洋。

「不單是聲音，憑著氣味和氣息，什麼都逃不過夫人的法眼。而且夫人熟知各種事物，總是令我驚嘆連連。」

傳來一陣洗澡水的嘩啦聲，夫人笑道：

「洗澡水和炫耀都一樣，要是不適可而止，小心會讓人熱昏頭。」

接下來的晚餐，有炸蜂斗菜。真豐盛啊……北一細細品嘗，一面心想，青海大人有那麼多蜂斗菜，不曉得會怎麼吃。

隔天午後。

一早便賣出不少文庫，北一打算先回長屋一趟，以熱水泡飯湊合當一餐。走著走著，富勘正好從道路前方過來。只見他雙臂盤胸，臉色凝重，彷彿連突出的下巴都快垮了。

「富勘先生！」

北一出聲叫喚，他卻沒注意到，就要擦身而過。北一又叫了一次，富勘才驚訝得跳了起來。

「原來是小北啊。」

「瞧你悶悶不樂的，怎麼了嗎？」

富勘從「福富屋」的宅邸方向走來，難道是挨房東罵？

那狐狸般的雙眼猛然往上挑，一副有話想說的表請。看他的樣子非比尋常，北一刻意壓低聲音，問道：

「有糾紛嗎？」

富勘沒回答，靜靜望著北一，嘆了口氣。

「要是千吉老大在，這種小事他不費吹灰之力就能擺平。」

老大確實口才好，不過，富勘應該也很會開導別人，或是居中調解。畢竟這是他的本業。

「可惜他已不在人世。我深切體認到這一點，覺得沒人能倚靠，心裡很不踏實。」

北一十分有同感。

「抱歉……」

富勘神情轉為柔和。「不，是我不好，講這種無濟於事的話。一起去吃蕎麥麵吧，你陪我。」

來到大路後，二八蕎麥麵的攤位已擺出長椅做生意。

「老闆，湯麵兩碗。有蕎麥丸子嗎？來一盤。」

兩人並肩在長椅坐下後，老闆旋即端來蕎麥丸子和蕎麥茶。富勘催促北一快吃，接著小聲說出原委。

「小北，你相信有詛咒或作祟之類的事嗎？」

這句話來得實在突然。

「我沒遇過。」

「我也沒有啊。雖然聽過不少傳聞，但那些大多是人們添油加醋，不是眞的。」

北一嚼著滿嘴的蕎麥丸子，斜眼偷瞄，發現富勘又板起臉孔。

「不過，這次似乎是眞的，我正在發愁，搞不懂是怎麼回事。」

北一幫不上忙，好歹能在一旁答腔。

「請和尚或神官舉行淨化儀式不就行了嗎？」

老闆端出熱騰騰的湯麵。北一馬上吃了起來。這家麵攤眞是來對了，湯頭香、蕎麥麵有嚼勁，令人胃口大開。

「應該說，要如何淨化、怎樣才能平息這個詛咒，大家心裡都明白。」富勘也吃起蕎麥麵。明明這麼美味，他板著臉吃實在太糟蹋了。

「只是執行起來有困難。」

經詢問後，北一得知大致的情況如下。

「福富屋」有個經營木材行的遠房親戚，家中代代相傳一張「詛咒笑福面」。說到笑福面，是一種過年時玩的遊戲。參與遊戲的人遮住眼睛，朝沒畫五官的多福面具擺上眼、鼻、口，最後會組成一張奇怪的臉，以此爲樂。

不過，每次拿這張笑福面出來玩，一定會引發詛咒。家裡的某人臉部會受傷、燙傷，或是罹患眼疾，所以一直藏起來。今年過年，家裡的孩子不知情，搬出這張笑福面，和鄰居的孩童們玩起遊戲。

家人發現後，馬上拿走笑福面，再次收好，可惜爲時已晚，詛咒還是發生了。

首先，短短不到三天，那孩子便被鐵壺的熱水燙傷了半邊臉。忙著替他治療時，那孩子的祖母，即店內的老夫人，右眼長出針眼，嚴重腫脹，遲遲治不好。接著，那孩子的父親開始犯牙疼，不管抹藥或吃止痛藥，仍痛得睡不著覺，不到一個月就瘦成皮包骨。

「聽說，那張笑福面裡，暗藏著前三代的一名媳婦的怨念。」她遭受殘酷的虐待，自縊身亡。

「這名媳婦的長相猶如多福面具。總之，就是其貌不揚，眼鼻不對稱，活像笑福面，公公婆婆不用說，連丈夫也一起笑話她，於是惹禍上身。」

富勘此刻的嘴形，彷彿咬了苦澀的柿子。北一聽著傻了眼。

「那只是無聊的虐媳行爲吧。說到『福富屋』的親戚，應該是有頭有臉的商家，竟然全是像阿玉嫂那樣的人。」

富勘聞言苦笑。「連這時候都不忘搬出她來，小北，可見你對阿玉很不滿。」

「她不是長得像多福面具，而是像狸貓。」

一旦出現詛咒，必須有人用這張笑福面玩遊戲，一次就得將眼鼻口貼到正確的位置上。

「一次就得貼到位？重貼不行嗎？」

「沒錯。稍微移動一下還行，離手之後就不能再變動。」

當眞是難搞的詛咒。

「貼妥後，得誇獎那張多福面。」

眞美，實在是個美人。如此大大誇讚，再放進箱子封好。

很輕鬆嗎？不不不，要蒙著眼，也就是在看不見的情況下，排出一張五官工整的多福面，並不簡單。

「之前引發詛咒時，他們憑運氣玩笑福面，花了兩個月才終於成功。」

在那之前，出了兩條人命。

「這次恐怕又會舊事重演，一天都拖延不得啊。」
那個燙傷的孩子仍臥床不起，老夫人連左眼都長出針眼。
「話說回來，當時沒將笑福面燒毀，眞是失策。」
北一喝光蕎麥湯，如此說道。
「現在燒毀應該也行吧。」
「我也這麼認爲，畢竟火會淨化邪氣。不過，不管我怎麼勸說，他們都不願意。」
——要是引發更可怕的事，該怎麼辦？
原來如此。這種說服的工作，如果千吉老大在，應該能圓滿處理，富勘就是爲此感到惋惜。
「應該說，如果是千吉老大出馬，就算沒能將那受詛咒的笑福面五官擺好，還是會用他的表情和聲音……」
——眞是個美人，教人一見鍾情，情不自禁啊。
「我猜他會像這樣誇讚一番，讓那名媳婦的怨念消散。提到跟女人調情，他可是天下第一啊。」
原來如此。
「那張笑福面現下在哪裡？」
「送往『福富屋』了。他們是本家，得出面處理這種紛爭。」

所以，富勘才會被找去商量，爲此發愁嗎？

「富勘先生，你常說『世界之大無奇不有』，跟老大一樣擅長調情的男人，或是一次就能正確擺出笑福面五官的孩子，只要用心找，應該能找到。我在各個叫賣的地方也會多留意。」

「只能這麼做了。」

北一心裡想的，其實是找澤井少爺幫忙。只要請他和之前討論老大繼承人的時候一樣，擺出嚇得阿玉噤聲的神情——在他宛如死人般的冰冷目光注視下，那名作祟的媳婦亡魂恐怕也會嚇得乖乖退散。不過，北一說不出口，畢竟不可能爲這種事勞駕八丁堀的那位大人。

那天剛好是北一前往冬木町替夫人燒洗澡水的日子。

「我買到一條不錯的鱈魚，晚餐吃鱈魚火鍋。夫人說，請小北留下來一起用餐。」

沒有比這更開心的事了，北一喜上眉梢，坐在鍋爐口前。他極力壓抑餓得咕嚕咕嚕叫的肚子，談起今天做生意的事，接著想起富勘那張苦瓜臉。因爲今晚要吃鱈魚火鍋，北一雀躍不已，話多了起來。

「中午富勘先生請我吃蕎麥麵。」

他一提到詛咒笑福面的事，浴室裡突然安靜無聲。

「夫人？」

「我在聽。」傳來夫人的回應。

「那麼，找到玩笑福面的高手了嗎？」

「我想應該還沒……」

不知爲何，阿光在一旁呵呵輕笑。「小北，如果是這件事，你應該先來請夫人幫忙才對。」

「咦？」

北一不明所以地傻笑。這時，阿光從散發水蒸氣的小窗探出頭。

「我不是說過嗎？夫人雖然眼睛看不見，但精通許多事。對夫人來說，玩笑福面根本是小事一樁。」

嘩啦。

「請你告訴富勘先生，帶我去『福富屋』一趟。」夫人說道。

「愈快愈好，明天就去也行。燙傷、長針眼、牙疼，都十分教人同情。尤其是那個燙傷的孩子，更是可憐。因爲無法完全治癒。」

「夫人，您相信詛咒或作祟之類的事嗎？」

「我相不相信不重要，重要的是那一家人和『福富屋』的人相信。還有，北一……」

「在。」

「批評女人的長相最要不得，絕不能看輕這種事。」

千吉老大很懂得這些微妙之處。

「既然你是老大的養子，就要提醒自己，別做出讓老大蒙羞的行爲。」

北一當場立正站好。

「我明白了。我會銘記在心。」

好事不宜遲，隔日天一亮，北一便在路上攔住富勘，向他說明原委。

「既然夫人說辦得到，應該沒問題。」

於是，富勘火速趕往「福富屋」。

夫人提出幾項要求。在哪裡玩笑福面都行，但得挑安靜的地方。她不是一個人玩，希望有見證人在場，分別是富勘、阿光和北一。至於「福富屋」要派誰都行，但不能挑孩童，而且人太多也不好。玩笑福面時，眾人得保持安靜。

這天下午未時（下午兩點），一切準備妥當，夫人被帶往「福富屋」的客房。那是八張榻榻米大的房間，格窗雕有花鳥風月，微微傳來薰香。

芥末綠的長外罩，似乎是夫人在這個季節最喜愛的穿著。今天她同樣披上這件長外罩。她梳著豔麗的布天神髮型，罩著一塊芥末綠的布，插上銀髮梳和珊瑚玉髮簪。

以北一的身分，照理不允許進入「福富屋」這種名店，連坐在外廊上都不配。雖然他已洗過臉和手腳，拂去衣服上的塵埃，但還是盡量輕輕呼吸。因爲他覺得自己的氣息彷彿會弄髒這間一塵不染的客房。

「福富屋」派出引發這起風波的那位當家，以及「福富屋」的大掌櫃。這兩人和富勘都穿著短外罩。阿光換過衣領、取下圍裙，仍是平常的穿著，但髮髻梳得十分講究。

簡短寒暄後，阿光拿一塊深紫色的綢緞布爲夫人遮眼。夫人的臉顯得更白皙了。

「那我們開始吧。」

詛咒的笑福面，收在一個黑漆光豔的書信盒裡。「福富屋」遠親的那位當家打開蓋子，取出沒有五官的臉，以及零散的眼鼻口。這張笑福面連嘴唇也分上下，難度提高不少。

「阿光。」

夫人叫喚一聲，阿光上前行一禮，將笑福面擺在夫人的膝前，並牽起夫人的右手，爲她引導。

「臉在這裡。」

夫人優雅地挪動手指，輕撫多福面具的輪廓，點了點頭。

「請把眼鼻口放在我的膝蓋上。」

阿光依言而行，接著悄悄移膝退回末座。

現場的氣氛就像是在辦喪禮或法事，眾人圍著笑福面。要是聽別人描述，恐怕會忍不住笑出來，但此刻大家都沒笑，神情緊繃。

夫人的表情彷彿在聆聽什麼美妙的音色，俐落地挪動手指。右眼、左眼、下唇。她的左手一一拿起五官，右手的指頭輕撫面具的輪廓。

最先擺在面具上的是鼻子。擺得太上面了，北一才這麼想，夫人的手指便往下滑，停在鼻子上，再微微往右移。

接下來是右眼，夫人毫不遲疑地擺上，然後以手指測量與右眼外緣的距離，擺上左眼。她緊閉的眼皮底下，眼珠骨碌碌轉動著。

夫人以指尖將左眼微微往一旁滑動。「福富屋」的大掌櫃似乎緊憋住氣，稍稍吁了口氣。因爲剛才左眼的位置，顯得有點鬥雞眼。

遭笑福面詛咒的那位當家，體格福態，而且和大黑天（註）一樣，長得方頭大耳。此刻，他大汗淋漓，一臉怯縮，緊抱著一絲希望，目不轉睛地盯著，暗自吞了口唾沫。

——這可教人笑不出來啊。那個燙傷的孩子正在受苦。

北一很清楚此事的嚴重性。

最後剩下嘴唇，夫人隨手擺上。面具上那張臉像是有話想說，嘴巴微張，夫人以指尖讓嘴巴闔上。

接著，她雙手擺在膝上。

「好了，如何？」

那位當家彷彿一直在等待這一刻，隨即躬身行禮。

「佩服至極！」

那張笑福面的眼鼻口全擺在該有的位置上，形成十分正常、隨處可見的多福面具。

夫人低著頭，對面具微笑道：

「噢，眞美啊。」

「福富屋」的大掌櫃猛然回神，急忙附和「沒錯、沒錯」。

「眞是個大美人，簡直媲美繪雙紙上的人物。」

「嗯……」富勘發出沉吟。北一以爲他哪裡不舒服，只見他撫摸著挺出的下巴，笑容滿面地說：

「沒錯，眞是個美人。」

阿光用手肘輕撞北一，於是北一戰戰兢兢地開口：

「這樣的美女實在少見。」

「就是啊，教人好羨慕。」

阿光眼神飄忽，音調出奇地高。

「多福小姐……」夫人對笑福面說：「跟我結縭三十載的丈夫，最近剛過世，我成了寡婦。他是個美男子，總是在外拈花惹草。」

那微帶沙啞的嗓音，聽起來相當悅耳。

「我也恨過他，但如今陰陽兩隔，想到的全是他的好。幸好他今天沒在這裡，否則一見

註：日本的七福神之一。

到您，他一定會甜言蜜語百般追求，害我妒火焚身。美人眞是罪過哪。」

那位當家號啕大哭。

「請您原諒、請您原諒。」

「不不不，各位今天可說是大飽眼福啊。」

富勘爽朗說著，移膝向前，緩緩捧起笑福面，一點都不像是對待一張薄薄的紙。「福富屋」的大掌櫃從旁協助，兩人合力將笑福面放回書信盒。

夫人留下富勘處理後續事宜，先行離開。由於就在同一市街內，她扶著阿光的手，直接徒步回家。北一跟在兩人的身後。

「阿光，當時的情況如何？說來聽聽。」

夫人溫柔地問道。阿光重重吁了口氣，全身打起哆嗦，血色頓時從臉上抽離。

「怎、怎麼啦？」

「小北，你沒看到嗎？」

當夫人說著「美人眞是罪過」時，笑福面的嘴角露出微笑。

「它眞的笑了，不是我眼花！」

北一沒發現。眞的假的？是阿光受現場的氣氛影響吧？

「夫人的動作眞俐落，我看得好入迷。」

這麼精細的移動是怎麼辦到的？

夫人聳聳肩，說道：
「其實沒什麼，雖然我看不到，但你們看得到笑福面……」
夫人說，她是一邊感覺房裡眾人的氣息和反應，一邊將眼鼻擺在正確的位置上。
「如果我擺在正確的位置，大家會鬆口氣。如果位置偏了，就會倒抽一口氣，或是有些肢體動作。我視情況挪動，直到大家都鬆了口氣為止。」
「只是這樣？」
如此細微的控制，真的辦得到嗎？北一實在難以置信。
「所以我才說嘛，這就是夫人厲害的地方。」
當時明明嚇得臉色發白，此刻阿光卻得意洋洋，彷彿在說自己的事。
「若是在喧鬧的場所，或是太多人在場，眾人的氣息就會紊亂。如果在場的全是陌生人，儘管感覺得到氣息，卻容易解讀錯誤。所以，我事先提出要求，要你們跟著一起來。」
接著，夫人朝北一笑道：「起初你一直屏住氣息，對吧？害我一時無從著手。」
咦！
「對、對不起。」
「沒關係，最後還是圓滿落幕。回去後，一起吃點美味的食物吧。」
夫人顯得春風滿面。阿光的臉雖然尚未恢復血色，同樣笑靨如花地說：那就來喝酒吧，烤條鰆魚（註），我還想準備一道涼拌蛤蜊，已先讓蛤蜊吐好沙了。

夫人到底是什麼來歷？
——這種能力，不就像千里眼一樣嗎？
此刻，北一感覺內心一陣天旋地轉。

註：即藍點馬鮫魚。

第二話

雙六神隱

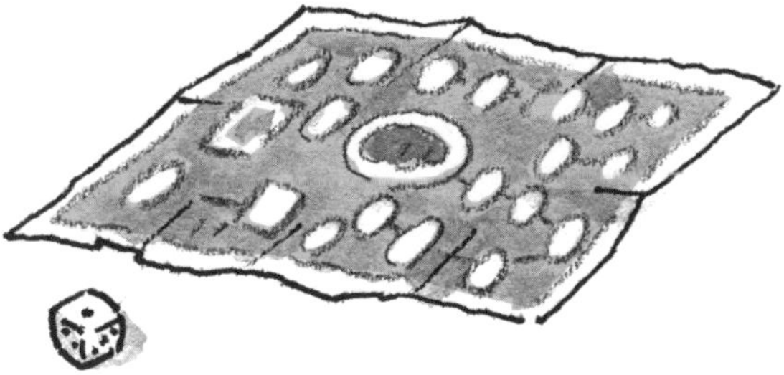

一

北一的頭髮稀疏。

他今年才十六歲，所以不算是禿頭，只是與同年齡的男生相比，髮量顯得稀疏。他的髮質柔細，儘管梳了髮髻，模樣還是很寒酸，一點都沒有增色的效果，而且常因髮油導致頭皮發癢。不得已，他只好整年都維持一顆半長不短的小平頭。

深川元町的梳頭店，店主名叫宇多次，頭上頂著丁髷（註一），人家都管他叫「宇多丁」，就此成爲他的綽號。在梳頭店剃頭梳髮，一邊和等候剃頭的客人天南地北閒聊，留意自己的地盤裡有無怪事發生，乃是捕快的工作，於是千吉老大不時會光顧，兩人是知心好友。

迷路的北一由老大收留，是他三歲那年的事。這個年紀的孩子，一般都是剃成奴頭（註二），北一卻是童山濯濯，只有後腦勺長著些許細髮。當時宇多丁就已預見未來，直言

註一：江戶時代的成年男性會將前面的頭髮剃光，稱爲「月代」，後方剩餘的頭髮綁成的髮髻，稱爲「丁髻」（丁髷）。

註二：江戶時代的幼童髮型，頭髮剃光，只留兩耳上方及後腦的部分頭髮。

「這孩子天生頭髮稀疏」。

「偶爾會有這種孩子。這是他天生的體質，也可能是嬰兒時期奶水喝得不夠。」

宇多丁果然好眼力，到了五、六歲，附近商家或工匠的孩子們的頭髮都能綁成沖天炮或角大師（註），北一仍是宛如光頭上微微長出青苔般的髮型。換作是住裏長屋的孩子，他們的父親頭上的月代都長滿雜毛，沒剃乾淨，母親多半頂著既不像圓髻也不像銀杏髻，隨手一綁的髮髻，沒人會在意頭髮型，但管理市街治安的捕快老大的養子，頂著這窮酸的髮型，彷佛都沒吃飽，有失體面。宇多丁十分同情北一，常會在他頭上塗抹某個東西。

宇多丁說是「髮素」，像泥巴一樣黏稠，帶有一股藥味。由於覺得不舒服，塗抹後北一總是馬上跑到井邊洗頭，當下覺得清爽多了，現在卻無比懊悔。他不禁心想，要是乖乖塗抹就好了。

宇多丁目送千吉老大的棺桶運走時，淚流不止，但得知老大的徒弟都沒繼承他的朱纓十手，倒是處之泰然。

「因爲這一帶沒人能勝任小千的職務。」

敢稱呼老大「小千」的人，也只有他了。如果宇多丁不是魁梧如熊的大漢，而是像大部分的梳頭師傅一樣，是有著纖纖柳腰的溫柔男子，想必會有人懷疑他們的關係。常言道，男色之間的深厚情誼，遠勝男女之情。

如今北一已不是捕快的徒弟，髮量也稀少到頭皮發冷，仍與宇多丁保持聯繫。因爲宇多丁是文庫的上賓，他說用文庫來收納髮油、束髮繩、假髮，極爲方便。當然，他用的全是「朱纓文庫」。將貼有漂亮圖案的文庫一字排開，店內顯得稱頭許多，可說是一舉兩得。

在猿江「欅宅邸」的御用人青海新兵衛的建議下，由長屋管理人富勘居中安排，現在萬作繼承的文庫屋製作的圖繪文庫上，已有象徵老大的印記，和市面上的贗品做區隔。那是工匠手雕玉石而成的氣派印章，寫有「千吉」二字，就印在文庫的蓋子內側。

這時，萬作的妻子阿玉說，讓北一繼續在外叫賣文庫，是無可奈何的事（這種口吻眞是過分），不過，「朱纓文庫」應該由我們專賣，所以有千吉印的文庫不能批給北一。

「如果是沒有用印和圖案的一般文庫，倒是能批給你。要是你不滿意，就自己去外面進貨吧。」

安靜寡言的萬作，只是任憑妻子去說，於是富勘居中勸道：

「妳別用這種沒意思的方式整他嘛。小北就像老大的兒子一樣。」

「只是像而已，又不是有老大血緣的兒子。」

阿玉始終劍拔弩張，最後是宇多丁拔除了她的矛頭。

「既然妳這麼壞心，我就告訴店裡的客人，萬作和阿玉的文庫，踐踏老大的遺志，是忘恩負義的文庫。」

註：男童的髮型，在頭上的前後左右綁上五個結。

梳頭店是流言蜚語的集散地，要是宇多丁眞這麼做，肯定馬上惡評傳千里。阿玉氣得緊緊咬牙，很不甘心，但也不得不讓步。宇多丁接著說：

「今後我只買小北的文庫。他賺到的這筆錢，終究會回到你們店裡，所以要是你們沒天天給老大上香，我絕不饒你們。」

在宇多丁的店裡，文庫充當道具箱，常會拿取使用，加上梳頭師傅沾有髮油的手碰觸，會沾上灰塵或髒汙。隨著擺放的位置不同，有的文庫蓋子很快就因日曬而受損。此外，作爲裝飾品，每當時節更替，若不改換應景的圖案，反倒顯得不識趣。所以，宇多丁會頻繁重新買過，成爲店裡的上賓。阿玉只想著要整北一，讓這尾大魚溜了。

這場紛爭落幕後，北一隨即向宇多丁道謝。宇多丁笑道：

「你眞重規矩，不愧是小千養大的兒子，我覺得十分驕傲。」

他瞇起眼睛，看起來彷彿又要哭了。

以前夫人給人的感覺，說好聽一點是「雲端上的人」，說難聽一點則是「完全被屏除在外」，但自從養父千吉老大去世後，北一突然和她變得親近起來。北一成了「富勘長屋」的房客，其實這是他有生以來第一次獨自生活。這個春天，北一的身心都無比慌亂。待一切好不容易平靜下來，猛然回神，他才發現梅花早已凋謝，市內正迎接盛開的櫻花。

望著燦放的櫻花，北一決定前往拜訪當初建議刻印章區別贗品的青海新兵衛。難得宇多丁如此誇獎，絕不能忘了知恩圖報的道理。

這天吃完早飯，北一馬上朝東前行。有些性急的櫻瓣，早早與同伴走散，乘著風從他的鼻尖掠過，他不禁追上去。

——櫻花會這麼快凋謝，是不想讓人看見它萎縮骯髒的模樣，多麼潔身自愛的花啊。

北一想起老大說過這樣的話。那應該是在誇獎，但他不清楚老大到底喜不喜歡櫻花。從那句話來想，兩種都有可能。

櫸宅邸的庭園一隅，有一株高大的枝垂櫻老樹。枝垂櫻花開得晚，現在只開了五成。那宛如紅色垂簾般的景致相當罕見，北一看得入迷。這時，一如往常，是新兵衛先發現北一，直接來到大門前。

北一對他說「託您的福，現在已附上如此氣派的印記」，並遞上一個全新的「朱纓文庫」，新兵衛十分開心。

「眞是太好了。不過小北，你該不會是忘了吧？我一直在等你解謎。」

新兵衛像孩童般，雙眼閃著光輝。這個人流露這種神情時，看起來年紀與北一相仿，沉默時看起來就顯老許多，實在不可思議。

「您說的解謎，是指哪件事？」

「你果然忘了，就是你們夫人的事啊。」

老大吃河豚中毒倒下的那天，北一恰巧來到櫸宅邸旁叫賣。新兵衛爲了讓他能快點跑回去，允許他寄放扁擔。之後北一忙著處理喪禮，忘得一乾二淨，是夫人提醒「你是不是將做買賣的東西寄放在哪裡了」，他才猛然想起，急忙來取。當時他向新兵衛道出原委，這位「看起來很閒」的御用人似乎頗感興趣，吩咐北一若得知夫人爲何能看出這一點，要馬上告訴他。

新兵衛會覺得不可思議，是因爲千吉老大的妻子，名叫「松葉」的這位夫人雙眼失明。

「啊，原來是這件事。」

北一笑了。

夫人無法靠雙眼視物，但她能以聲音、氣味、氣息、聲響爲線索，洞悉一切。她也是如此推測北一有東西忘在外頭。

「之後發生更驚人的事。」

夫人俐落拼出「詛咒的笑福面」，而且是憑藉周遭眾人的氣息和呼吸，做出判斷。北一將這些事告訴新兵衛，他大爲佩服。

「原來如此、原來如此……」

他粗大的脖子上青筋浮凸，方正的下巴埋進胸膛裡，頻頻點頭。

「你們那位夫人是高人。有意思，日後要是再發生什麼有趣的事，記得來說給我聽，隨時都行。」

說到這裡，他略微注意起宅內的情況。

「今天瀨戶大人盯得緊，沒辦法拿粗茶和糕點招待你。抱歉，下次再款待你。」

「哪裡的話，看到難得一見的枝垂櫻美景，我已大飽眼福。」

新兵衛再度深深感到佩服。

「說得雅致，小北眞是個風雅之人。」

當眞是過譽了。「大飽眼福」是千吉老大說過的話，北一只是眠忽然憶起罷了。那應該也是櫻花盛開時節的記憶吧。

北一原本想跟老大一樣成爲捕快，如今失去學習的典範，過著努力掙錢餬口的日子。雖然會引用老大說過的話，有樣學樣，但他完全不曉得如何成爲老大那樣的男人。

隨著櫻花盛開，好似心花怒放的市街上，行人出手也變得闊綽，這天生意特別好。北一打算一放好扁擔，就要前往夫人位於冬木町的住處，於是提早返回富勘長屋。這時，他看見三個女人站在出入口旁，神情緊繃地聚在一起竊竊私語。

「哎呀，小北，你回來啦。」

朝他叫喚的是長屋的房客，專門在家接裁縫工作的阿秀。她與名叫佳代的女兒相依爲命，住在這棟窮酸的長屋，但不知爲何，總是充滿朝氣。甚至讓人忍不住心想，她是不是吃了什麼特別的東西。

連這樣的阿秀都秀眉微蹙，眼裡清楚寫著「出事了，你快聽我說」，湊近北一。

不曉得該說是脾氣太好、性格太怯懦，還是兩者都有，這種事他總是躲不過。

「是不是發生什麼事？」

他一開口詢問，阿秀露出更易懂的表情，彷彿在說「就等你這句話」。
「告訴你喔，有個和我家佳代到同一家習字所上課的男孩……」
阿秀講出這句話後，其他兩個女人互望一眼。她們不是這棟長屋的房客，其中一人雖然身體硬朗，但已是上了年紀的老婆婆，另一人比阿秀年輕，是個雙手粗糙的太太，看來工作勤快。那老婆婆拉住阿秀的衣袖。
「阿秀妹子，這件事不能到處跟別人說啊。」
阿秀瞪大雙眼，似乎頗感意外。「我才沒到處亂說。我是在找人商量，小北以前是千吉老大的徒弟。」
——我明明沒說，卻還是讓人知道了。
千吉老大的名號，就像印有三葉葵家紋（註一）的印籠（註二），兩人一聽，表情驟變。年輕太太應了聲「哇」，雙目圓睜，老婆婆則是一臉狐疑。可能是北一年輕尚輕，模樣又窮酸的緣故。
「妳說的千吉老大，是文庫屋的那位嗎？」老婆婆失禮地上下打量著北一。
「不然會是哪位千吉老大？」
「他是中了河豚毒身亡吧？真教人同情。」
年輕太太說著，低頭行了一禮。
「我是上橋旁的魚產店『魚勢』的媳婦。小店和千吉老大素無往來，但聽聞他中了河豚毒，我們店裡的人都深深感到遺憾。」

北一默默低頭回禮。

「阿蓮，妳太客氣了吧。」

老婆婆以讓人不舒服的眼神望著北一，對阿秀說：「妳眞是的，既然千吉老大不在了，指望這種毛頭小子也沒用吧。」

一點都沒錯，北一無從辯駁。

「那男孩只是不小心跑遠了，再等一等，很快就會回來。到時好好訓斥他一番，也就夠了。」

老婆婆冷淡地留下這句話，便轉頭離開。

「她是我裁縫工作上的夥伴。」阿秀解釋：「這個人說話歹毒，你別見怪。」

「不，沒關係。她說的男孩怎麼了嗎？」

阿秀與「魚勢」的媳婦阿蓮相互頷首。

「有個叫松吉的男孩，住在海邊大工町的『富士富屋』，今天一早便不知去向，怎麼也找不到人。」

註一：幕府將軍德川家的家紋。

註二：用來放印章、藥品的隨身攜帶小容器。

「松吉和我家的佳代，都在武部老師的習字所上課。今天早上，松吉說要去習字所上課，卻沒到習字所。」

聽說，他至今仍未返家。

「那孩子幾歲？」

「十一歲，是個守規矩的好孩子。」

「佳代去的習字所，是附近掛有招牌的那家嗎？」

北一指著猜測的方向，阿秀連忙應道：

「對對對，武部老師或許也是你們文庫的常客。」

店裡那邊的情況，北一不清楚，不過，他不記得出外叫賣時，對方買過文庫。由於就在附近，北一見過幾次那名健壯的浪人師傅，感覺不像會放縱學生的老師。

「大概是沒去上習字課，不敢回家吧。因爲一定會挨父母和老師責罵。」

喜歡習字的男孩很少見。

「如果是守規矩的孩子，或許是意外有跑腿的工作，忙著賺錢，不小心忘了時間。」

現在是一年當中晝長夜短的時期，傍晚的天空依然明亮。

「不用那麼擔心，他應該很快就會回來。」

「是嗎？也對。」

阿秀似乎放心不少，阿蓮卻不這麼認爲。

「眞是這樣就好了，不過我兒子和松吉是好朋友，他既擔心又害怕，還說了一件古怪的事。」

「古怪的事？」

北一反問，阿蓮急忙擠出笑容，像要加以掩蓋。「不，沒什麼，我兒子太膽小。他是獨生子，我平常太寵他了。」

「丸助性格和善，我家佳代也常這麼說。」

「哎呀，眞高興聽妳這麼說。要是繼續打混，我會挨罵，先走一步。」

阿蓮嫣然一笑，匆匆從富勘長屋的大門離去。

此事教人在意。

「阿秀姊，她說的那件古怪的事，妳可有聽說？」

阿秀頷首，笑答「眞的挺古怪」。

「所以，阿蓮才會不好意思說給你聽。」

北一只是個賣文庫的小販，有什麼不好意思？

「因爲跟雙六有關。」

「雙六？」

「沒錯。丸助說，松吉會失蹤，是玩雙六（註一）的緣故。」

世上常會因爲各種事物的緣故，引發各種事態，但玩雙六導致一名孩童失蹤，倒是前所未聞。

「昨天他們一起玩雙六。」

雙六是年節常見的物品，但由於是玩具，孩子們隨時都會玩。

「松吉和丸助很疼愛我家的佳代，把她當妹妹看待，但昨天玩雙六時，他們不讓佳代一起玩。雖然不清楚是怎麼回事，但可能是吵架吧。」

北一疑惑地偏著頭。雙六的緣故？會是玩起不合時節的道中雙六（註二），興起出外旅遊的念頭，而離家出走嗎？

這個想法連北一自己都覺得蠢。

「總之，等松吉回來，一切就會真相大白。」

跟一派淡然的阿秀道別後，北一到井邊洗臉沖手，整個人清爽許多。接著，他前往冬木町的夫人住處。

今天是燒洗澡水的日子。從汲水開始，一連串的工作都由北一負責，所以他又忙出一身汗。等夫人泡完澡，他陪同一起享用女侍阿光準備的晚餐。味噌燒鱒魚令人食指大動，在夫人的勸進下，北一連吃三碗飯。

「『朱纓文庫』賣得如何？」

夫人膚色白淨，有張瓜子臉。由於雙目失明，平常都閉著眼睛，連眼皮也顯得光滑白皙。雖然年過四十，頗有歲數，但她洗好頭，以髮梳盤起，櫻花圖案的浴衣衣領敞開，那優雅的側坐之姿，簡直就是一幅美人畫。

「一直都賣得很好。對了，昨天我遇見一位十分客氣的客人。」

對方是本石町一家布莊的人，習慣蒐集以四季景物入畫的「朱纓文庫」，以此爲樂。由於忙於經商，今年主動跑來購買。

「他說，這麼晚才爲老大的事致意，實在抱歉，今後會繼續光顧。眞慶幸『朱纓文庫』上印有老大的章。」

就是啊——夫人莞爾一笑。

「下次再遇到專程來買的客人，請試著告訴對方，日後季節更替、有新的文庫上市時，你會親自送去。」

這樣客人就不會漏買，也省得自己出門一趟。對北一來說，會成爲一項穩固的買賣。

「就算對方拒絕，說用不著這麼做，也沒關係。只是隨口問問，算不上厚臉皮。」

「是，我明白了。」

在一旁聆聽的阿光，轉爲帶刺的眼神，開口問：

「店裡那邊的生意怎樣？」

註一：一種桌上遊戲，參加者以擲骰子的方式在圖盤上前進，類似中國的「昇官圖」。

註二：以東海道五十三次（驛站）爲主題製作的雙六遊戲。

她指的是萬作和阿玉的店。

「比起他們，老顧客應該更想跟小北買吧？蓋印章固然是個好點子，不過在熟客的眼中，小北親自賣的，才是老大專屬文庫的證明。」

這麼受推崇，北一不禁難爲情，顯得不知所措。

「他們應該也是認眞在做買賣，妳就別說這種難聽話了吧。」

在夫人的委婉勸誡下，阿光吐吐舌頭：

「好的，抱歉……」

北一幫忙阿光整理碗筷，並受託處理了幾項雜務。將阿光爲他準備好當明天早餐的握飯團收進懷中，返回富勘長屋時，天空已亮起點點星光。路過正覺寺旁，正好開始敲鐘，「噹」的鐘聲混在夜風中，吹過他的頸項，已是戌時（晚上八點）。

「啊，小北、小北！」

狹窄的運河對面，冒出一盞搖搖晃晃的燈籠，有人朝他叫喚。北一心想，會是誰呢？定睛細看，原來是富勘長屋的房客太一。他小北一兩歲，體格卻幾乎和青年沒兩樣，做事俐落勤快。他的父親寅藏是挑著扁擔四處叫賣的魚販，嗜酒如命。明明是魚販，卻愛睡懶覺，教人沒轍，不過父親沒用，孩子反倒爭氣。

「這麼晚了，你在這裡做什麼？」

北一詢問後，發現太一手裡的燈籠印有北永堀町的番屋（註）印記。

「發生什麼事了嗎？」

「嗯，武部老師有個學生失蹤，大家在找他。」

北一嚇了一跳。

「你說的學生，該不會是住在海邊大工町，一個叫松吉的男孩吧？」

太一點點頭，似乎很吃驚。

「原來你知道，不愧是千吉老大的徒弟。」

不，只是碰巧知道罷了。

「聽說今天早上他去習字所，離開長屋就沒再回來。到現在還沒回家嗎？」

「對。左鄰右舍都沒人看到他的身影，很奇怪吧？」

就這麼平空消失。

「簡直就像神隱。」

「——不會是離家出走吧？」

「武部老師說，松吉不是那樣的孩子，所以大家更擔心了。」

太一說富勘吩咐他，跑一趟冬木町的「福富屋」。那是一家木材批發商，也是這一帶的大地主，許多租屋和長屋的房東。夫人的租屋處，也是他們名下的房子。

註：江戶時代，町人自行組成類似義消、義警的組織，值勤的地方稱爲「番屋」。

「富勘先生說，『福富屋』的男丁眾多，或許能請他們提供小船協助搜尋。」

深川一帶各種大小運河交錯，只要有孩童失蹤，首先會擔心是否落水身亡。若有小船，搜尋起來會方便許多。

「富勘先生也四處奔走，說會馬上趕去『福富屋』。」

松吉住在「富士富屋」，一樣是「福富屋」名下的房產，應該也是委由富勘擔任管理人。對富勘而言，房客的孩子失蹤是大事。

不過是窮人住的長屋裡，有個房客的孩子失蹤罷了，碰上這種情形，不少管理人都會佯裝不知，置之不理，但富勘不一樣。千吉老大會對富勘禮讓三分，也是因爲富勘對長屋的房客一視同仁，照顧有加。

——如果此刻老大在場，一樣會召集人手全力協尋松吉吧。

若是離家出走，也沒關係。要是當事人感到後悔，不好意思回家，也挺可憐。若是在某處受了傷，無法動彈，就麻煩了。萬一是被人擄走，情況就更嚴重了。

北一仰望星空，望著籠罩市街的暗夜。

「你找多久了？」

「從黃昏就開始找。」

過了整整一個時辰（約兩小時）。北一想到自己在夫人家待那麼久，就很想打自己屁股。

「好，我跟你去。」

兩人一同邁步奔去。來到「福富屋」，之前夫人搬家時多所關照的掌櫃前來接待，正在向他說明情況時，富勘剛好趕達。只見他額頭冒出豆大的汗珠，神情凝重。

「町內大致搜尋過，還沒找到人。」

目前召集的男丁，正分頭沿著運河持續叫喚松吉的名字。

「就像是被天狗抓走……」

「福富屋」的掌櫃臉色一沉。

「我也動員店裡的人協尋，派出所有的小船吧。雖然一般孩童不會去那個地方，以防萬一，我們也會到儲木場尋人。」

冬木町東側有一塊廣大的空地，是深川的木材商共同使用的儲木場。不光是在地面上堆放木材，或架立木材，還會像水田般注滿水，讓組成木筏的木材浮在水面上。他們會以小船拖著木筏，從運河前往小名木川或大川，水深遠非一般的水田所能比擬。說到水深，十歲左右的孩童根本踩不到底。

要是在此落水，不小心鑽進木筏底下，會被壓在水面下，整個人貼在木筏底部，就此溺斃，不容易尋獲。外行人要走在木筏上尋人，並不簡單，所以掌櫃才說「我們會去尋人」。

「讓您這麼大費周章，真的很抱歉。松吉這孩子應該不會隨便去那麼危險的地方。」

富勘的表情僵硬。

「福富屋」出借店內的龕燈（註），北一提著燈折返原路，展開搜尋。富勘和太一則是坐上「福富屋」提供的扁舟，沿著運河返回海邊大工町。

「喂～松吉！」

「松吉啊～」

划過夜間水路的扁舟和小船上，傳出叫喚松吉的聲音。河堤上、水面上，燈籠和龕燈的燈光交錯，那幕景象猶如性急的螢火蟲提早現身。

「松～吉～」

北一丹田用力，朝前方的黑暗叫喚。

「沒人會罵你～我們不罵你，快回來啊～」

北一八歲那年曾挨千吉老大訓斥，說他對文庫屋的客人做出失禮的行爲，他心裡難過，於是離家出走。當時有個客人纏著北一說「你找錯錢坑人」，北一明明沒做錯事，卻被罵得狗血淋頭，客人在一旁嬉皮笑臉，他怎麼也嚥不下這口氣。

由於無處可去，一整天都躲在附近那座稻荷神社的地板下。深夜時分，飢餓難耐，北一爬了出來，被人發現。

在那之前，北一聽到好幾次老大的叫喚聲。當老大只叫喚他的名字時，他心想「我死也不出去」。後來他哭哭啼啼從地板底下爬出，是聽到老大說「我不會罵你」、「我不生氣了，你快回來吧」。孩童的心思就是這麼回事。

此時，北一的叫喚聲可能傳進某個協尋的男丁耳中。不久後，開始有同樣的叫喚聲摻雜其中。

「沒人會罵你。松～吉～快出來啊～」

然而，始終沒找到松吉。

二

松吉失蹤後，一夜過去，「魚勢」的丸助突然號啕大哭，顯得無比驚恐。

「都是雙六害的。我們不該玩那副詭異的雙六。」

「怎麼辦？接下來可能換小仙要遭遇可怕的事了。」

「小仙」名叫仙太郎，與丸助、松吉同年，三人是在習字所認識的好朋友。他是彌勒寺旁的「笹川屋」的長男。「笹川屋」從事蠟燭和香的買賣，這一帶許多僧人都是他們的顧客，是腳踏實地、生意興隆的店家。

除此之外，再無其他線索，但也不能放著丸助哭鬧不管。聽聞情況後，富勘安排孩子們

註：江戶時代發明的一種燈籠，只會照向前方，不會照出提燈者，很適合強盜使用，所以又叫「強盜提燈」。

到習字所集合。

「我不會罵你們，把知道的全說出來，不要隱瞞。」

習字所的老師武部權左衛門，身上的裙褲有仔細縫補的痕跡。他雙手置於膝上，開口這麼說道。那粗獷的臉龐，與「赤鬼」的綽號十分相配，不過他的嗓音倒是頗爲平靜柔和。

這天習字所沒上課，學生的桌子全收在教室的角落。武部老師和富勘並肩坐在木板地中央，兩名男孩坐在對面，略顯緊張地縮著身子。

坐在右側的是「魚勢」的丸助。他的母親阿蓮陪在一旁，和兒子一樣身子蜷縮。丸助哭哭啼啼，阿蓮似乎只要有人輕輕一戳，就會放聲大哭。這對母子不僅長得像，連脾性也像。

另一方面，一旁的仙太郎沒人陪同，獨自端正坐好。雖然擔心松吉，他卻完全沒哭。他一副聰明樣，透著幾分成熟。或許是性格的緣故，也可能和生活方式不同有關。

「我爹娘都很擔心小松，不過事出突然，他們無法丟下店裡的工作不管。我也認爲，有管理人陪同放心許多，所以自己前來。」

約莫是緊張，他的語調偏高，但低頭行禮問候的架勢十足，確實不簡單。

松吉的父母沒來。他們夫妻育有七名子女，松吉是長男，光靠兼差木匠的父親的收入無法養家，母親同時接了好幾分副業。

由於整天忙著討生活，夫妻倆根本不記得松吉失蹤前後的情形。對於引發風波的雙六，也一無所悉。夫妻倆說，比起這件事，要是今天沒幹活，其他六個孩子會挨餓，不好意思，請你們看著辦吧。難道他們不擔心松吉的安危？他們說，當然擔心，可是就算流淚，孩子們的食物、生活費和房租，也不會從天而降，這一點管理人應該最清楚。他們講了一大堆（當中夾雜抱怨），連富勘也受不了他們。

這就是靠微薄工資度日的窮人。北一心想，這也是無可奈何的事。他們竭盡所能地工作養活孩子，已值得讚揚。

從昨天的情況來看，那「古怪的雙六」頗令人在意，於是北一擠進孩子們當中。要是武部老師脹紅了臉咆哮，他打算以年紀相近為由，替孩子們說幾句話。

不過，看來武部老師並非赤鬼。他不僅沒咆哮，還耐性十足地安慰感到害怕的丸助。

「用不著哭，我和管理人都陪著你，沒什麼好怕的。你們不會是做了什麼壞事，瞞著不敢說吧？」

「沒有，我們……只是三個人……一起玩雙六。」

丸助抽抽噎噎地說道，阿蓮輕撫他的背。一旁的仙太郎開口：

「小丸，不用這麼難過，小松一定會回來。他會失蹤，並不是雙六的關係。因為我什麼事也沒有啊。」

仙太郎努力想安慰丸助。

「你說自己什麼事也沒有，這是什麼意思？」

富勘出言詢問，但武部老師制止道：

「一個一個按照順序問吧。仙太郎，你從頭開始說。你們是什麼時候玩雙六？」

「是。」仙太郎頷首，臉頰泛紅，眼皮抽動。

「前天上完課，我們在回家的途中，撿到那個東西。」

丸助和仙太郎回家後，都得幫忙家中的生意。由於遲早要繼承父親的生意，這就像在學藝。不過，他們正值愛玩的年紀，不可能天天都幫忙店裡，連一天的休息也沒有。玩竹蜻蜓、製作釣竿到運河邊釣魚、跟其他男孩聚在一起玩騎馬打仗——玩法多樣，可忙碌著呢。

「只有小松沒辦法一起玩。」

他得代替忙著工作的父母照顧六個弟妹，還有打掃、洗衣、汲水等家務事，等著他處理。

「最小的弟弟是一對雙胞胎，還在爬行的階段，小松一個人連要背起他們都沒辦法。」跟松吉感情好的丸助和仙太郎，為了減輕松吉的負擔，決定盡可能幫他的忙。等家事做完，就能一邊照顧弟妹，一邊遊玩，所以他們也玩得很開心。

「不光是玩，我們會還會教小松的大妹和大弟讀書寫字，練習算盤。」

仙太郎急忙補上一句，模樣十分惹人憐愛。

「所以，從習字所回家時，我們會先路過『魚勢』，前往小松家。」

從位於北永堀町的習字所往回走，由近到遠依序會經過「魚勢」、「富士富屋」、「笹川屋」。

阿蓮頷首，附和道：「丸助路過時，會向我打個招呼。」

阿蓮會對他說一聲「路上小心」，如果有點心，也會讓丸助帶去。

「三人感情好，這樣相處已持續兩年。雖然丸助幫忙店裡的工作也很重要，但我希望他是懂得爲朋友著想的孩子。」

「說得好。」

武部老師出聲應道。富勘瞇起眼睛，輪流望著兩個孩子。

可能是受到誇獎，感到安心，仙太郎吁了口氣，接著往下說。

「前天，我們在『魚勢』跟阿姨打過招呼，走向『富士富屋』……」

途中，他們發現有個小紙盒遺落在路旁的天水桶（註）底下。

「撿起來一看，發現紙盒破破爛爛，邊角都塌了。上頭的文字嚴重磨損，只看得懂一半。」

勉強能看懂的那一半，寫著「〇〇雙六」。

「所以，我打開來。」

裡頭眞的裝著雙六。約半張榻榻米大的一張紙上，畫有「東海道五十三次」的圖畫，幹道沿途的驛站，都有個像金幣的橢圓形標記。這東西太過老舊，殘破不堪，甚至看不出是手

註：儲存雨水以供滅火的大木桶。

繪，還是印刷品。上頭滿是蟲蛀，有許多小小的洞。

「盒裡還放著一個骰子，同樣老舊泛黃，有幾個點數的黑墨消失不見。」

是「道中雙六」，我們帶回去玩吧。三人喜上眉梢。

「如果又新又漂亮，我們就不會擅自拿走。」

仙太郎低著頭，接著說：

「我們會送去番屋，或是向附近的店家詢問，但它真的破破爛爛。」

「不用解釋了。我說過，不會責怪你。」

武部老師加以安撫。

「所以你們拿走之後，就三個人一起玩，對吧？」

「是的，不過……」

仙太郎顯得扭扭捏捏。

「我們在小松家仔細檢查後，發現那不是『道中雙六』。」

供雙六的棋子停放的橢圓形裡，大多空白，什麼也沒寫。上頭有文字的地方，寫的都是奇怪的詞語。

「起點是寫『起始』，終點是寫『盡頭』。漢字與假名交雜，還有一些艱深的漢字，我不記得全部。」

「講你記得的部分就行。」

仙太郎眼珠往上游移，默背似地緩緩說道：

「有『腫包』、『黃金一兩』、『高燒』、『眼疾』、『碰撞』……」

「等等，」武部老師舉起厚實的手掌，「我來寫吧。你看看我有沒有寫錯。」

因爲是習字所，紙、筆和墨汁一應俱全。北一搬來一張長桌，擺在老師的身旁。

「哦，不好意思。你眞機靈。」

接著，他剛勁有力地寫下幾個大字。

起始、盡頭、腫包、黃金一兩、高燒、眼疾、碰撞。

「是這樣的文字嗎？」

「對，應該沒錯。」

仙太郎的表情益發緊繃，暗自吞了口唾沫。

「全是不好的字眼……」

富勘從旁窺望，如此說道。

「『碰撞』(註)是指撞向某個東西吧。」

「照字義來看，應該不是，但擺在這些字眼當中，無法往好的方向解讀。」

「『黃金一兩』要怎麼解釋？」

註：原文爲「つきあたり」，另有道路盡頭的意思。

說來難為情，在北一的眼中，就屬這幾個字最大。

「如果停在上面，就能得到一兩，會不會是這個意思？」

雙六是很簡單的遊戲，骰子擲出幾點，便前進幾格，最早抵達終點的人獲勝。就算擲出最多的點數，也只能前進六格，所以在抵達終點前，會多次停在格子上。而且，往往不會順利前進。如果停的格子上出現「暫停一次」、「倒退三格」，或是「回到原點」的指示，就得乖乖照做。

雖然是孩童玩的遊戲，但北一數次目睹澡堂二樓一群遊手好閒的男人，玩雙六賭錢，有時會賭一壺溫酒、路邊攤的壽司或天婦羅。如此一來，就成了靠骰子的點數決勝負的正統賭局，連成人都玩得興致盎然。

「如果是這副雙六，反倒會被拿走一兩吧。」

「其他還有『黃金三兩』和『黃金五兩』。」

「如果是這樣，就虧大了。」

「仙太郎，那副雙六在哪裡？」武部老師問。「直接看實物比較快。放在松吉家嗎？」

仙太郎惴惴不安地搖頭。

「我們只玩那麼一次，雙六就不知去向了。」

盒子和骰子全不翼而飛。

「小松說，一定是他娘拿去當柴燒了。我們都認為，這樣也好。」

北一插話：「那副雙六讓你們覺得不舒服，所以只玩過一遍。就算遺失了，你們也沒去找，對吧？」

仙太郎轉頭望向北一，露出「這個人是誰啊」的表情，旋即坦率點頭，不斷把玩著自己的手指。

「你們不是都各自停在寫有文字的格子上？」

面對武部老師的詢問，停止哭泣、稍稍冷靜下來的丸助，又開始哭哭啼啼。阿蓮緊摟住他的肩膀。

「是的，我們都只停了一次。」

「上面寫了什麼？」

「小丸的是『黃金三兩』。」

富勘發出一聲驚呼，慌張地對阿蓮說：「『魚勢』的老闆娘，剛才我說會被拿走一兩，請當我沒說過。這是賺進三兩的意思吧？」

阿蓮尷尬地縮起肩膀。

「那松吉呢？」

仙太郎一時語塞，表情像在說「我都沒想到這一點」，接著悄聲回答：

「是『神隱』。」

神隱。所以，松吉才會彷彿被天狗擄走，平空消失。

武部老師與富勘面面相覷。丸助大叫一聲「哇」，把臉埋進母親的懷中。

「仙太郎，你停的格子上寫著什麼？」

「我的是……」

仙太郎光滑的額頭微微冒汗。

「寫著『閻羅殿』。」

武部老師迅速寫下，「是這樣嗎？」

〈閻羅殿〉

「啊，對。」

北一頓時無言。這個意思是，要去見閻羅王嗎？也就是會丟掉性命？

「可是，我什麼異狀都沒有。從前天到現在，沒有什麼不一樣，也不覺得哪裡不舒服。」

仙太郎把玩手指的動作益發明顯。

「這件事實在詭異……」

武部老師的表情凝重。

「簡直像是怪談。」

富勘猶如看到從地板下爬出的蜈蚣，緊盯著武部老師寫的字。

「太可怕了，我更擔心松吉了。『福富屋』今晚也會提供小船，我們繼續尋人吧。」

「也對。」

武部老師頷首，撫著下巴。

「我只是個習字所的老師，稱不上什麼君子，但也不是會怪力亂神的人。不過，此事確實透著詭異，希望『魚勢』和『笹川屋』多加留意。丸助，別哭了，你得堅強一點。」

在武部老師的開導下，丸助揉著哭腫的雙眼，點了點頭。仙太郎則低頭應了聲「是」。

武部老師轉頭望向北一，「聽說你是千吉老大的徒弟。」

「是的，在下名叫北一。」

「不好意思，可以請你跑一趟『富士富屋』，找出這副詭異的雙六嗎？」

「在下明白。」

「小北突然一個人跑去，房客會覺得奇怪吧。我也一起去。」

「那麼，我們著手進行吧。」

北一站起身，仙太郎和剛才一樣，轉頭望向他。兩人四目交接。可能是這孩子五官端正，北一頓時覺得像被人偶盯著，心頭一驚。

「由於我們的緣故，勞煩您了，真的很抱歉。」

仙太郎手指點地，恭敬行了一禮。

「富士富屋」的房客都很擔心松吉的安危，北一只說了一句「這可能成為找出松吉的線索」，便全體動員幫忙找尋雙六。

「當柴燒？松吉家向來不燒柴煮飯，頂多寒冬時節會升火燒開水。」

他們不光在長屋裡找尋，走出「富士富屋」的大門，前方不遠處有空桶店和茶箱屋。這兩家都是店門只有兩間（約三．六公尺）寬的小店，不過賣的是容器，爲了謹愼起見，還是請他們將商品全部打開檢查。

儘管能做的都做了，那詭異的雙六盒子和紙張，依舊連灰燼也沒找著。

松吉的幾個弟弟和妹妹，分別是七歲的弟弟、六歲的妹妹、五歲的弟弟、三歲的妹妹、一對雙胞胎弟弟，全站成一列。北一心想，松吉的大弟和大妹也許看過他們前天玩雙六，還記得些什麼，於是試著詢問。

「松哥哥回家餵我們吃午飯。」

「他和弟弟妹妹一起睡午覺。」

「雙六？哇，我也要玩。」

情況就像這樣，一無所獲。魚產店的小丸和蠟燭店的小仙，和我哥是好朋友，常到我家玩。管理人，你來收房租嗎？我爹說，就算積欠半年也沒關係。我娘說，管理人是惡鬼。小哥哥（拉著北一的衣袖），你爲什麼沒綁髮髻？你是念阿彌陀佛的和尙嗎？哇～呀～哇～呀～

待到中午，離開時，北一和富勘都累得筋疲力竭。

「真虧他們能接連生那麼多孩子。」

聽富勘說，其實松吉和七歲的弟弟中間還有一對雙胞胎妹妹，但出生不久便夭折。

「養活他們就很不容易了，武部老師會向松吉收束脩嗎？」

「不清楚。他父母都堅持孩子不需要學問，是武部老師一再請求，才讓松吉去習字所上課。」

松吉學習認真，讀書、寫字、打算盤都很拿手。在習字所裡，協助老師的高年級學生統稱「番頭」，由老師選出表現好的學生來擔任，聽說去年是松吉，今年是仙太郎。

「如果是十一歲，不就快要可以出外工作了？」

「等大弟稍微能幫忙家務，他就會跟著父親學當木匠吧。這麼一來，便無法馬上賺錢養家，也許會先去哪家店當童工。」

不管怎樣，再過不久，松吉就會幫忙賺錢貼補家用，和父母一樣每天從早忙到晚，供弟妹們溫飽。

想到這裡，北一說道：

「雖然松吉這孩子乖巧，平常不可能做這種事，但會不會是離家出走？」

由於生長在貧窮的家庭，他該不會是受夠了，逃離這個家吧？

「既然是這麼能幹的孩子，就算只有他一個人，也有辦法養活自己。」

「沒有保證人，無法到正經的店家當童工。」

「那就得看他怎麼解釋了，例如可能自稱因火災成了孤兒。或者，離開市區，去農家也行。」

江戶近郊的地主、有自己農地的農家，比一些不入流的商家更富有。奢侈又挑嘴的江戶人，很捨得花錢向他們購買各種蔬菜、地瓜，以及水果。如果是到這種地方當僱農，就算沒有中規中矩的保證函或保證人，一樣有辦法。

「如果是這樣，雙六的事又該怎麼解釋？」

富勘一本正經地詢問，北一大爲驚訝。

「呃，富勘先生，你到現在還相信那是眞的啊？」

富勘微微一怔，不住眨眼。

「也不能斷定不是眞的。小北，你不相信嗎？」

「怎麼可能相信嘛。」

這件事打一開始就非常可疑。

「出現得這麼剛好的東西，根本不存在。平常總是和他們一起遊玩的弟弟妹妹，說完全不知道雙六的事，未免太奇怪了吧。」

此時，富勘的臉活像是被一腳踩扁的蛤蟆。

「小北，和我相比，你的年紀更接近他們，沒想到你竟然不相信這些純樸的孩子說的話。」

富勘說得憤慨，其實情況完全相反。就是保有些許赤子之心，才明白他們一點都不純樸。

即使是孩子，該說謊的時候還是會說謊，而且不露破綻。

「依我看，或許松吉只是離家出走，跟雙六的事一點關係也沒有。」

那是仙太郎編出的劇本，丸助配合演出。複雜的內容全由仙太郎一個人說，丸助叫嚷著「都是雙六害的」，一個勁地哭，這樣也解釋得通。

北一說出自己的臆測，很自然地鼻翼翕張，得意洋洋。富勘斜睨著他，嗤笑道：

「他再怎麼聰明，終究是年方十一的蠟燭店小少爺，會有什麼不可告人的原因，得大費周章編造謊言？」

沒錯。究竟爲何會扯出如此詭異的謊言？

「或許是希望把事情鬧大，好讓人找出松吉……」

富勘緊咬著北一話中的破綻，加以反駁：「我的房客要是失去下落，就算沒人來拜託我，我也會去尋人。」

也對。富勘就是這樣的管理人，「福富屋」亦是這樣的房東。

「小北，你試著回想，十一歲的你編得出像怪談般的故事嗎？」

北一沒這種能耐，但仙太郎應該足夠聰明。

「我覺得那孩子有這種能耐。」

「你只是這麼覺得嗎？未免太馬虎了。」

「抱歉……」

「而且，丸助害怕的模樣，不像在演戲。那也不是假哭。」

說到假哭，我見得太多了，多到能拿去店裡賣——富勘得意地說道。

「不論是大人或孩童，都瞞不過我的眼睛，丸助是真的害怕。仙太郎顯得那麼堅強，也是看到丸助那副模樣，覺得自己該振作一點，才故意逞強吧。」

當時，仙太郎直冒汗，臉和眼角都泛紅。那算是堅強嗎？果真如此，他為何不停把玩手指？那宛如人偶般的神情又該怎麼解釋？

仙太郎知曉一切，卻故意說謊。為了不讓人看出他在說謊，他努力演戲。說到騙人的表情，北一雖然看得不多，但只要有說謊的經驗，好歹分辨得出來。

重要的是說謊的原因。

「富勘先生，在你面前假哭的，都是遲交房租的人嗎？」

「別問這種無聊的問題。」

兩人的討論沒有結果。

尋找松吉的工作仍持續進行。入夜後，北一手持龕燈，沿著運河一路叫喚。走到雙腳僵硬，又餓又累又睏，搖搖晃晃地捱到了天明。接連兩天幾乎都熬夜沒睡，著實吃不消。

回到富勘長屋後，他直接朝鋪在木板地上的草蓆橫身躺下。這草蓆是夫人給他的，還很新，帶有濃濃的燈心草香氣。轉眼之間，他便沉沉入睡……

「小北、小北！」

傳來用力拍打紙門的聲響。是太一的聲音。

「什麼事？」

睡迷糊的北一應聲，太一一把推開門，直接衝進來。

「找到松吉那孩子了。」

太一氣喘吁吁地說道。

「就在剛才，他呆立在『富士富屋』的木門前。他神隱歸來了！」

三

松吉看起來一切無恙，似乎都有好好吃飯（或是有人餵他吃？）。他身上的衣物、鞋子，都和失蹤時一樣，雖然滿是補丁、有多處磨損，卻沒有任何汙垢和塵埃，乾乾淨淨。

北一不清楚天狗和神隱是怎樣的情形，但他心想，如果擄走孩子後，還讓孩子洗澡、吃飯，可見對方也不壞。

見長男平安歸來，松吉的母親喜極而泣，松吉的弟弟妹妹們跟著齊聲哭了起來，父親卻始終板著臉孔。不過，沒痛罵他一頓，或是飽以老拳，就很不錯了。

松吉本人說，關於失蹤的這兩天，他什麼都不記得了。

接著同樣是在習字所，武部老師逐一詢問，想查個水落石出，卻問不出所以然。

「我失蹤整整兩天嗎？」

噢，我是去哪裡了呢？泡澡？我沒泡。吃東西？對耶，我肚子不餓。

一臉茫然、一派輕鬆、心不在焉，像極落語故事中會提到的憨傻人物「與太郎」（註）。

不過，在掌握不到重點的交談過程中，松吉突然冒出一句：

「——這麼說來，我果然是遭到神隱了。」

此話一出，他彷彿突然清醒過來，一躍而起。

「如果是這樣，都是那副雙六害的！」

松吉像是要向武部老師求救，提到他和仙太郎及丸助，撿到一副古怪的雙六。三人玩了起來，他停在寫有「神隱」的格子上。

「小丸是『黃金三兩』，小仙則是『閻羅殿』！」

接下來，會不會換仙太郎被帶往閻羅王那裡？丸助家的「魚勢」會不會遭遇災難，損失黃金三兩？松吉口沫橫飛地說個不停。武部老師和富勘一同安撫他，費了好大一番工夫才讓

註：常在落語（類似單口相聲）段子中登場的滑稽人物，不管做什麼事都會搞砸。

他平靜下來。

「我好想見小丸和小仙啊。」

松吉淚眼婆娑地央求，於是富勘帶他前往。

「所謂的『閻羅殿』，也許是到閻羅王跟前工作，受到褒獎。至於『黃金三兩』，如果是賺進黃金三兩，不是可喜可賀嗎？」

來到屋外時，富勘如此安慰松吉。

習字所內，武部老師雙臂盤胸，坐在木板地中央，仰望天花板。

北一望著他那高挺的鷹鉤鼻。

「整件事未免太過巧合了吧。」

武部老師沉聲低語。

「小北，你怎麼看？」

北一心想，你希望我怎麼回答？但他旋即放棄忖度，如實說出心中的想法。

「我沒想到，富勘先生竟然對孩童編出的謊話這麼沒轍。」

武部老師彷彿化去緊繃的心情，朗聲大笑。

「一點都沒錯。」

哦，太好了。

「老師也這麼認為嗎？」

「嗯，應該是三人套好招，實在巧合過頭了。」

感覺就像在演戲。

「這劇本寫得煞有其事，相當講究，儘管是我的學生，連我都忍不住想誇一句『了不起』。不過，想必不是平空編造的故事，而是有什麼範本。」

「範本？」

「比如蒐集市井軼聞的隨筆集，或是奇譚集之類的讀本。」

啊，原來如此。北一朝膝蓋用力一拍。

「當中提到雙六的故事，對吧！」

神隱的雙六。不，應該說「閻羅王雙六」比較合適。

「仙太郎這孩子愛看書，不過，這種事可留待之後再說。」

武部老師嘆了口氣。

「重要的是，這麼做的原因。」

三個好朋友這麼做，有什麼必要，或是會帶來什麼好處？

「如果要問出原因，看來就屬丸助最容易下手。」

因爲他是個很黏母親的愛哭鬼。

武部老師從懷裡抽出手，望向北一。

「平常丸助就像其他兩人的小弟，可能是獨生子的緣故吧。三人當中，仙太郎如同長男，松吉是次男。丸助則是老么，最為任性，也因如此，他對兩人重情重義。」
要是突然責備丸助，要他背叛夥伴，感覺過於殘酷——老師低語。
「我或許太心軟了。」
「他們是您的學生，只要照您想的去做就行了。」
武部老師露出苦笑。
「松吉平安回來了，但這件事太詭異。『魚勢』和『笹川屋』的老闆都說，會暫時將丸助和仙太郎留在家中，不會送來我這裡。」
「天下父母心，這也無可厚非。」
「我也有孩子，明白這種心情。」
聽說武部老師有五個孩子，北一大感驚訝。光靠習字所的收入，養得活孩子們嗎？
「他們說會多留意孩子，我實在無法一笑置之。這麼一來，只能靜觀其變。明明是自己的學生引發軒然大波，卻束手無策，我實在無地自容。」
「這不是老師的疏忽，孩子走失，大家合力搜尋，這是理所當然的事。」
「實在慚愧……」
這樣說就過謙了。
「事情查明後，如果只是孩子們之間的遊戲就好了。」
「就是啊。」

不過，北一仍有事懸心，心頭彷彿卡了小石子。

「有句話，如果由我來說，可能有點多嘴……」

但說無妨——老師雙手置於膝上。

「『閻羅殿』的意思姑且不論，要是日後『魚勢』賺進黃金三兩，或是蒙受三兩的損失，也就是眞的和金錢扯上關係，再怎麼看，都不再只是小孩子的遊戲了。」

這是千吉老大昔日的教導。北一，再微不足道的糾紛，當中只要有一文錢的金錢糾葛，就不能視而不見。

「而且，仙太郎是『笹川屋』的繼承人吧。」

「嗯，他們家中只有這麼一個兒子。他底下有兩個妹妹。」

姊妹倆都在一位女老師的習字所上課，五部老師沒見過她們。

「『笹川屋』那邊表示，仙太郎的課只上到今年，日後打算讓他在店裡學做生意。」

那孩子會繼承「笹川屋」，算是有福之人。比起再怎麼努力都無法擺脫貧困的松吉，境遇可說是天差地遠。現在友誼深厚的三人，過了兩、三年後，恐怕會日漸疏遠。這也是無奈何的事，每個人都有適合自己的身分。

「在老師的眼中，三人都是您的學生，不過，住在裏長屋的松吉、生意只比路邊攤好些的魚店獨生子丸助、財力雄厚的商家繼承人仙太郎，他們的身分打一開始就不一樣。這方面要是有什麼隱情，或許會是麻煩事。」

雖然有點嘮叨，但這同樣是千吉老大的訓示。那些家財萬貫的商家，外表看起來風平浪靜，但爲了繼承人或是親戚之間排序的事，時常暗潮洶湧。

「話雖如此，一味瞎猜也不太好。」

說完，北一用力搔起頭，武部老師卻一直緊盯著他。老師眼珠微凸，帶有一股懾人的氣勢。

「啊，抱歉，我果然太多嘴了。」

「不，一點都不會。」

武部老師平常教導學生時，大概就是這樣吧。他的聲音威儀十足。

「北一老弟，你今年幾歲？」

「我嗎？十六歲。」

「這樣啊。」

武部老師從鼻孔重重呼出氣息，點點了頭。

「你的忠告，我會牢記在心。」

離開習字所後，北一邁步朝冬木町走去。夫人或許已聽聞關於神隱的風波，但他仍想親口告訴夫人。如果是千吉老大會怎麼處理？他想聽聽夫人的看法。

大白天就去見夫人，算是做生意偷懶，但夫人聽到北一的聲音，不僅沒責罵，還對他說：

「我等你很久了，進屋吧。」

阿光也用圍裙擦手，興奮地跑來。

「聽說，『富士富屋』那個遭到神隱的孩子回來啦？那副可怕的雙六後來怎麼了？」

傳聞果然已傳入這裡。

如此如此，這般這般。北一說出閻羅王雙六一事，阿光聽得掌心出汗，激動地說：哇，好可怕，「笹川屋」的人要是能派保鑣保護仙太郎就好了，我認識「魚勢」的阿蓮姊，帶糕點去探望她吧。

夫人手肘抵在長火盆的邊角，兀自吐著菸圈，若有所思。

北一向夫人請教最想知道的事。

「要是老大健在，不知道會怎麼處理？他應該會向孩子們講道理，要他們供出實情……」

「所以小北，需要加派保鑣啊！」

阿光大聲說道。這時，夫人開口：「阿光，妳去幫小北準備午飯吧。」

阿光露出納悶的神情，但還是乖乖退到廚房。

夫人朝北一招手，壓低聲音說：

「富勘先生頗有智慧，但不知為何，一遇上守規矩的孩子或是優秀的孩子，總是沒轍，忘了要抱持懷疑。我聽老大說過，他從以前就是這樣。」

「可能是見過太多不成材的大人？」

「或許吧。」

夫人呵呵輕笑。

「老大還在世會怎麼做，我也不知道。不過，小北，你對習字所老師說的話，一點都沒錯。你動腦筋思考的事很正確，要有自信。」

咦，眞難爲情。

「不過，實在教人擔心，要是他能改變想法就好了。」

「改變想法？」

「再怎麼聰明，畢竟還是個孩子。不論動機爲何，他都太低估自己編出的謊言將會造成的影響。惹出超乎預期的風波，此刻他應該很歉疚，不管原本有什麼企圖，希望他都能就此收手。」

夫人是在說仙太郎吧。

她左手的手指輕輕滑向長火盆的外緣，右手拿著菸管朝那裡敲打，表情轉爲柔和。

接著，夫人說了一句「雜談蔦葛」。

咦？

「這大概就是『閻羅王雙六』的出處。」

說完，夫人嫣然一笑。

「享保年間（一七一六～一七三六年），一位在兩國橋附近開業的大夫，將平時從患者那裡聽來的街談巷議和傳說軼聞，寫成一本隨筆集。」

由於是各種繁雜傳聞的紀錄，內容包羅萬象。當中的故事，很多都只算是葉片，連樹枝、樹幹都算不上，所以作者自謙是「蔦葛」（註一）。

「有一段時間，我常聽人念那本書。當時剛成婚，所以是請老大念給我聽。」

如果是這樣，不就是很久以前的事了嗎？

「……夫人過耳不忘嗎？」

所以才能馬上從腦海中取出這本書，就像從行李拿出白布襪一樣。

「倒也不是全部。」

只能說是大部分——夫人回答。

「不過，那本隨筆集裡，有個照著地獄五十三次（註二）走的道中雙六故事，相當有趣，我一直沒忘。」

地獄五十三次。那麼，終點就是閻羅殿嘍？

註一：即藤蔓。

註二：這裡的「次」也是驛站的意思。

「不，終點是『彌勒佛之掌』。」

因爲彌勒佛現身後，不管是怎樣的罪人，都能前往西方淨土。

「老大的聲音迷人又好聽，眞教人懷念。」

北一無言以對，肚子倒是咕嚕咕嚕直響。

去見仙太郎一面吧。搬出《雜談蔦葛》的書名，讓他知道「我都看穿了」，嚇唬嚇唬他——北一如此盤算。

不過，北一只是區區一名文庫小販，而且一副邋遢樣。要獨自走進「笹川屋」這樣的大商家，又是在全家人神經緊繃，唯恐繼承人有任何閃失的時候，北一不覺得他們會輕易放行。

他躊躇不前，眼看一天過去、兩天過去，第三天早上，有人發現擺在「魚勢」店門口的乾貨箱底下，塞了一個紙包，裡頭有三兩黃金。

富勘接獲通知後十分詫異，馬上趕往「笹川屋」。女侍出來應門，見富勘一臉嚴肅，大吃一驚。

「如果您要找少爺，他剛才還在庭院裡。」

不，人已不在。屋內、「笹川屋」附近、整個市町，全都找過了，始終遍尋不著。

仙太郎平空消失。

跟松吉那時候一樣，但有兩點不同。其一，是在彌勒寺旁的小巷，發現仙太郎擺放整齊的鞋子。

其二，是等了一天、兩天、三天，仙太郎始終沒回來。

四

此事在「笹川屋」內並未引發軒然大波。他們反而說，實在對大家過意不去，請不必派人搜尋仙太郎。

他們並非像松吉的父母一樣，被生活重擔追著跑，抽不出時間找尋。店主和老闆娘都說相信閻羅王雙六的事。

「既然仙太郎是被叫去閻羅殿，身在現世的我們束手無策。如果他陽壽未盡，總有一天會回來。」

富勘擔心地上門探望，他們卻神情陰沉地說了這句話。

「接下來，我們打算找住持商量。」

聽說，仙太郎的母親終日關在佛堂裡，不肯露面。

「內人聽聞『閻羅王雙六』的事，便憂心不已……」

這是「笹川屋」方面的說法，仙太郎母親害怕的模樣，店裡的夥計也都知曉。富勘向他們詢問老闆娘的情況，一名二掌櫃偷偷告訴他。

「老闆娘罵了少爺一頓，說都是你不好，玩那什麼可怕的雙六，要是連你的妹妹們也受到波及，你要怎麼負責啊。」

說到害怕，「魚勢」的丸助又哭鬧起來，躲在壁櫥裡不肯出來。阿蓮也跟著感到害怕，連魚店的生意都沒辦法做了。

諸事掛心，富勘愁眉深鎖。

「『笹川屋』店主說要找住持商量，該不會是想舉辦喪禮吧？」北一問道。

「不行嗎？」

「也不是不行啦……」

「父母當然是想等仙太郎歸來，想必是決定要一直等下去。但既然是被閻羅王抓走，不再是陽間之人，若不替他誦經，未免太可憐。」

眞糟糕，富勘對好孩子沒轍，而且容易相信怪談。

「不知道松吉情況如何？我可以去看他嗎？」

「他現在很好。」

武部老師去探望過他。

「那麼，『閻羅王雙六』的事呢？」

「松吉一本正經地說，因爲實在太可怕，他永遠不會再提這件事。」

——我早晚都虔誠膜拜，祈禱小仙能平安歸來。

還在演戲，絲毫沒有要招認的意思。

松吉沒去習字所，從早到晚都幫忙做副業賺錢，一肩扛下照顧弟弟妹妹的工作——富勘如此說道，嘴角垂落。

「那孩子的母親又懷孕了。」

北一聽到，大爲吃驚。

「第八個孩子嗎？」

「這不是最近才知道的事，因爲她的肚子愈來愈明顯。聽說，從去年歲末就開始孕吐。」

孩子出生後，松吉的負擔又更重了。

「那對夫妻沒其他事好做嗎……」

就很多方面來說，已無計可施。武部老師與松吉告別時，曾語重心長地囑咐，要是遇上什麼困難，隨時都能找他商量。老師無法把心思都放在這件事上，丟下其他學生不管。

眼下得靠我好好動腦筋破案——北一暗自拿定主意。

眞正的金幣果然出現了，而且不是一、兩文錢，是貨眞價實的黃金三兩。松吉、丸助不用說，連仙太郎也籌不出這筆錢。

這件事背後，肯定有大人操控。那三個好朋友，也許是被大人所騙。如果是這樣，就是最可怕的事。

十一歲的男孩，比身材瘦小的北一還矮小，但並非螻蟻。如果是靠自己的雙腳前往某處，應該會有人看到才對。

真的沒人見過兩人的身影嗎？還是，其實見過，只是忘了？

去四處打聽確認吧。不是光憑腦袋想，而是善用雙腳。

先從「富士富屋」的大門外著手。之前找尋雙六時，曾勞煩空桶店和茶箱屋幫忙，他們已認得北一，所以針對松吉平時出入長屋的情形，以及失蹤那天早上的事，說出記得的一切。

茶箱屋的老闆是五十歲左右的獨居者，從擔任多年夥計的茶行退休後，做起這項買賣。

「老爺說，我會將用不到的茶箱批發給你，用來賺點生活費吧。」

茶箱屋老闆說，他多次請松吉跑腿，並且會付他跑腿費。

「日後要是能多賺點錢，我打算僱用那孩子當童工。」

至於空桶店，則是一位頭髮和北一同樣稀疏的老爺爺，和女兒夫婦一起經營。他們說，「富士富屋」的房客不會來買空桶，彼此沒往來，所以什麼也不知道，不過，神隱和閻羅王實在很可怕，以後過年再也不敢玩雙六了。淨是說些無關緊要的話。

「像我們這種生意，成天只是販售與收購空桶。只要有輛拖車，不管再破舊，一樣能做生意，所以生意上的敵人不少。」

老爺爺以沙啞的嗓音發著牢騷。

「就連這條路上，也常有其他空桶店的拖車會路過。很想在地上灑油，讓他們滑倒。」

「太糟蹋了，千萬別這麼做。」

之前找的是『閻羅王雙六』，近看店裡的二斗桶、三斗桶，也不覺得有什麼不對勁，現在就不同了。

北一心想，該不會這就是神隱的機關吧？

躲在空桶或木箱裡，直接以拖車運送。這麼一來，只要不被查出藏身之所，就會像平空消失一樣。

出現時則是反過來進行。躲在空桶或木箱裡運送回來，相準機會走到外頭，乍看就像突然現身。松吉和仙太郎應該都是用這種方式消失和歸來。

如果其他空桶店的拖車常會路過，就不會有人留意。

「老爺爺，常路過這裡的空桶店的屋號或徽印，您還記得嗎？」

「那種東西，我根本連看都不想看。」

只能自己找了。北一在兩名男孩平時可能會行經的路上，試著四處打聽。不過，載著木桶或木箱的拖車，在這一帶的市街理所當然地來來去去，所以，什麼時候、在哪裡、有怎樣的車在此停留或路過，要一一牢記這些事，根本沒這樣的奇人存在。

市內櫻花盛開的時節已過，在春風的吹拂下，花瓣逐漸散落。載著鹽袋或醬油桶的貨船和小船，滑行般往來於布滿花瓣的運河之上。望著此景，北一長嘆一聲。

這種打聽的工作，過去千吉老大總是分派給師兄們，如今北一只能靠自己的雙腳四處走訪。

隔天，他一樣四處打聽，來到「笹川屋」附近。

「這麼一提，有一輛可疑的拖車。」

這麼湊巧的答覆，始終沒出現。因爲一般人不會注意這種小事。是，您說的對。

「小哥，你是賣『朱纓文庫』的人，對吧？今天不是來做生意嗎？」

在北森下町的一家筆店門口，年輕的老闆娘朝北一叫喚時，他嚇一跳。

「是，來辦點事。」

「該不會是來找叫仙太郎的男孩吧？」

「光靠我一個人，實在很氣自己的無能。」

「難怪你會感到不安，要是千吉老大還在就好了。我很崇拜他。」

像她這樣的女人多得是。

「你去『笹川屋』看過了嗎？他們似乎早已放棄找回仙太郎，正在安排出喪。」

「這是因爲『閻羅王雙六』在作祟吧？」

「換成是我，不會輕易放棄。不管是閻羅殿還是鬼屋，我都要闖進去，把孩子討回來。」

不過，「笹川屋」的老闆娘啊——她悄聲道。

「可能是太懦弱了，她成天只會哭，關在屋裡，足不出戶。連彌勒寺的住持去探望她，也不出來問候一聲。」

「您可眞清楚。」

「因爲我們和『笹川屋』，都是彌勒寺的住持經常往來的店家。」

懦弱是嗎？不過，據說鬧出松吉神隱的風波時，『笹川屋』的老闆娘罵了仙太郎一頓，怪他不該玩那奇怪的雙六。

——要是連你的妹妹們也受到波及，你要怎麼負責啊。

這種說法對仙太郎未免太冷酷。

她是這樣的母親嗎？那麼，得改變一下原本的看法。

「請容我問個奇怪的問題，『笹川屋』的老闆娘是仙太郎的親生母親嗎？」

筆店的老闆娘雙目圓睜。

「應該是吧，我沒聽說他是養子。」

「因爲仙太郎是繼承人，管教特別嚴格嗎？」

「這就不清楚了。」

要是繼續追問，恐怕會引起對方的懷疑，於是北一微笑道別，離開筆店。

仙太郎不像松吉那樣，爲貧困所苦，是富裕店家的聰慧長男。

所以，眾人打一開始便排除「離家出走」的可能性。該不會就是疏忽了這一點吧？人與人之間的關係，就算是夫妻或親子，也不見得如表面所見。千吉老大以前明明常這麼說。

北一朝額頭用力一拍。

接著，他暫且擱下拖車的事，在那一帶四處走動，拐著彎像在問謎語，打探「笹川屋」一家的關係。不過，可能是北一口才不好，始終徒勞無功，白白浪費時間。

——既然如此，只能指望那個地方。

北一轉身往回走，打算去找深川元町的梳頭師傅宇多丁。

日照逐漸變得刺眼，這一帶的商家常會在屋簷下立起葦簾。宇多丁在葦簾上鋪華麗圖案的布匹，就算走在還看不見招牌的遠方，依舊顯眼。

眞走運，現在沒有等著要梳頭的客人。宇多丁在木板房間裡，陪在學徒的身旁。比北一年輕的這名學徒，將焙烙（註）倒過來放在道具箱上，正在練習剃頭。

「你這種手勢，會劃破客人的腦袋——咦，小北？」

「午安，打擾您了。」

註：用來焙煎茶葉的茶具，形狀像茶壺。

北一爬著從坐在入門台階處梳理髮髻的客人中間穿過，坐到兩人面前。

「小學徒，下次我奉上自己的腦袋代替焙烙，供你練習，現在可以借你師傅一用嗎？」

「哎呀，這個提議好。」宇多丁的大臉展露笑容。

正如北一期望的，最近宇多丁的店裡一直在談論『閻羅王雙六』的話題，出入的客人也帶來各式各樣的傳聞和評論。北一還沒開口問，宇多丁便說個不停。

「關於神隱有各種說法，實在太可怕，我都睡不好覺了。」

「那不重要。」

北一好不容易插上話。

「您有沒有聽過那三個孩子的風評？」

「風評……他們不是感情很好嗎？其他兩人只是一般的孩子，仙太郎則是很優秀的孩子，小有名氣，從來沒人說過他的不是。」

由於太過優秀，被閻羅王看上，成了閻羅殿的繼承人——說出這句話的宇多丁，容易對怪談信以爲眞，跟富勘是半斤八兩。

「宇多叔，您幫『笹川屋』的誰梳過髮髻嗎？」

「沒有。他們的店位於彌勒寺旁，離這裡很遠。」

「不過，並不是每家店都會梳女人的髮髻，這一帶只有宇多叔啊。『笹川屋』的老闆娘不曾找您去家裡梳頭嗎？」

梳頭店號稱「一町一間」，數量頗多，但大部分只做男客的生意。商家的女人都是自己梳頭，或是和家人、鄰居互相幫忙梳頭。不過，花柳街裡的窯姊、船屋或料理店的老闆娘、各種才藝的師傅，像這類的女人，花錢打扮算是她們生意的一環，所以常會請梳頭師傅到家裡梳頭。就算是一般商家的老闆娘，遇到過年、盂蘭盆節等節慶，或是因爲一直都自己梳理，導致髮髻的外形跑位時，就會請梳頭師傅到家裡。

「很不巧，一次也沒有。不過，聽說她是個大美人。」

宇多丁不是遇見美女就起色心的男人，但他總爲美女著迷，所以替女人梳髮髻的本領一流。

「這樣啊。仙太郎有一張俊俏的臉龐，看來是像美麗的母親。」

「那倒不見得。聽熟悉『笹川屋』的客人說，仙太郎長得像已故的前一代老闆娘。」

前一代的老闆娘，是仙太郎的祖母嗎？

「她是個嚴厲的婆婆，很會虐待媳婦，老闆娘以前常被罵哭。」

當時左鄰右舍都十分同情她。說到這裡，宇多丁那張大臉一陣扭曲。

「更過分的是，仙太郎一出生，馬上被她的婆婆帶走。」

——這是我們家重要的繼承人，豈能交給媳婦照顧！

「老闆娘只負責餵奶，幾乎無法自己養育。仙太郎沒被寵壞，當眞不簡單。」

由於祖父母疼愛有加，在溺愛下長大的孩子，往往比父母嚴格管教的孩子不成材。一般人常這麼說。

北一背後一寒。嚴厲的婆婆。孩子被婆婆帶走的媳婦。不是生了好幾個孩子，而是第一胎。不曉得有多痛苦、難受。

記得有個類似的故事。

三年前，有對夫妻爲此起紛爭，千吉老大居中調解。因爲婆婆插手，無法照自己的意思養育女兒，覺得女兒不可愛、不是自己的孩子，每次想到女兒親近婆婆，就憎恨不已。最後，發生媳婦拿剪刀傷了女兒的憾事。

老大讓那名發狂般哭個不停的媳婦說出緣由（用宛如天鵝絨般輕柔的嗓音）。如果眞的那麼痛苦，暫時讓孩子離開如何？試著離開後，或許妳會想起，那是妳歷經生產之痛所生下的可愛女兒。接著，老大說服她的丈夫，讓女兒去朋友家幫傭，學習禮儀，母女之間的關係才逐漸好轉。

當時老大不是說過嗎？

——就算是母親，也不會認爲孩子怎樣都可愛。人心的構造沒那麼簡單，有時會因著一些不幸的緣由，變得寡情。

以「笹川屋」的情況來說，不光是孩子在襁褓時被帶走，主要是仙太郎的臉，和幾乎可說是老闆娘仇人的婆婆長得如出一轍。

「小北，你怎麼了？」

北一猛然回神，說道：「宇多叔，謝謝。解決這項難題後，我一定會將這顆笨腦袋送到練習台上。」

北一心想，「閻羅王雙六」一案，幕後主使者打的就是這種主意吧。

夫人默默聆聽北一的推測，光滑的眼皮和睫毛顫動，開口道：

「小北，這是你動腦筋得出的結論，就照你想的去試試吧。」

不過，要謹慎行事。

「這項推測要先用在誰身上？搞錯對象就麻煩了。」

「要避免搞錯，該怎麼做才好？」

「——你就好好思考吧。」

慢慢思索了一晚後，隔天一早，北一造訪「富士富屋」大門外的那家茶箱屋。

「大叔，想拜託你一件事。」

店主爽快答應，於是北一暫時回到富勘長屋，一邊打掃、洗衣，一邊等候，家門一直敞開著。

到了約定的巳時（上午十點），突然有個孩子在門口出現。是松吉。

「有人在嗎？呃……咦，這位小哥，記得你是賣文庫的北一先生，對吧？」

北一應了聲「嗯」，朝他招手。

「進屋談吧。關上紙門，就坐那裡。」

在這一連串的風波中，北一始終沒機會與松吉打照面。就近細看後發現，松吉身材清瘦、一身髒汙、頭髮稀疏，似乎沒吃飽，也沒睡好。

「聽說你會幫茶箱屋的大叔工作。」

松吉輪流望向立在土間的扁擔，以及層層堆疊，幾乎快要將四張半榻榻米大的屋子占去一半的文庫，似乎覺得很新奇。

「這是『朱纓文庫』嗎？」

「沒錯，你可眞清楚。」

松吉聞言，超出詫異的程度，目光瞬間凍結。

「這麼說來，小哥，你是已故的千吉老大的徒弟嘍？」

如果他會感到敬畏就好談了。雖然北一個頭不高，但對年僅十一歲的男孩，似乎還是頗具威嚴。

「可以這麼說。」

北一移身向前，重新坐正。

這時最好的方法，就是出其不意。

「你知道仙太郎在哪裡。」

松吉全身一僵，只有眼神老實地四處游移。
「遭遇神隱時，其實你只是躲起來吧？吃得好，有澡可泡，眞是個好地方。」
北一沒露出笑容，但也沒擺出可怕的表情，只是平淡地說道。
「仙太郎很聰明，有辦法從看過的讀本中，編出『閻羅王雙六』的故事，身爲好朋友的你和丸助，都配合他的劇本演了這齣戲，不過……」
松吉沒答話，定睛望著北一。
「塞在『魚勢』乾貨箱底下的三兩黃金，就不是他有辦法張羅來的了。」
北一說著，一面搖頭。
「你和仙太郎像變魔術般平空消失，然後你又像變魔術般出現。當中的機關，是那家空桶店吧？對了，刻意將仙太郎的鞋子擺好留下，連這種小地方都拜託對方配合。請對方這麼做，也得付錢。不管做什麼事都得花錢，市町生活大不易啊。」
松吉清瘦的下巴顫動，是有話想說，還是咬緊了牙關呢？
「出錢的人、僱用空桶店的人、安排藏身處的人，全是『笹川屋』的老爺，對吧？」
我都明白——北一說。
「參與這件事的大人，只有仙太郎的父親吧？」
松吉吸著鼻涕，低垂著頭。
「我不懂你在說些什麼……」

他的聲音發顫，連話都講成「我不甕里在說些捨麼」。

「不可能吧。」

松吉的耳朵逐漸發紅，北一盯著他繼續道：

「我無意斥責你們的荒唐。我不是你們的老師，也不是長屋管理人，更不可能與『笹川屋』作對。」

我只是想知道眞相，想看看自己的推論是否正確。

「『笹川屋』的老闆約莫是見仙太郎和老闆娘感情不好，想暫時讓他們母子分開一陣子。仙太郎也認爲，這樣下去實在可悲，同意這麼做。因爲遭親生母親疏遠，實在令人難過。」

然而，要是公然這麼做，將有損「笹川屋」的招牌。

「明明沒做任何壞事，卻要將町內公認優秀的繼承人趕出店外，不管怎麼解釋，世人都無法接受，也一定會傳出不好的風評，說老闆娘是個無情的母親。」

若進一步傷及「笹川屋」的老闆娘，想修復她與仙太郎的母子關係，恐怕會遙遙無期。

「就算仙太郎自行離家出走，情況還是一樣。那麼乖巧的孩子竟然離家出走，可見『笹川屋』的父母有多嚴苛。」

「眞的很嚴苛。」

松吉突然回了這麼一句。他身上的衣服嚴重磨損，幾乎都快變透明了，雙手緊握著膝蓋處的衣服。

「『笹川屋』的老闆娘沒把小仙當自己的兒子看待。她討厭小仙，只疼愛小仙的妹妹們。」

「這是有原因的。」

松吉神情堅決，抬頭瞪視著北一。「不管再窮，我娘都不會討厭我們！」

北一接受松吉的瞪視。松吉身子一顫，別過臉，再度低下頭。

兩人沉默不語時，紙門外傳來聲響。富勘長屋的房客都已出門工作，但太一的父親、賣魚小販寅藏，可能才剛起床，在井邊咕嚕咕嚕地大聲漱口。

「眞是個令人沒轍的醉鬼，你不會感到愧對老天爺嗎？不如早點死掉算了。」

出聲叨絮訓斥的，是住在最裡面那一戶的阿辰。她的兒子辰吉老實又勤奮，這位老太婆卻陰沉又毒舌。北一也是最近才明白，盡可能避而遠之。

松吉約莫聽到阿辰婆婆沙啞的咒罵聲，抬起臉來。

「『笹川屋』的老闆娘也對小仙說過那樣的話。」

你不如早點死掉算了。

「太過分了，這不是爲人母者該說的話吧？」

「嗯。」

「小仙眞令人同情。」

「嗯。」

「聽說，『笹川屋』的老爺一度要休了老闆娘。這麼一來，妹妹們就沒有娘了，所以小仙阻止父親。」

老闆娘不能離開。那麼，只能仙太郎離開了。

「這樣的話，只有仙太郎一個人神隱，應該也沒關係啊。」

松吉的呼吸變得急促。

「如果只有小仙消失，人們一定會懷疑是發生什麼事，四處找尋。」

哎呀呀，富勘確實沒坐視不管。

「得編出一套劇本，讓町內眾人以爲再也找不到小仙，無可奈何地放棄。」

「這是『笹川屋』老爺的想法嗎？」

「是小仙自己提議的。」

這個繼承人眞是好樣的，不僅替家人著想，也守住自家店鋪的招牌。

「所以，想出『閻羅王雙六』是吧？」

就是這個怪談的起始。

「丸助是個愛哭鬼，又沒膽量，離不開『魚勢』的老闆娘。因此，他負責留在家中，扮演哭鬧的角色，對吧？」

松吉頷首。

「那黃金三兩，應該是他哭鬧的賞金。那麼……不管怎麼問，聽起來都有點低俗，我也不想這麼做，但還是要問一句。你演了那麼漂亮的一齣戲，成功扮演分配到的角色，從『笹川屋』老爺那裡得到多少獎賞？」

這個提問，在空中飄蕩了半晌。

「我不想說。」

松吉的聲音帶有一絲羞慚，於是北一加重語氣：

「你娘要是生下第八個孩子，你們家的生計應該會更加拮据吧？我明白你需要錢，你會答應配合，一點都不可恥。」

松吉低著頭，緊握拳頭，揉著眼睛。

「我就快要出外幫傭了。」

「是嗎……」

「等我娘平安生產後，『笹川屋』的老爺會幫我安排工作。」

足以供他們一家人過日子的錢財，應該就是松吉得到的報酬。

「你得到的錢，放在哪裡？」

才剛問完，北一馬上接著補充：「我不是要勒索你。我的意思是，爲了不讓人偷走，你有沒有小心藏好？」

松吉可能是感到意外，鬆開拳頭，望向北一。

「我藏得很好，不會被任何人發現。」

「那就好。」

暢快多了——北一說。「這樣我就滿足了。對了，空桶店老闆就是那個出入『笹川屋』的人，對吧？」

「眞的嗎？」

「那就像自己人一樣，想必口風很緊，可以放心。」

松吉頷首，「聽說是『笹川屋』一名老掌櫃的弟弟。」

從松吉反問的舉動來看，想必他有點不安。這孩子也十分聰明。

「小仙一樣是待在從『笹川屋』嫁往他處的一名女侍家中。他們有自己的田地，相當富裕。我第一次吃那麼多米飯，肚子都發脹了。」

「再多神隱幾天也沒關係吧？」

「不，」松吉堅決地搖頭，「只有我一個人吃飽沒用。弟弟妹妹們也得吃飽才行。」

「你眞是個好人。」

北一打從心底這麼認爲。

「小仙總有一天會回笹川屋。」

「要是那樣就好了，我也這麼認爲。」

「所以，這件事……」

「我不會跟任何人說。按理，也不該說。」

看得出來，松吉鬆了口氣。

「不過，你是個好人，所以動腦筋想一想，丸助未免太可憐了吧？」

「爲什麼？」

「他並不擅長演戲。參與這樣的大騙局，他害怕到眞的哭了起來。」

在這層意義上，富勘說丸助「不是假哭」，眼力倒也精準。

「如果繼續隱瞞眞相，今後丸助心底會一直有個疙瘩，或許再也無法去習字所。」

松吉似乎沒想到這個層面，清瘦的臉龐又是一僵。

「所以，至少你要向武部老師坦白這件事。接下來，仙太郎還沒辦法回來，你又去幫傭，只剩丸助孤零零一人，他會更可憐。」

我明白了——松吉小聲應道。

「好，沒其他事了。」

北一從懷裡取出一個扁塌的錢包。最近都沒挑擔叫賣，阮囊羞澀。

「喏，你的跑腿費。」

北一掏錢遞出，但松吉不肯拿，從入門台階處站起身，轉身面向他。

「我不能拿。」

「爲什麼？」

這時，松吉第一次露出那看了教人心裡有氣的笑容，說道：

「小哥，你和我一樣是窮人吧。」

眞是多管閒事，人小鬼大。

不過，松吉離開後，北一獨自開心地笑了起來。

五天後的日暮時分，北一扛著扁擔返家。

「小北，你回來啦。」

朝他叫喚的可愛嗓音，是阿秀的女兒佳代。

「是啊，回來了。」

「『朱纓文庫』賣得好嗎？」

「託妳的福，今天的貨都賣完了。」

文庫上的圖畫繼櫻花之後，是杜鵑花。

「在文庫上貼圖畫的這項副業，等我再大一點，也讓我試試吧。」

她不是想要漂亮的文庫，而是想以此當副業，精神可嘉。

「而且，我得努力多賺點生活費才行。」

佳代的小手抵向唇前，像是有人搔她癢，呵呵輕笑。接著，她突然瞪大眼睛。

「對了，今天武部老師託我向你傳話。」

聽說「魚勢」的丸助已回習字所上課。

這樣啊，太好了。

「佳代，妳又能和他一起玩了。」

「嗯，然後老師想請你吃飯，說是『欠你一份人情』。他說這樣你就知道是什麼意思了，你聽得懂嗎？」

「當然。」北一回答。「明天幫我告訴老師，我很期待。」

不知道武部老師要請我吃什麼？光想到這一點，北一的肚子便咕嚕嚕直響。

第三話

沉默的保鑣

一

北一感到如坐針氈。

當初眞不該攬下這項差事。

從表面上來看，這是件簡單的工作。專門調解市街糾紛的富勘向他請託，說「這是爲了以防萬一」，北一只要在房間的角落監視就行。

富勘是老練的長屋管理人，這麼一點小事，平時他一個人就能搞定。不過，前幾天他不小心跌倒，撞傷了腰，只能緩慢行動，這次才開口說「小北，你陪我一起去」。

他們談事情的地點，是在面向仙台堀的貸席（註）的一間包廂。這一帶有幾座山門相連的寺院，一些在寺院參加完法會的信眾，常選在這家店重新開葷打牙祭，所以包廂的隔間和家具都不落俗套，呈現典雅的氣氛。

如果以賣文庫的打扮去這種地方，可就丟人現眼了，於是富勘事前借了一套小袖和服給北一。那是條紋圖案的結城紬，如果是商家夥計，相當於三掌櫃穿的服裝。北一不確定自己一個人能否穿好，於是請「富勘長屋」的房客幫忙看一下。

註：出租廂房收取費用的店家。

「穿上像樣的服裝後，增添不少男子氣概。」阿秀誇讚道。「不過，那顆頭實在很不像樣，雖然想幫你設法，但一時之間也無計可施。」

半個月前，發生那起孩童神隱的風波時，北一熟識的梳頭師傅宇多丁幫了很大的忙。當時，北一打擾宇多丁店裡的學徒練習剃髮，爲了表示歉意，他承諾會送上自己的腦袋供學徒練習。八天前，北一履行承諾，原本剃得光溜溜的地方，現在看起來就像冒出一粒粒藍黑色疙瘩。如同阿秀所言，實在不像樣。

「你乾脆重剃一次，還比較好看吧？」

這麼提議的是挑擔魚販的兒子太一。如今他和北一已是熟識，雖然年紀比北一小，說起話卻毫無顧忌。

「我幫你剃吧。我用慣切魚刀，手挺靈巧的。」

「饒了我吧，又不是要當和尚。」

「只要吃些滋補的東西，頭髮很快就會長出來。」

說這句話的阿鹿，工作是將丈夫鹿藏進貨的蔬菜，醃製成醬菜販售。只要有賣剩的，常會免費送給北一。其實她賣剩的菜，大多是醃黃蘿蔔的尾端，或是醬菜的菜葉邊角。這對夫婦平時也都吃這些東西。北一心想，她說的「滋補的東西」，到底是怎樣的食物？

——應該是雞肉或雞蛋之類的吧。

她的意思該不會是……具有滋補功效的不是醃黃蘿蔔的尾端，而是粗大的部位吧？那部位水分多，咬起來相當清脆。

坐在貸席包廂的一隅，北一從剛才就想著這些沒意義的事，希望能轉換心情。若不這麼做，眞的會如坐針氈。

富勘受託調解的這件事，是年輕男女間的感情糾紛。起先是男子追求女子，儘管女子有所提防，但之後被他追到手，兩人成了相好。不久，男子感到厭倦，移情別戀，女子妒火中燒，又哭又鬧，爭吵不斷，最後以分手收場。

這種情況很常見，都快聽膩了。不過，男方是深川知名糕餅店的二少爺，女方是小絲線店的獨生女。一個是沉溺玩樂的花花公子，一個是黃花閨女。短短不到半年，兩人濃情似火的結果，女方有了身孕。這類緣由多得數不清。

男方名叫乙次郎，今年十八歲。女方名叫阿信，今年十七歲。阿信肚裡的孩子，大到差不多該用束腹帶了。她面無血色，猶如一抹幽魂，而且眼皮浮腫，下巴瘦尖。不過，這似乎是孕吐，以及日日悲泣的緣故。

此刻，阿信也一直淚眼漣漣。乙次郎望著阿信那張臉，就像望著腳底長出的水泡。

——誰來幫幫我，巧妙拔除這顆水泡，又不會讓我覺得痛？然後，扔到我看不到的地方吧。

乙次郎流露這樣的眼神，彷彿在說，這種不合理的事，他才是受害者。那自以爲風流的本多髻與藏青條紋的銚子縮和服，看著就教人有氣。

乙次郎出生的家，也就是糕餅店「稻田屋」，以上等乾菓子（註）爲賣點，總是大排長龍。不過，他們眞正的大客戶，其實是高級料理店、神社和寺院。他們的招牌商品落雁糕，取名「淡雪」，雪白猶如初降的雪花，一擱上舌尖旋即融化。稻田屋藉由這道奢華的糕點，累積傲人的財富。乙次郎似乎就是拜此之賜，玩樂不愁沒錢。

另一方面，阿信家做的是小生意，店門口只有一間半大（將近三公尺）。他們開的絲線店，名叫「暮半」，絹、麻、棉等線材隨時都備有三十色左右的現貨。負責店裡買賣的是父親，母親和阿信總是在屋內忙針線活。

雖然同住深川，但在北一過往的人生中，上等的落雁糕一直沒機會登場，所以他根本不知道位於永代寺門前仲町的稻田屋。當然，富勘（窮人）長屋的房客也一樣。連管理人富勘都說：

「我聽過他們的風評，但沒吃過『淡雪』。」

不過，說到常盤町的「暮半」，則無人不曉。他們不排斥和買不起一整卷絲線的窮人做生意，肯依客人要求的份量販售。一些簡單的縫補、縫製，他們也肯以便宜的工錢承攬。

最重要的是，「暮半」一家住的位於大路旁的小店面，管理人就是富勘。對北一來說，阿信一家也是惠顧「朱纓文庫」的客人。由於他們的家境不算富裕，不會買齊不同設計的文庫，不過每年到了歲末，都會向北一買新的文庫，將置物盒汰舊換新。

這麼一提，去年歲末到「暮半」賣文庫時，北一身上穿的棉襖肩膀處脫線，還請他們縫補。負責一針一針縫補的是阿信的母親，不過站在一旁的阿信，也十分認眞觀看母親的運針手法。

阿信不多話，也不多事，向客人問候的聲音很小聲，生性害羞，連對人微笑都顯得生澀，如果「暮半」是蔬果或魚產店，她恐怕會是個惹人嫌的女兒，長相也算不上什麼美人。坦白說，這時候她簡直貌若無鹽。

即使如此，豈能容這名自以爲風流的花花公子玩弄，想怎樣就怎樣？

「當初爲什麼要追求她……這問題難倒我了。」

「哎呀，說我打一開始就抱持玩玩的心態，這就是找碴了。對於情愛，我向來都是認眞的。富勘先生，這方面您應該也懂。我聽聞不少您的風流韻事呢，嘿嘿嘿。」

「所以我才說嘛，先前會追求阿信……是因爲不知道能不能追得成，男人都有這種心思。這無關情愛，應該算是一種湊熱鬧的心態吧。」

「的確，先搭話的是我，不過阿信實在太黏人，我漸漸覺得可怕。」

「所以我就說嘛，那不是我的孩子。走到這一步之前，我早就腳底抹油先溜了，嘿嘿。」

「不過是說了幾句好聽話，她就緊黏著我不放，想必她對其他男人也一樣，才會把肚子

註：水分少的乾燥和菓子之總稱。

搞大吧？現在卻要我來收拾這個爛攤子，傷腦筋啊。」

猶如石頭般靜靜守在一旁的北一，漸漸煩躁起來。

這棟小巧的貸席建築，一樓和二樓都只有兩間包廂。雙方展開溝通之前，富勘說過，由於今天情況特殊，二樓他全包下了。最好別讓任何人知道，這是爲了乙次郎好，也是爲了阿信姑娘好。貸席的老闆娘只有一開始來問候，之後便沒再出現，連茶點也沒送來。所以，眞的是關起門來談，不過阿信的處境還是教人同情。

——快想想辦法啊，富勘。難道沒辦法給這種傢伙一點顏色瞧瞧嗎？

富勘受傷的腰部貼著膏藥，氣味熏人。今天他成了一個渾身藥味的男人，沒責怪任何一方，也沒替任何一方說話，打從剛才起，只是讓雙方各自解釋。

「稻田屋」派了女侍總管陪同乙次郎前來，聽說是少爺的奶媽。這女人有張闊嘴，讓人懷疑她前世可能是條鯰魚。從嘴邊皺縮的紋路來看，想必已到了可用「老婦」來稱呼的年紀，但她聲若洪鐘，只要寶貝少爺開口說什麼，就會馬上附和「對，沒錯」、「一點都沒錯」、「我家少爺做的事絕對不會有錯」，聽了眞礙耳。

阿信則由父親陪同。這對父女長得一個樣，葫蘆形的臉配上八字眉，寡言少語。陪同懷孕的女兒，應該是母親比較適合——北一剛這麼想，只見富勘向「暮半」父女問候：「老闆娘的情況如何？」看來，阿信的母親似乎是病倒了。

由於是這種情形，雙方的溝通一直沒有交集。眼看半個時辰（一小時）就要白白浪費，

灰濛濛的天空飄下雨滴，微微傳來雨滴打在屋簷上的聲響。

「暮半」父女的主張很明確，不曾動搖。他們沒要求乙次郎娶阿信爲妻，日後出生的孩子，由他們自己養育。既不會給稻田屋添麻煩，也不用他們出錢。不過，他們不希望孩子一出生就沒有爹，希望能寫張字據，證明乙次郎是孩子的父親。當然，爲了孩子著想，會將這張字據收好，不會給任何人看，也不會四處宣揚。「今後一概不會與稻田屋有任何瓜葛，也不打算打擾你們，還望成全。」

阿信的父親以含糊的口吻，像在解釋般如此說道。一旁的阿信不斷眨眼，涕淚直下，默默垂首，看不出她心裡眞正的想法。她可能想當乙次郎的新娘，也可能不想。或許她希望由稻田屋收養孩子，也或許寧死都不願交出孩子。她始終不開口，所以無從得知。

阿信身穿綢緞和服。麻葉圖案的小碎花和服，大概是她唯一的外出服。她是想展現骨氣嗎？還是，想盡可能在對方面前展現丰姿？這也不得而知。「暮半」父女實在太文靜，完全不顯露半分怒氣，連北一都快看不下去。

稻田屋的鯰魚女侍總管，和乙次郎看準這一點，益發得寸進尺。他們根本沒將「暮半」父女放在眼裡，下巴抬得老高，可清楚看見鼻孔。

「有幾戶人家上門來跟我家少爺談婚事，全是好人家，一時難以抉擇。」

鯰魚女侍總管誇張地扭動身軀。

「我不得不說一句，在這麼重要的時刻，我家少爺怎麼可能讓妳這種一無可取的絲線屋女兒懷了他的種？該不會是妳自己在做夢吧？」
她不停數落，一臉嫌棄地瞪視著阿信。乙次郎則是態度低調地長嘆一聲。
「我不認爲寫下這份字據就能了結。這件事實在可疑，對我造成很大的困擾。」
乙次郎嘆息似地說著，眨了眨眼。
富勘坐在兩家人中間，雙手交抱，狀似在沉思。
「這樣會造成您的困擾，是嗎？」他確認般問道。
「是啊。這件事原本就和我無關哪，嘿嘿。」
雖然乙次郎勉強裝出正經樣，但從他的眼神就能明白，他抱持看好戲的心態。將黃花閨女騙到手，奪走貞操，見對方深陷其中，再一腳踢開，冷眼對待，讓對方以淚洗面，藉此取樂。這傢伙是一肚子壞水的花心大少。
「既然如此，這次的交涉就算破局了。」
聽富勘這麼說，乙次郎回以冷笑。
「哪有什麼破不破局的，對我來說，等於是遭受無妄之災啊。阿信姑娘，請多多保重身體，生下健康的孩子。我敢發誓，這絕不是我的孩子。」
「少爺，您也真是的，說出這麼善良的話。對方可能會把不知哪來的種，硬栽贓到您頭上啊。」
人太好也是一種罪過——鯰魚女侍總管附和。

「『暮半』這邊的說法，我並非照單全收。」

富勘仍是一副若有所思的神情，平淡地說道。

「爲這件事居中調解時，我事先向乙次郎先生帶阿信姑娘去投宿的船宿（註一），以及您常光顧的鰻魚屋（註二）二樓打聽過……」

富勘還沒說完，稻田屋的兩人就發出驚呼。鯰魚女侍總管甚至破音，聽起來就像「咦耶」。

「打、打聽什麼啊。」

「富勘先生，何必這麼多管閒事？你明明只是個長屋管理人。」

富勘點了點那突出的下巴，轉向北一。

「沒錯，我只是個普通的長屋管理人。這項調查工作，我是委託坐在那邊的北一先生處理。雖然還年輕，但他是已故的文庫屋千吉老大的頭號徒弟。」

這牛吹得眞夠大的。由於事出突然，北一大吃一驚。誰是頭號徒弟？如今他只能算是「僅存的唯一徒弟」，兩者的意思差遠了。

稻田屋的兩人緊盯著北一。北一微微縮起肩膀，雖然有名無實，但他不想在這種卑劣的花心大少面前低頭。

「你查到什麼，說來聽啊。」

乙次郎的雙眼逐漸充血。鯰魚女侍總管彷彿要保護少爺，擋在前方。

「千吉老大早就歸西了，想披著死人的皮來唬人，告訴你，沒門！」

哇，老太婆又講出這麼駭人的話。

剝下死人的皮，披在身上，光想就覺得噁心。

「喂，別當啞巴，你倒是說句話呀！」

老太婆的眼角上挑。北一心想，那就開口大喊一聲「嘔～」吧。

「雨愈下愈大了。」

富勘望向直櫺窗，悠哉地說道。

「很不巧，我和北一先生都沒穿戴簑衣斗笠。春雨來去不定，我們在此等這場雨過去。稻田屋的兩位，先請回吧。」

「啪啪！」他抬手拍了兩聲，喚來老闆娘。只聽到「是，來嘍」的一聲回應，從只有一扇門區隔的隔壁包廂，傳來另一道「啪啪」聲響。

「喂，老闆娘。」

一個沙啞的男性嗓音，威儀十足地叫喚道。

「『椿之間』的便當差不多可以送上來了。」

註一：提供船運的場所，也為遊河的遊客設宴，準備飲食，常充當幽會的場所。

註二：江户時代提供鰻魚飯的店家，亦是提供幽會的場所。

這裡是「蓮之間」，隔壁則是掛著「椿之間」的木牌。不過，富勘不是包下二樓了嗎？

「抱歉，富勘。」

傳來另一名男子的聲音，隔門頓時拉開。「椿之間」內出現的光景，令北一的眼珠子都快掉出來。

一位、二位、三位，身穿的黑縮緬（皺綢）短外罩上，印有各自屋號或家紋的八位老爺，坐墊一字排開，坐鎮其上。他們面朝「蓮之間」，目光炯炯。

一位滿頭銀髮的老爺，從上座向富勘喚道：

「這是我們定期舉行的聚會。原本訂的貸席突然不能使用，所以硬是拜託老闆娘讓我們到這邊。」

是剛才那沙啞又充滿威儀的嗓音。其他七人附和他的說法，頻頻點頭。

「我們都不年輕了，能在此悠哉地休息半個時辰，眞的是幫了大忙。拜此之賜，現在飢腸轆轆。」

半、半個時辰，悠哉地……這麼說來，他們一直都在隔壁。

稻田屋的兩人表情一僵。「暮半」父女爲之一愣。「椿之間」的老爺們只顧著和富勘交談，彷彿「蓮之間」裡再無他人。

——這是在演戲。

北一差點笑出來，但他用力忍住，嚥回肚子裡。

「唔、唔、唔……」

血色逐漸從乙次郎的臉上消失，緊緊咬牙的口中逸出窩囊的低吼聲。鯰魚女侍總管雙目圓睜，渾身顫抖，兩人互相拉著站起，跌跌撞撞地來到走廊，步下樓梯。途中，發出「咚」一聲巨響，也許是有一階或兩階踩偏了。

「椿之間」裡的八人當中，最年輕的一位迅速靠向窗邊，俯視窗外，笑容滿面。接著，其他幾位老爺都靠過來，一起呵呵笑。

「逃了，夾著尾巴逃了。」

「那個老太婆，不知道有沒有嚇到腿軟？」

富勘和顏悅色地向老爺們行一禮，微微轉頭對「暮半」父女說：

「這幾位都是稻田屋的客戶。」

分別是正覺寺、惠然寺、增林寺、海福寺、心行寺、玄信寺、法乘院、陽岳寺的信眾代表。

「各位老爺沒看到『暮半』家的人，你們大可放心地回去，老闆娘會借你們傘。」

富勘說沒看到，但這是不可能的事。他說是就是吧。

「暮半」父女雙手撐地，向「椿之間」的眾人行一禮後，默默離去。阿信始終垂眼望著地面，但已不再哭泣。

「啊～嗨咻。」

那滿頭銀髮的老爺隔壁，坐著另一位頭髮花白、挺著圓肚的老爺。他改爲輕鬆的坐姿，取出插在腰帶裡的菸管。這時，老闆娘和女侍送來熱茶和菸盒。

「哎呀，眞高興。一直忍著不抽菸，實在難受。」

「非常抱歉，辛苦各位了。」

富勘重新坐正，鄭重行一禮。

「託各位的福，一切順利。」

聞到菸草的香味，化解了北一緊繃的情緒。

「富勘先生，這是你一手安排的吧！」

「算是吧。」

「各位眞的一直都待在這裡嗎？」

銀髮老爺吹著熱呼呼的番茶，神色自若地應道：

「是啊，在你們開始交談之前。」

趕在北一他們來之前，就已守在這裡。

「可是……我一直沒察覺到任何氣息。」

半個多時辰裡，沒聽到任何打噴嚏或咳嗽聲。

「所以才辛苦啊。」

「肩膀好僵硬。」

「感覺成了密探，你們說是吧？」

這群老爺你一言、我一語，慰勞彼此的辛勞。那頭髮花白的老爺望著北一。

「雖然對那位姑娘有些過意不去，不過，只要我們開口說要拒絕和稻田屋往來，就會對那個花花公子有懲治的效用。」

「要是世人詢問拒絕與他們往來的原因，我們會一五一十道出緣由。」

銀髮老爺如此說道，露出氣勢十足的笑容。

「小哥，你想必也聽得一肚子火，不過，希望就以這樣的方式了結。」

北一根本沒進行調查，只是換上借來的衣服坐在這裡。此刻，聽對方這麼說，他甚至覺得承受不起。

「我明白，感謝您的這份用心。」

「小哥，對商人來說，這是難以挽回的恥辱。」

倚在直櫺窗的木條上，望著窗外的年輕老爺說道。

「因爲他失去做人的信用。乙次郎只要活著一天，就得背負著這個恥辱。」

「說到他剛才夾著尾巴逃走的模樣……」

站在窗邊的另一位老爺，似乎還止不住笑。他突然豎起手指說道：

「哦，我想到一句，聽著——疾行時雨下，猶如遇惡煞，持石苦追趕。如何？」

挺著大肚的老爺，在菸灰缸邊緣敲打著菸管。

「季節不對，『時雨』是冬天的季節語。」
接著，他側頭尋思片刻，說道：
「天降春雨，風流公子夢一場。」
「好像在哪裡聽過。」富勘也開懷大笑。
當天晚上，北一在冬木町的夫人住處報告這件事。
「有意思。阿光，明天妳去買『淡雪』來嘗嘗。」
夫人笑了。
「老大也愛吃他們家的落雁糕，順道去看看他們店裡的情形。」
「是，我明天早上就去。」
阿光將油菜花拌芥末裝進大碗裡，一面應道。晚餐還有一道味噌醃鱒魚，十足春季的風味。北一向來都很感激能享用美味的飯菜，不管什麼菜色都好。
「話說回來，不知不覺間，『暮半』的女兒也到這個年紀了。」
「夫人，您知道阿信姑娘？」
「我常請她幫我縫衣服。」
夫人小時候染上天花，雙目失明。自從和千吉老大成婚後，一直都有像阿光這樣的女侍在身旁侍候。不過，女侍忙不過來的事，還是會請外人幫忙。

「他們一家都是老實人，針崙的手藝也很好。」

夫人說，如果老大健在，不光會狠狠訓斥乙次郎一番，還會要稻田屋出一筆適當的賠償金，並在阿信平安生產之前，多方給予關照。

「因為老大喜歡女人，面對這種花心大蘿蔔，他會變得像惡鬼一樣嚴厲。」

還有這種道理啊。

「乙次郎不知道會有什麼下場？」

「大概會被斷絕父子關係吧。如果只是假裝斷絕父子關係，那些老爺當場聽他說過那番沒人性的話，想必不會善罷甘休。」

富勘確實不簡單。

「不過，他們會如此同心協力，可能是聽聞乙次郎幹過的壞事不只這一樁。」

如果只是阿信一事，應該無法設下這樣的計謀。

「小北，你要多留心。如果乙次郎僅僅是個卑劣的花心大少，這就算落幕了，不過……」

手頭闊綽的公子哥，身邊向來會聚集不少跟班。

「當中要是有不肖之徒就麻煩了。」

夫人光滑的眼皮微微顫動。

過沒兩天，稻田屋的老闆便與乙次郎斷絕父子關係，由日後的繼承人——長男甲一郎陪同，向那群老爺賠罪。

甲一郎和弟弟完全相反，是個正經人，似乎早就看不慣弟弟的放蕩行徑。他們也去了「暮半」，向阿信一家低頭道歉，並包一大筆銀子充當「嬰兒的治裝費」。阿信一再推辭，最後還是勉強收下。

「甲一郎先生已娶妻，稻田屋很快就會換他當家。」富勘說。

北一在外頭叫賣文庫的途中，富勘正好從北永堀町的木戶番（註）走出。他腰痛的毛病已痊癒，不再是渾身藥味的男人。

「這樣才眞正了結。我請求那幾位老爺，耗費那麼大的工夫設局，總算沒白費。」

眾老爺都說，既然日後貴寶號由這位正經的兄長掌舵，就沒問題了，接受稻田屋的賠罪。在爲乙次郎簽訂斷絕父子關係的證書時，銀髮老爺和挺著大肚的老爺，也以證人的身分在一旁署名。

「那名女侍總管呢？」

北一最討厭那名鯰魚女侍總管。

「甲一郎先生向老爺們承諾，會在店裡重新教育她。」

在那之前，應該先用繩索套住她的脖子，牽去「暮半」道歉才對吧。

「我對這種事不太清楚，連證書都簽了，就眞的會斷絕父子關係嗎？」

日後彼此不再是父親和兒子的關係，不能分家產，也不能由家裡接濟。

「今後乙次郎會怎樣？」

「這個嘛，應該是暫時託親戚或朋友照顧吧。」

老家這邊不會有這麼多限制。將乙次郎掃地出門前，會替他安排後路，不會讓他一下子就變成無家可歸的流浪漢。

「原來是這樣啊……」

「心頭之氣難消嗎？」

富勘以手指繞動那長長的短外罩繫繩，面露苦笑。

「小北，當時你的表情，彷彿想立刻扭斷乙次郎的頭。」

全寫在臉上了嗎？

「我擔心的是乙次郎日後投靠的對象。」

北一說出夫人吩咐的話，富勘的眉毛上揚。

「眞是頭腦敏銳的高人。」

的確，乙次郎有幾個素行不良的酒肉朋友，分別是和他身分相似的兩個紈褲子弟，以及一個原本是旗本侍從的浪人。

註：在市內的各個要處，以及各個市町交界處設置的關卡，會派人戒備。

「連武士都認識？」

「可惜是個不正經的人。」

他們常待的居酒屋、花街裡常光顧的店、矢場（註）、賭場等，富勘大多知曉。他們喝酒鬧事、和侍女亂搞關係、跟店內的其他客人打架爭吵，幹的淨是些像雜碎般的行徑。

「乙次郎被斷絕父子關係，那群放蕩的夥伴或許會心想，接下來恐怕會輪到自己，就此醒悟。老爺們說，這可能成爲一帖特效藥，才出手幫忙。」

原來如此。不過，今後的情勢發展不明，還是多加小心爲妙。因爲被斷絕父子關係，乙次郎也可能自暴自棄，帶著同伴作亂。

「富勘先生，我覺得就算乙次郎恨你，也不足爲奇。」

「嗯，我想也是。」

「他可能會找你報仇。如果千吉老大在，就能盯緊他。」

北一忍不住低喃。

「既然這樣，小北，幫我盯緊他吧。我就靠你了。」

眞是的，怎麼講這種奇怪的話？

「枉費你這麼抬舉我，但我抬得動的，只有這個啊。」

北一抬起扁擔，富勘發出輕笑。

「這麼說來，是我白指望嘍？眞失落。」

伴隨雪屐的鞋底墊片發出的聲響，富勘轉身離去。北一望著他的背影，很想說些什麼，但又找不到適合的話語，只能緊咬嘴唇。

——因爲我不是千吉老大的繼承人。

若眞的遇上麻煩事，富勘該求助的對象不是北一，而是掌管本所一帶的回向院政五郎老大。那位老大的爲人素有好評，千吉老大底下那些北一尊敬的師兄當中，有人現在是政五郎老大的手下。

沒什麼好擔心的。北一只是個賣文庫的小販。文庫～要不要買文庫啊。嘿，您熟悉的「朱纓文庫」來嘍。

北一邁步走向猿江的御材木藏，是突然想到久未前去問候，沒其他心思。不過，來到可望見「欅宅邸」茅草屋頂的地方時，正面的大門開啓，御用人青海新兵衛現身。見到北一，他便說：

「小北，來得正好，你聞到了嗎？」

在欅宅邸——旗本小普請組支配組頭，椿山勝元大人別宅的廚房裡，北一看到那塗漆的點心盤上，裝著滿滿的落雁糕「淡雪」。

「稻田屋方面說要爲兒子的不檢點致歉，這幾天店內所有乾菓子一律半價。」

註：供人射箭玩樂的店家，也提供性服務。

那起事件引發的風波，原來以這種形式擴散到深川外圍了。北一知道新兵衛是個不會擺架子的人，但不過是落雁糕降價，有必要這麼高興嗎？

「昨天我去高橋的棋會所，聽聞這個消息。」

「少主和瀨戶大人也喜歡『淡雪』嗎？」

少主是椿山家的兒子，瀨戶大人則是別宅裡最有權勢的女侍總管，都不是北一可隨意見到的人物。所以，他不清楚瀨戶大人是否會跟在乙次郎身邊的女侍總管一樣，有張活像鯰魚的臉。不過，依新兵衛的敘述，她崇尚儉樸，講究禮儀規矩，但似乎不是壞心眼的人。少主更是團謎，甚至猜不出多大年紀。不過少主是愛書人士，對「朱纓文庫」情有獨鍾，想必也不是壞人，之所以住在別宅，似乎是體弱多病的緣故。

「他們兩位都喜歡稻田屋的乾菓子，所以我撩起裙褲，一路跑到門前仲町去買。」

「這樣看起來不像是去買菓子，倒像是去替人報仇的助拳人。」

落雁糕（不管再高級都一樣）不太會散發香氣，不過，那熱騰騰的焙茶芳香濃郁。北一接受新兵衛的好意，在廚房的角落坐下歇息。

「少主和瀨戶大人今天外出了。」

新兵衛偷得浮生半日閒。剛才他可能又在忙庭院的園藝，土間的角落立著沾滿泥巴的鐵鍬，和修剪樹枝用的剪刀。

新兵衛在這座別宅裡的角色，形同「萬事通」。他得負責操持家計、記帳，還要和進出宅內的商人交涉。另一方面，打掃屋頂、清浚水溝，連一些基本修繕的粗活，他都一手包辦。他本人喜歡園藝工作，順便栽種地瓜、豆子、絲瓜、葫蘆等蔬果。這一帶農田遠比商家多，只要走在田間小路上，就能摘採到當季的野菜。採收多的時候，他甚至會拿去賣。

新兵衛就是這樣的人，北一有時一不小心，會忘記他是武士。這並不恰當，得提醒自己注意才行。不過，跟新兵衛一起喝茶閒聊十分快樂。

原本北一就對櫸宅邸無比嚮往。雖然以他的身分，不可能有住進這種宅邸的一天，但還是很羨慕。認識新兵衛後，得以踏進嚮往之地（雖然僅限於庭院的一部分和廚房），感覺彷彿美夢成眞。所以，每次順道來拜訪，他總會充滿活力。

享用和傳聞一樣入口即化的上好落雁糕，還有溫熱的焙茶，北一向新兵衛說出稻田屋乙次郎那件「不檢點」事件的梗概，當成謝禮。「暮半」和阿信的名字，他隱而不表，只說是「一個有幾分姿色的正經姑娘」。

新兵衛爲乙次郎的卑劣行徑感到憤怒，十分同情阿信，並誇讚富勘幹練的手腕。接著，他和夫人一樣，擔心起同一件事。

「那些花心大少裡，沒一個有骨氣的，不過，他們總有一些酒肉朋友，希望富勘別反招對方怨恨才好。」

「我也這麼認爲。」

「小北，你要多多留意此事。」

咦，我嗎？連新兵衛先生也這麼說？

不過，新兵衛要說的不僅止於此。

「如果需要幫手，儘管跟我說一聲，不用客氣。」

新兵衛嘴角沾有落雁糕的細粉，但表情無比認眞。

「我偶爾會希望自己在這座宅邸外的世界，能幫上別人的忙。我會像替人報仇的助拳人一樣，火速趕到。」

他如此說著，朗聲大笑。

朱纓文庫。

北一挑擔叫賣的漂亮文庫，之所以會有這樣的稱呼，源自已故的千吉老大那把附有朱纓的十手。

原本「朱纓」是町奉行所的與力或同心裝備的十手上的配件，捕快不許配戴。不過，千吉老大從年輕的時候起，就在本所深川的同心澤井蓮十郎底下效力，他很信任老大。

「千吉如同我的雙眼、我的手腳，這朱纓是他的象徵。」

澤井蓮十郎刻意訂製一個和自己十手上的朱纓相像的朱纓，賜給老大。這是約莫十年前的舊事，不過，因爲有這層由來，「朱纓」一詞始終帶著一分驕傲。

千吉老大生前決定不讓徒弟繼承自己的衣缽，可能是早已看出他的徒弟沒人有能耐承接這分驕傲。果真如此，也是沒辦法的事，不幸的是，老大走得突然，他的眞心話意外地昭告世人。

老大早就對我們不抱持希望，突然被貼上這樣的標籤，老大的徒弟們——北一的諸位師兄，都感到沮喪萬分、無地自容、忿忿不平，從此各奔東西。

文庫屋方面，由身為大徒弟（以年紀和資歷論）的萬作繼承。但說到這個人，對老大「朱纓」的這份驕傲，到底存有幾分尊重，北一實在有點擔心。萬作該不會認為，只要製作獨具巧思的文庫販售，追求生意興隆，這樣就夠了吧？此外，萬作的妻子阿玉欲深谿壑，總在丈夫背後不斷慫恿教唆，也很令人反感。

在老大的徒弟中，排行老么的北一，期望自己至少要守住老大文庫的風評。然而，最重要的朱纓文庫，他只能從萬作的文庫屋批貨來賣。若他膽敢抱怨，恐怕連貨都沒得批，馬上就得喝西北風。

——我就像是可隨手一扔的垃圾。

富勘卻對這樣的垃圾說「我就靠你了」，新兵衛也說「我來當你的助拳人」，該感到高興嗎？不如拔腿開溜？還是，磕頭道歉，回一句「您就饒了我吧」？

北一不是煩惱，而是不知所措。就在這時，繼承蓮十郎職位的澤井家少爺，喚北一前去。這是發生貸席那起風波五天後的事。

二

深川十萬坪。在這片遼闊的新墾地上，放眼望去盡是水田。

面向這片水田的一隅，跨越小名木川的木橋旁，五本松附近，有一座地主井口八右衛門名下的宅邸。那裡有一間六張榻榻米大的別房，地板底下躺著一副與鳥的羽毛和野獸的糞便混雜在一起的骸骨。

八右衛門年邁的母親，多年來都在別房裡臥床養病。上個月他的母親辭世，辦完喪禮後，井口家決定搗毀別房。母親病痛多年，留下的淨是悲慘的回憶，所以他派人進入別房，拆下紙門和隔門，掀起榻榻米，取下木地板，卻意外出現人骨。

「因爲年代久遠，就算是他殺，要找出凶手恐怕不容易。」

澤井少爺略微撩起黃八丈（註）的下襬，蹲身檢視地板，如此說道。

「儘管如此，還是希望能查出死者的身分。北一，這時我腦中浮現你的臉龐。因爲你會挑擔來此叫賣，應該算熟悉吧。」

澤井蓮十郎的長子、擔任同心的澤井蓮太郎，在父親蓮十郎退休後，繼承本所深川的同心職務，並賜予千吉老大手牌，因此知道北一。不過，北一萬萬沒想到澤井少爺會爲了這種事召見他。

「也稱不上熟悉啦……」
「那麼，你能接受我的委託嗎？」
少爺有張端正的面容。但不知道該怎麼說才好，他那對細長的雙眼無比冷峻。
「哪裡的話，如果幫得上忙，我什麼都肯做。」
北一如此回答，突然想起青海新兵衛。這一帶就像是新兵衛的庭院，調查骸骨身分一事，應該能找他幫忙吧。這也算是助拳——
「是嗎？很好。既然如此，先把這傢伙挖出來吧。」
少爺說完，挺身站正。
「聽拆下木地板的木匠說，光是輕輕一碰，骸骨就會崩解，得小心處理。」
北一頓時全身一僵。
挖出來？這是在對我說嗎？
「他身上穿的衣服已腐爛化為黃土，但或許會留下一些線索。要調查死者的身分，就從這裡開始。」
從這裡開始？由我來做嗎？
「呃……就我一個人……」

註：八丈島居民以島上植物染製的絹織品。

「要是有許多人進出，會弄亂現場。」

這屋子就能借到工具，我去吩咐他們準備飯菜。澤井少爺緊接著說：

「要用心挖掘，不見得只有一副骸骨。」

這位少爺原來是這種趾高氣昂的人物啊，北一滿心沮喪地暗忖。爲什麼會想起我的臉呢？

「這一帶相當清靜，想必不會有看熱鬧的人群來打擾。我先去向這屋裡的人打聽消息。」

「是，小的明白了。」

北一沒辦法像先前對應富勘一樣，坦然地說「我抬得動的，只有這根扁擔」，也沒辦法回一句「千吉老大已過世，我現在和八丁堀的大人沒任何關聯」。爲什麼？因爲北一是個窩囊漢。

北一先借來鐵鍬和鋤頭，但他明白用這些工具可能會毀損骸骨，最後還是得徒手挖，才是最好的方法。他以手巾纏住口鼻，避免吸入塵土和變乾的糞便，趴在地上慢慢清除黃土。一個擔任井口家男僕的老先生，借他洗衣服用的稻草束，以及清掃門檻用的短掃帚。

第一天，北一挖出了骷髏頭。這骷髏頭連眼窩都塞滿黃土。他拂去黃土，再以破布擦拭乾淨。牙齒幾乎一顆不剩，是在世的時候就這樣，或是脫落的牙齒沒找到？

衣服、腰帶、兜襠布，全都破破爛爛，一拿起來就散了。上面的顏色和圖案都沾滿汙泥，無法分辨，找不到像是家紋或名字之類的文字。

北一雙手合十，朝骷髏頭膜拜，這天的工作就此結束。他強打起精神前往冬木町，告訴夫人這件事。

北一暗自期盼夫人會對他說這麼一句。

——小北，你大可不必這麼做。我幫你去跟澤井大人說情吧。

他太天眞了。

「你就當是老大的吩咐，好好做吧。」

晚餐和洗澡，就到我這裡來吧。我們會送吃的去給你。如果是五本松旁的井口家，我知道地點。

接著，夫人向阿光吩咐，要她拿幾條洗到發白變軟的手巾，以及替紙門換紙時使用的刷子來。夫人還說，清除泥土時，用刷子比掃帚方便。

「從明天起，你去借竹篩來篩土。因爲有些小東西會和泥土一起凝固。」

是，謝謝您好心的建議。

北一始終沒在臉上表現出不滿。夫人以和尙說法般的口吻道：

「如果能小心善待化爲白骨的死者，你也會積陰德。」

阿光流露「眞同情你」的表情，但害怕夫人聽見，她什麼也沒說。她幫北一捏了兩顆大飯糰當明天的早飯，算是對北一的慰勉。

北一將飯糰揣入懷中，隔天同樣一早便鑽進井口家別房的地板底下。這時，澤井少爺到來，於是北一問他，能不能灑水將糞便之類的穢物沖走，讓泥土變軟。

「不，不行。要盡可能維持原狀，像在處理易碎片一樣將骸骨挖掘出來。」

不是「像」，而是這副老舊的骸骨本身就是易碎品，變得很脆弱，不小心用力一拉，便會斷成兩半。

文庫是一種紙箱，就算疊得再高還是很輕，算是十分乾淨的商品。北一平時都做這種乾淨的買賣。

——我怎會落入這樣的處境？

連井口家的夥計們都與別房保持距離，看北一的眼神，彷彿在看瘟神，個個面露怯色。這是出現在你們家地板下的骸骨，幫個忙吧！

然而，這可不行。井口家的人目前都在接受澤井少爺的偵訊。他們都有嫌疑。眞好，多麼羨慕這些有嫌疑的人。北一想大喊一聲「我是凶手」，這麼一來，就不用再做這項骯髒的工作了。

人體的骨頭數量頗多，結構複雜，得費不少工夫。光是清點頭、肩膀、一半肋骨的數量，就占去一天的時間。不過，找到了喉結的骨頭，可見這具地板下的死屍是男性。

第三天飄起小雨。爲了防止雨水流進地板下，要在陳屍的地點周圍擺上沙袋。這項工作，井口家的男僕和佃農終於能幫忙，他們和北一都忙得渾身泥濘。

經過幾句交談後逐漸得知，出現那副陰森的骸骨，他們同樣大感困惑和害怕，似乎連談起這個話題都很避諱。任憑北一再怎麼追問，他們都三緘其口。

關於這副骸骨的身分，始終查無線索。井口家並非苛刻的地主，底下的佃農日子都還過得去。沒人逃離。井口家的戶主也娶媳婦生了孩子，沒人平白失蹤。八右衛門年老的母親性情和善，向來腰腿虛弱，早在臥病之前就鮮少外出，在家都是由媳婦以及資深的女侍照料，經常在別房念佛。

他們慰勞北一說「小哥，眞是不好意思啊」，也有人向他道謝。小哥，你在八丁堀的老爺底下當差，對吧？年紀輕輕就這麼厲害，眞是好膽識。

雖然並未因此感到開心，但北一的心情輕鬆不少：他們覺得這是個沉重的負荷，現在由我代替他們處理，他們無比感謝。這種情況雖然還不至讓人完全看開，而爲此說一句「太棒了」，但感覺還不壞，嗯。

接著過了一天，又一天。北一鑽進地板下，手持刷子趴在地上，瞇起眼睛仔細檢視骨頭，用老舊的手巾擦臉。持續進行這項工作，感覺漸漸與骸骨變得親近起來。

一來可能是習慣了，二來也是他看開了。但不光如此，確實有一股不一樣的心情在他體內蠢動。北一想進一步接近這名化爲枯骨的落寞男人。

你是什麼來歷，爲什麼會一個人在這裡？

我會好好將你挖掘出土。雖然不知道當初你是何種死法，但等全身的骨頭湊齊，你就能安息了。

北一將一人份的骸骨全都掘出後，擺在別房庭院的門板上，並拼湊出完整的人形，連指骨也一根不缺。

——太好了。

北一的工作並未就此結束。他遵照澤井少爺的吩咐，仔細確認是否埋有其他人（或物），接著將骸骨所在處的泥土掘出一些來過篩。

夫人的話向來不會有錯，最後有大小和觸感都很像黑色棋子的東西，從土塊裡滾了出來。

形狀沒棋子那般渾圓。這東西上面有髮髻，有一對外張的耳朵，還有下巴。沒錯，是一副人臉的雕刻。

但它不是人。因爲它有鳥喙。

「這是烏天狗（註一）吧……」

這東西應該是根付（註二）——澤井少爺說道。

「髮髻的部位有個小洞，繫繩就是從這裡穿過。」

原來如此，北一也這麼認爲。由於是烏天狗，所以是黑色。或許有驅魔或庇佑的含意。

澤井少爺的上級長官，南町奉行所最擅長驗屍的與力——栗山大人，專程前來爲掘出的骸骨及衣物進行查驗。他不斷向澤井少爺抱怨，一會說自己是內勤官員，大老遠來到這處新褪地，走得兩腿痠麻，一會說沒帶眼鏡，細小的東西看不清楚，不過他處理骸骨的手法相當熟練，確實是箇中老手。

「好瘦的骨頭啊，生前應該是有一餐沒一餐的。之所以一顆牙不剩，可能也是這個緣故。」

窮得「飯都吃不上」的窮人，連北一也沒見過。江戶市裡有這種人嗎？

「他的脖子和喉嚨的骨頭沒斷。每一塊骨頭都看不出有刀傷，顱骨亦完好無傷。」

沒遭砍傷、毆傷，也沒被勒頸——就算有，看起來也不是足以致死的重傷，栗山說道。

「而且，地板下也沒有流血的跡象。」

「從骸骨上可以看出這麼多嗎？」

「是從泥土中看出來的。」

說完，這位驗屍的官爺俐落地往上來到別房裡。他單膝跪地，朝骸骨所在的地板下窺望。北一仔細篩過泥土，所以這裡的泥土變得滑順柔細，幾乎都能播種插苗了。

「吸飽血液而變硬的泥土，會留下痕跡，而且會變色，發出臭味，不會是這個樣子。」

澤井少爺也爬上別房。驗屍的官爺以調侃的眼神望著北一，問道：

註一：又名鴉天狗，是一種傳說生物，一身修行僧裝扮，長著像烏鴉般的鳥喙，能在空中飛翔。

註二：以繫繩連結印籠、菸盒、提袋等物品，吊在腰帶上用來固定的道具。

「小鬼，是誰給你的建議，要你篩土？」

北一顯得不知所措，「我、我只是想，或許當中會有什麼線索。」

「哦，是你自己想出的點子啊。」

如果回答是夫人給的建議，恐怕會解釋個沒完，所以北一顯得更慌了。

澤井少爺那冷峻的雙眼微閉，瞄了北一一眼。

「總之，應該是病死或餓死吧。」驗屍的官爺說道。

「那麼，他是自己鑽進地板底下嘍。」

「嗯……可能是要躲雨，或是在躲什麼人。」

驗屍的官爺拈著下巴，頭偏向一旁。

「不管怎樣，大概和這戶人家無關。一個流浪漢躲進家中的地板底下，就這麼死在裡頭，想必十分困擾。」

聽他這麼說，澤井少爺輕嘆一聲。

「那我就放心了。」

要在一群害怕的人當中找尋凶手，澤井少爺實在不想這麼做。

「幹得好，北一。」

他拋來一句慰勞的話語，北一聽了直眨眼。

「富勘向我大力舉薦，認爲你一定能勝任這項工作，不過坦白說，我原本沒懷著太大的期望。抱歉啊。」

千吉應該會很高興——澤井少爺接下來的這句話，並未傳進北一耳中。

富勘大力舉薦？

所以我才會受這些苦？無法出外挑擔叫賣，只能靠夫人賞飯吃，與骸骨摻雜在一起的泥土臭味滲進體內，因沾滿泥巴和冷水而全身冰涼，終日與骸骨爲友。

——當眞害慘我了！

然而，北一卻不自主地面露微笑，眞是不可思議。

三

五本松地主家的別房地板下，有一顆黑色的天狗根付，與無名屍的骸骨一同埋在土中。某個男子身上有形狀相似的紋身——這消息傳進北一的耳中時，他都快忘了之前爲那副骸骨吃足苦頭的事。

春雨綿綿的時節剛過，江戶市街風光明媚。「福富屋」送到夫人位於冬木町住處的盆栽，綻放出一朵朵的大牡丹花。聽說連同伊萬里燒的花盆在內，價格不菲，只見阿光戰戰兢兢地悉心照料，著實有趣。

關於那紋身男子的傳聞，是搬運這個盆栽前來，常出入「福富屋」的園藝師傅所提供。

「扇橋町有一家叫『長命湯』的澡堂，裡頭負責燒熱水的鍋爐工，聽說右肩上有個黑色的天狗頭紋身。」

園藝師傅說是「聽說」，因爲他也是從旁人口中聽來，沒見過那個鍋爐工。

「三個月前，我店裡一名小夥子到那附近的中間部屋（註一）賭博。由於小贏了幾把，他和賭友在『長命湯』的二樓喝酒喧鬧。」

就這樣與在場的客人打起架來。

「對方是個沒身分地位的無賴，喝得酩酊大醉，突然亮出短刀，引發軒然大波。」

園藝店的年輕小夥子，平時若有人挑釁想打架，一向來者不拒，並加倍奉還，但對方眼神呆滯，捲起衣袖，露出手腕上方的兩道黑線刺青（註二）。

「他們心想，這人惹不起啊，於是連滾帶爬，拔腿就跑，實在窩囊。」

不不不，逃走才是明智之舉。只會逞凶鬥狠的一般無賴，和曾觸法受罰、在身上留下刺青的罪犯，根本無法相提並論。

「『長命湯』如同屋號，店主夫婦、大掌櫃，還有女侍，全是老爺爺和老奶奶，所以我們店裡的小夥子和賭友跑掉之後，就沒人能壓制那個失控的無賴了。」

明知如此，卻還一走了之，園藝師傅將店裡的小夥子狠狠訓斥一頓，但再怎麼說，這件事也不能就此不聞不問。

「我很擔心，隔天叫他去查看情況，是澡堂的老爺子出來說明。」

——昨晚我們店裡的鍋爐工想安撫那個無賴，挨了一頓拳打腳踢，最後他氣消了，乖乖離去。

這樣的結果更教人擔心。

「聽老爺子這麼說，我店裡的小夥子不禁感到內疚。他問老爺子『鍋爐小哥有沒有受傷？我得當面跟他道個歉才行』，極力拜託老爺子讓他見那個鍋爐工。」

「長命湯」的鍋爐工臉頰紅腫，一隻手抬不起來，一隻腳在地上拖行。老太太和女侍已替他療過傷，渾身散發膏藥味，多處纏著白棉布，但看起來性命無虞。他還是跟平時一樣撿拾木柴、燒水。

「他沒半點怒氣，也沒半句牢騷。我店裡的小夥子向他道歉致謝，他也只是點頭回禮。」

不過，園藝店的小夥子發現，從打赤膊的鍋爐工纏滿白棉布的縫隙，露出形狀奇特的紋身。

「那應該叫『烏天狗』吧。外形是一顆全黑的天狗頭，旁邊附上小小的翅膀，就是這樣

註一：江戶時代，在武士底下處理各種雜務的隨從，稱爲「中間」。而中間在武士宅邸裡居住的長屋，稱爲「中間部屋」，人們常在此聚賭。

註二：江戶時代的刑罰，在罪犯的臉或手臂上刺青。

的紋身。」

那具無名屍持有（研判是這樣）的根付，一起收在骨灰罈裡，目前寄放在地主井口八右衛門的宅院。儘管是擅自死在別房的地板下，爲井口家帶來極大的困擾，他們仍好心地提議：這算是一種緣分，在找到死者的親人之前，我們會上香供奉他。

不論是這具無名屍的身分，或是他的親人，唯一的線索只有烏天狗的根付。北一與澤井少爺討論後，決定畫下根付，製作成公告，發送到小名木川沿岸的街道番屋。此舉果然奏效（大概是園藝店的年輕小夥子又去聚賭，得知公告的事），這件事輾轉相傳，最後傳進園藝師傅的耳裡。

「如果千吉老大在世，我一定會馬上向他呈報。可惜千吉老大已不在人世，也沒接班人。因此，雖然不清楚這消息能否派上用場，但我想至少應該通報夫人一聲比較好。」

北一承接了販售千吉老大「朱纓文庫」的工作，卻沒繼承捕快的職務。像這種時候，他深深覺得自己很沒用。想對已故的千吉老大盡一份道義的園藝師傅，約莫感到相當困擾，夫人應該也十分感慨吧。這如同是昭告示人，千吉老大的徒弟沒人有能耐承接他的地盤。

不管怎樣，這件事確實只是輾轉聽來的消息，於是北一馬上決定動身前往扇橋町的「長命湯」。如果那是不動明王或觀音大士的紋身，或許是剛好相似罷了，但烏天狗的紋身並不常見。而且，位於五本松旁的井口家與扇橋町相距不遠，只要走過小名木川橋或新高橋，馬上就能抵達。他挑起扁擔，上頭裝滿繪有卯花（註）和牡丹圖案的「朱纓文庫」，望著一旁的小名木川，只見裝載了鹽袋、醬油桶、小用品、廚房用品、下酒菜、蔬菜的運貨小船穿梭其上。

「文庫～來買文庫～」

位於深川東邊的這一帶有商家，不過武家宅邸也不少（所以才會在中間部屋設賭場）。澡堂的客人並非全是市井小民，應該有在武家宅邸當差的年輕侍從、家僕，以及中間。北一邊走邊暗自思忖，「長命湯」約莫是頗具規模的澡堂。

不料，他大吃一驚。

這澡堂只有男湯，不僅規模小，而且外觀破舊。木板屋頂和壁板有幾片脫落，似乎嚴重漏雨，外加滲風。從屋頂木板縫隙長出的雜草，在春天的陽光下綻放小小的白花和黃花。

看起來隨時都會傾倒的雙層樓房，真的在經營澡堂的生意嗎？要是柴火被風吹跑，恐怕馬上就會起火，將屋子燒個精光。

奇怪的是，只有屋簷下掛著一塊大匾額，顯得格格不入，上面寫著「長命湯」。這塊招牌確實很氣派，屋簷彷彿承受不住招牌的重量，整棟建築前傾。另一方面，出入口上方的採光紙門寫著「男湯」二字，字跡拙劣，像是出自醉漢之手，「男」字的「田」部還破了個洞。

註：即齒葉溲疏，花瓣細密，如雪片般潔白。

奶。

北一擱下扁擔，喚了一聲「有人在嗎」，走進屋內一看，只見嚴重駝背的老爺爺和老奶奶。

「啥？我家的鍋爐工？」

自稱是店主的老爺爺有耳背的毛病，自稱是老闆娘的老奶奶則是兩眼昏花，一邊伸手摸索，一邊拿掃帚清掃更衣間。可能是聽到交談聲，另一名老爺爺從浴池的入口處走出。此人是三助（在澡堂裡幫客人清洗身體的男子），但同樣老邁，若要請他幫忙按摩肩膀和腰部，實在不好意思開口。

窗戶上用來阻擋視線的棧板，以及擺放客人衣物的收納箱蓋子，全都相當老舊，開開關關很不順暢。收納箱上的「壹」、「貳」等漢字，黑墨幾乎皆已斑駁。刀架雖然造型氣派，但塗漆的部分也斑駁脫落。

早上來泡澡的客人已離去，正是清閒的時刻。聽他們三人說，鍋爐工外出撿柴去了。光是要向這幾個老爺爺和老奶奶問出這一點，便折騰許久。

「我可以在這裡等他嗎？」

「啥？」

「請讓我在鍋爐口等他回來。」

「啥？哪裡？」

「負責燒鍋爐的小哥叫什麼名字？」

「啥？」

沒用。北一揮了揮手，暫時走出屋外，繞過建築側面，來到後方的鍋爐口。

「長命湯」的出入口與更衣間旁，設有阻擋視線的牆板，但後方只有乾枯稀疏的樹籬。缺了一塊水溝蓋，臭氣四溢。

鍋爐口原本可能有一塊門板，但現在已被拆除，人人都可從這裡自由進出。

——不過，應該沒人會想主動靠近這種地方吧。

澡堂的鍋爐工負責的工作，首先得蒐集燒鍋爐能用的材料。落葉或枯枝要看季節，平常都是到附近的商家或宅邸蒐集垃圾。從毀壞的家具，到廁所的手紙，只要是能燒的東西，全部蒐集過來，丟進鍋爐裡。

換句話說，鍋爐口旁就堆放著薪柴和垃圾，不會是什麼乾淨的地方。

「長命湯」的鍋爐工似乎就在這種地方起居，將骯髒的棉袍睡衣捲成一團，塞進堆積的柴薪後面。那麼，他都在哪裡吃飯？

剛想到這裡，外頭便有拖車的聲響靠近。北一從門口探頭窺望，只見一名身穿骯髒的肚圍和緊身底褲、披著老舊徽印短外衣的年輕男子，拉著一輛載滿垃圾和破爛器物的拖車，在水溝蓋前停下。

北一原本心想，雖然遭到拳打腳踢，卻仍試著安撫喝醉酒亂揮刀的無賴，這個鍋爐工應該是不簡單的人物。

所以他才會看得目瞪口呆，今天第二次大吃一驚。

眼前這個人未免太矮小窮酸了吧。

他同時心想，這就像是看到自己在水面上的倒影。

不，不是北一往自己臉上貼金，相比之下，北一可能還較爲稱頭。北一沒駝背，也沒瘦得只剩皮包骨。這個鍋爐工將一頭沒修整的長髮束在腦後，約莫是疏於清洗梳理，上頭沾滿灰塵。兩相對照，將稀疏的頭髮剪短的北一，看起來應該清爽多了。

「打、打、打……」

打擾了——北一想這麼說，但太過吃驚，反倒有些怯縮，連舌頭都打結了，說不出話來。

「呃，我……」

鍋爐工抬眼望向緊張結巴的北一。那因煤灰而泛黑的臉龐，只有眼白的部分特別白，瞳孔小得像一個黑點。

「燒、燒鍋爐的工作，好像很辛苦。」

鍋爐工的表情沒變，轉向拖車，用力抬起某個東西，揚起一陣塵埃。他握在手中的，是以麻繩捆束的舊衣和破布，數量不少。有的夾在腋下，有的用單手提，這些似乎是成捆的老舊尿布。

「你眞賣力。」

鍋爐工拿著貨物，不發一語地走近，站在北一的面前。
「啊，擋到你了是吧，抱歉。」
北一退向一旁，鍋爐工馬上走進屋內。
「小、小哥，聽說你的右邊肩膀有個奇特的紋身？」
儘管主動搭話，但鍋爐工始終對北一連看也不看一眼。他從拖車上搬下貨物，運往鍋爐口後，直接堆放在地上。每次都會揚起塵埃，臭氣熏人。
「聽說是烏天狗——黑色的天狗紋身。」
對方完全不理會，但北一還是努力提問。
「小哥，你的親人或朋友當中，是否有人持有和這種紋身相同形狀的根付？」
鍋爐工突然停下動作。雖然在當柴燒的成堆破爛前，他背對著北一，但顯而易見，他對北一的話有了反應。
「在五本松旁一棟宅院的別房裡，發現一副人骨，和一個罕見的根付。」
鍋爐工轉過頭，看著北一的臉和雙眼，北一全身一僵。
那是冰冷又陰沉的可怕雙眼。不，是死人的雙眼。就像死不瞑目的人的雙眼。
——從沒見過這種眼睛。
只能說是「從沒見過」，至今為止的人生中不曾見過的眼神。
鍋爐工依然不發一語。

「關、關、關於那個根付的主人，你知道什麼線、線、線索嗎？」

這時，從鍋爐口旁的小窗傳來老奶奶悠哉的叫喚聲：

「喜多，你要是回來了，就一起吃飯吧。」

在短短的一天裡，這不曉得是北一第幾次大吃一驚。

「你、你叫きた（註）？」

北一生硬地笑了起來。

「我也叫きた（北）。」

鍋爐工那小黑點般銳利的瞳眸，感覺微微變大了些。

北一指著自己的鼻頭說：

「我叫北一。你叫什麼名字？」

鍋爐工銳利的雙眸掠過一抹光芒，將北一從頭到腳打量一遍。不知道他會給出怎樣的答覆，不過似乎不會是什麼不好的答覆。

鍋爐工用鼻子暗哼一聲，以女人般纖細的嗓音應道：

「喜多次。」

註：主角北一的「北」字，和「喜多」的日文同音，都是「きた」（Kita）。

從小窗探出頭的老女侍，發現北一和鍋爐工站在一起，特地端來兩人份的蒸地瓜和白開水。

這名老女侍的背比老闆娘還駝，而且牙齒脫落，說話會漏風，但耳聰目明。「喜多次」一看見地瓜，便就地坐下吃了起來，所以北一改爲向她打聽。

「喜多是去年歲末的某天清晨，倒在我們的後院裡。」

當時天氣寒冷，水窪表面結了一層薄冰，「喜多次」卻只穿一件浴衣，一頭亂髮，打著赤腳，凍得無法動彈。

「雖然沒受傷，但高燒不退。老闆娘說，就由我們來照顧他吧。」

在屋裡替他取暖，扶他躺下，餵他吃熱粥，讓他服下退燒藥後，「喜多次」短短一天就康復了。只是，關於他的名字、年紀、從哪裡來、爲什麼會只穿一件浴衣在外頭遊蕩，不管怎麼問他都不吐露。

發現他的右肩有個奇怪的紋身，「長命湯」的老爺爺和老奶奶擔心他不是正經人，而是犯過罪的人，很想向番屋打聽，最近有沒有什麼緝拿令。不過，這名倒在後院的少年相當安分，照顧他時，他都會低頭致意，食物也都吃得乾乾淨淨，好像覺得非常美味，還會朝餐具合掌，很懂禮貌。

「他長得這麼瘦小，還是個孩子，我們實在不覺得他會是什麼壞蛋。況且，我們見識過眞正的壞蛋。」

深川是一處新墾地，與大川對岸相比，更多可疑人物在此遊蕩。「長命湯」附近的武家宅邸，幾乎每天都開設賭局，多虧固定到那裡報到的男人，和向他們賣春以討生活的女人，雖然是如此殘破不堪的澡堂，卻仍生意興隆。

「在這一帶拉客的流鶯，會在橋下或河岸的扁舟上做生意，賺進一天的生活費後，就會到我們這裡泡最後一輪澡。最後一輪澡只開放給這種女客使用。」

所以，外面招牌僅寫著「男湯」。

澡堂二樓原本是平民的娛樂場所，然而，「長命湯」的二樓卻是世人忌憚的喝酒、賭博、買春等可一次享受的場所。所以，賭場老大的手下會在此出入，放高利貸的商人、皮條客，也會來報到，打架爭吵是家常便飯。這座位於郊區的老舊澡堂，雖然店員全是老爺爺和老太太，但如果膽子不夠大，還捧不了這碗飯。

正因如此，沒人對這個倒臥路旁、外表像孩子一樣的少年感到害怕。儘管對他的來歷感到納悶，卻不會因覺得可疑，避而遠之。

「我們家老闆對他說『你連名字都不知道，沒辦法到別的地方工作，就留在這裡燒鍋爐吧』，決定讓他住下。」

始終沒有名字著實不便，就以店主夫婦十五年前那生下不久便夭折的孫兒「喜多次」來為他命名。

「老闆說，如果孫兒還在世，差不多是這個年紀。」

老爺爺編了個一聽就知道有假的謊言，說是原本以爲死去的孫子，現在竟活著回來了，向番屋和町內的官差通報，就此了結。當然，他私下包了一筆銀兩買通。

「在喜多出現之前，都是靠我們燒鍋爐、蒐集柴薪，相當辛苦。不過，就算僱人，往往都待不久就跑了，更嚴重的是，有人還會偷走店裡賺來的錢。」

陰暗的地方，總會有做出見不得光的事、適合這種地方的人主動靠過來。

「這樣下去，這間澡堂勢必得關門大吉，大家都爲此發愁。這時突然來了一個救星，簡直就是澡堂之神派來的使者。」

老女侍直說謝天謝地。北一認眞聆聽，一旁的喜多次則是吃完地瓜，喝了開水，塡飽肚子後，打起盹，完全不在意別人談論他的事。

——如果千吉老大在世……

就算是在地盤上的邊陲之地，有一個可疑的人流落街頭，來到這麼一處不賣米糠袋（註）或潔牙粉，而是靠充當賭博或買春場所牟利的澡堂，老大應該不會坐視不管。

北一什麼也不能做，只能陪著一起吃剛蒸好的香甜地瓜，地瓜鯁在胸口時，靠喝開水來幫助嚥下。

「眞是太好了。對了，婆婆，我是賣文庫的。」

手上有一些能當柴燒的東西，例如因弄髒而賣不出去的商品、碎紙、從客人那裡回收的商品。

「累積到一定的數量之後，我可以運來這裡，您肯收嗎？我一文不取，只要偶爾能讓我免費泡澡就行了。」

老女侍眉開眼笑。

「這樣的話，你跟喜多說一聲就行了。老闆那邊，我再告訴他，因爲他耳背。」

「那就拜託了。我住在北永堀町的富勘長屋，名叫北一，叫我『小北』就好。」

哎呀，眞是奇遇——老女侍笑著返回屋內後，喜多次彷彿已等候多時，猛然睜眼，不顯一絲睡意，以宛如黑點般銳利的目光注視著北一。

「原來你裝睡啊？」

他竟然裝睡，一直在偷聽老女侍和北一的對話。

雖然覺得有點陰森可怕，但北一不希望被看透內心，於是強裝鎭定，接著說：

「我認爲根付的事，別讓這裡的老爺爺和老奶奶知道比較好，這樣會不會太多管閒事？」

其實北一原本想說的不是「別讓他們知道」，而是「別被他們知道」。你應該有什麼苦衷吧？我幫你隱瞞這件事，看我多好心。你應該明白我的苦心吧？

喜多次依舊沉默不語。煤灰弄髒的那張臉上，汗水形成一道道線條。北一就像有人拿錐

註：裝米糠的袋子，用來清洗臉和身體，功能像現今的肥皂。

子抵在面前般，不禁怯縮。
仔細一看，這小子長得挺俊秀，五官精緻宛如人偶。北一暗想，他和我根本只有體格相似而已。
「你、你幹麼？」
那種眼神，是想抱怨什麼嗎？
「我想看。」
喜多次終於開口。因爲太過突然，北一一時沒聽清楚。
「咦，你說什麼？」
兩人四目交接。喜多次流露好似黑色尖錐的眼神。
「我想看。」
「看、看根付嗎？」
喜多次頷首。噢，終於能溝通了。這傢伙是有靈魂的，不是木偶，也不是稻草人。這些無濟於事的想法，像漩渦般掠過北一的腦中。
「實品和遺骨一起寄放在地主家，不過，我帶來它的畫。」
爲了謹愼起見，北一隨身帶著一張公告。他取出那張圖，把皺摺攤平，讓喜多次確認。
喜多次望向公告，不想伸手拿。他要北一拿著，湊向前細看。
「喏，跟你肩上的紋身很像吧？」

就算北一詢問，他也不回答。
「如果只是剛好很像，未免太難得了。這個人應該是你認識的人或親戚吧？不過，以烏天狗當屋號或家紋，實在罕見。」
喜多次緊盯著那張公告，瞳眸再度縮得像黑點一樣小。
「地主家那邊說，這算是一種緣分，會爲那副遺骨上香供奉。這樣不是挺好嗎？如果是你認識的人，你得好好去跟對方道謝，收回遺骨。」
你決定如何——北一準備接著提問時，喜多次突然別過臉說：
「我不知道這是什麼。」
明明蹲在地上，北一還是雙膝一震。
「居然說你不知道……」
「我沒印象。」
喜多次冷冷地應一句，站起身。他拍了拍衣服，塵埃飛揚。
「眞的嗎？」
「我沒印象。」
「既然這樣，你爲什麼想看？應該是多少心裡有底吧？」
北一也起身逼問。這時，他感到背後一陣寒意遊走。喜多次又露出像蛇一般的眼神。
「眞、眞的和你沒關係嗎？」

「沒有。」
喜多次轉身背對北一，著手收拾堆疊的可燃物。
好似一拳打在棉花上，此時北一的感覺不是生氣，而是傻眼。接著，一陣悲從中來，連他自己也不知道爲什麼。
「死者生前爬進地主的別房底下，最後命喪地下。驗屍的官爺研判，他可能有病在身，飢餓而死。」
不管是什麼原因，他孤零零一人在地板下的幽暗空間裡，日漸虛弱，落寞死去——
「那是只要下大雨就會淹水的地方，遺體可能一再被浸溼，遭野獸或昆蟲啃食。他身上的肉腐爛消失，衣服也變得破破爛爛，只剩下白骨，混在泥土中。」
一直都沒人發現，沒人哀悼。
「是在搗毀別房、拆除地板時，木匠才發現。所以，我將骸骨從土裡掘出，清理乾淨。」
喜多次並未停下整理的動作。他將成捆的舊布拆開撕裂，以便焚燒。
「雖然我只是個文庫小販，但已故的老大是在官府底下當差。所以在賜給老大手牌的官爺委託下，由不得我拒絕。一開始眞的很辛苦，又臭又髒，我忿忿不平，老想著爲什麼非得做這種事不可，沮喪到極點，恨不得逃走。」
但在掘出遺骨，逐漸湊齊的過程，我心想，不能半途而廢——

「因爲死者實在太可憐了。」

我也眞是個怪人。爲什麼會在這種地方，對這樣的傢伙說這些話呢？

「我一面撿拾遺骨，一面許下承諾，一定會找到死者的親人。雖然可能辦不到，但承諾就是承諾，我絕對要履行。不過，既然你說心裡完全沒底，也只能這樣了。抱歉，打擾了。」

北一說完，將那張公告揣進懷裡，從鍋爐口走向後院。日正當中，四周轉爲明亮，他突然有從奇怪的夢中醒來的感覺。

——這種髒兮兮的澡堂，誰要再來啊。

沒必要再來了。他謝謝老女侍提供蒸地瓜和白開水，隨即離去。

北一以爲自己滿腔怒火，其實心裡仍感到一股哀戚，爲了壓抑情緒，他緊緊咬牙。

這是意外送上門的線索，結果不如預期也沒辦法。如果眞的就這麼找到，未免過於巧合。

北一如此說服自己，從腦中揮除鍋爐工喜多次的事。

「那名身上有烏天狗紋身的鍋爐工，調查得如何？」

夫人詢問此事時，北一只回查無結果，會再努力搜尋。詳情他沒說明，因爲光是開口，都覺得心情沉重。

一個陰森森又惹人厭的傢伙。好了，這件事到此爲止。更重要的是，再不認眞做生意，眞的只能勉強餬口了。要是運氣再差一點，恐怕會像喜多次一樣，餓成滿身汙垢的皮包骨。

爲了牽制「朱纓文庫」的贗品，特地製作千吉老大的印章後，北一的生意一帆風順。不過，北一與繼承文庫屋的萬作、阿玉夫婦之間的關係，卻是每況愈下。尤其是阿玉，相當露骨地嫌棄北一。

——那個老成的孤兒，是掠奪我們店裡收入的小偷。

她逢人便說北一的壞話。

如今只是萬作還存有一分對千吉老大的忌憚，以及對北一的兄弟之情，所以繼續將「朱櫻文庫」批給他販售。但再過半年、一年，也許他會拗不過阿玉，與北一完全切割。

「現在已不是能抱持一線希望的時候，你得做好心理準備，思考未來的出路。」

富勘清楚地對北一這樣說，語氣近乎冷酷。阿玉一直在散播北一的壞話，都快聽膩了，該想想辦法——富勘心裡這麼打算，一早便特地來到長屋，環視北一的住處。除了做生意的商品外，土間的層架上只放了一個碗、一個茶杯、一雙筷子、一個陶鍋、一個簸箕、一床滿是補丁的棉被、一根晾衣竹竿、一個水桶，再無他物，富勘表情凝重。

「凡事都有適當的時機。小北，你想繼續賣千吉老大的文庫，這份心思我懂，但如果你眞的打算販售承繼老大想法的文庫，我認爲你應該和那對夫婦的店斷絕往來。」

雖然富勘說，如果拿定主意要好好思考日後的出路，隨時歡迎去找他商量，不過爲了賺取足夠的錢填飽肚子，北一還是得先批「朱纓文庫」來賣才行。

「既然這樣，在我能自立之前，能暫時不收房租嗎？」

「這是兩回事。」

「那根本沒什麼好商量的嘛。」

「你沒聽過『急行無好步』這句話嗎？」

——擺出這種高高在上的姿態，當你是誰啊。

不愁吃也不愁住，大家都尊稱你爲「管理人先生」，在市街上人面廣，明明年紀都一大把了，胸前還垂掛著這麼長的短外罩繫繩，老不修一個，過著悠哉的生活。北一這種窮人的心情，他不可能懂。

——他偶爾也該吃點苦頭。

北一發現自己竟然有這種念頭，頓時慌了起來。幸好只是心裡這麼想，沒說出口。幸好沒人聽見。

然而，北一太天眞了。

事情發生在他與富勘展開交談，像吵架一樣不歡而散的當天黃昏。北一做完生意，穿過長屋出入口的木門返家時，附近的住戶全聚集在井邊。阿金離開人群，朝他跑來。

「小北，你聽說了嗎？」

「聽說什麼？」

阿金淚眼漣漣，面無血色。

「聽說富勘先生被擄走了。」

一群模樣可疑的男子，將他押進轎子帶走了——

「地點在下谷，有人當場目睹。」

阿金身子發顫，豆大的淚珠從臉上滑落。

「那群男子和轎子離開後，目擊者戰戰兢兢地走近一看，發現地上鮮血四濺。」

四

再怎麼說，他都是個盡責的管理人，對眾人照顧有加，因此大家平常不會特別在意，但其實富勘——勘右衛門十分與眾不同。

首先，沒人知道他到底多大歲數。從臉上和脖子的皺紋研判，應該是五十多歲，但他生性豁達，外表顯得年輕，加上每個人問他今年幾歲，他的答覆都不一樣，看得出他個性馬虎的一面，所以眞相始終模糊不明。

以北一這種走失兒童的情況來說——

「你幾歲？」

「三歲。」

只能藉由和當事人對談，以及體型的大小來推測年齡，其實不算什麼稀罕的事。不過，富勘是否有這樣的不幸遭遇，就不得而知了。

第二個謎是，富勘的來歷不明。他是江戶人，還是外地人？有父母和兄弟姊妹嗎？

更令人納悶的是，連他有沒有妻兒都沒人知道。

如果是他帶著某個「秀氣的中年婦女，似乎是他的夫人」，一起去某棟長屋賞花的傳聞，北一也曾聽聞。他還聽說，那個中年婦女是富勘的二夫人。有房客表示，曾目睹富勘與抱著嬰兒的年輕女子同行，可能是富勘的女兒和孫子，也可能不是。富勘小有財富（據說長屋管理人大多如此），在花街柳巷很吃得開，常和美女玩樂，不過從沒傳出他包養女人的傳聞。

最重要的是，不知道他住在哪裡。

長屋管理人大部分是住在地主託他們看管的眾多房屋中，富勘大概也是以「福富屋」名下眾多房子中的某一棟當住家，但就是不知道這棟房位於何處。

房租都是管理人前來收取，所以房客們常遇到「在外行走的富勘」。連闖禍而挨富勘罵時，也都是在現場，不然就是附近的木戶番或番屋，若事情嚴重，則會被喚至「福富屋」，沒機會知道富勘住在哪裡。換句話說，江戶市或許有人會說「管理人勘右衛門是我的鄰居」，但這號人物不存在於富勘照顧的這些房客或他們的左鄰右舍中。

這些事北一過去並未特別放在心上。他只是窮人長屋裡整天忙著賺錢餬口的房客，沒必要查探管理人平日的生活情況，也沒理由這麼做。

然而，這次情況大不相同。富勘在下谷某處遭人擄走，現場血花四濺，會想馬上通知他的家人也是理所當然，況且就算房客沒人知道他的住處，「福富屋」總該知道吧？北一滿心以為富勘的妻兒或孫子會現身，卻遲遲沒人出現。此事益發成謎。

「福富屋」似乎已向澤井少爺通報此事。澤井少爺火速前往下谷的案發現場查看，與當地的捕快交談，也查出富勘被擄走前造訪的地點，似乎還調查過富勘當天的足跡。一直說「似乎」，是因為澤井少爺完全沒召見北一，他只能從傳聞中得知。

像掘出地板下的骸骨這種骯髒的粗活，全塞給北一來做，富勘這件大事卻將他屏除在外。北一怒火中燒，吐露內心的想法，向夫人抱怨，不料夫人嚴厲訓斥：

「現在不是為這種小事發牢騷的時候。」

「話是沒錯……」

「總之，要是沒有你能做的事，就先保持低調，別妨礙澤井大人辦案。」

「可是，夫人，我很清楚這是誰幹的好事。」

一定是稻田屋那個紈褲子弟——乙次郎。自從富勘在面向仙台堀的貸席包廂裡，安排上演那齣戲之後，乙次郎就銷聲匿跡。大家以為他沒懷恨在心，事情平安落幕，其實他一直在等大家鬆懈警戒，要向富勘報一箭之仇。如果馬上衝進稻田屋，將他五花大綁，應該就能救出富勘。

「演完那齣戲之後，夫人不也說過嗎？那種人身邊向來會聚集不少跟班。」

乙次郎和不肖之徒聯手，幹下這等傷天害理的事。既然這樣，我們不能坐視不管。

「的確，我也認爲此事可疑。因爲富勘先生不會隨便招人怨恨。」

不過，身爲長屋管理人，時常得訓斥房客，或是調解市街上的紛爭，會在什麼地方和誰產生瓜葛，根本無從得知。

「所以，絕不能妄下定論，否則會危及富勘先生的性命。」

不，我打算一個人硬闖稻田屋。

「別說傻話，你又不是持十手的捕快，硬闖民宅有什麼用？」

話是沒錯，可是夫人完全沒採納北一的看法，他心裡著實難過。夫人一點都不能體會他的心情，同樣令他備感落寞。

「至少讓我去打探一下也好吧……」

那緊閉的眼皮底下，夫人似乎瞪大了眼睛。

「照先前的情況看來，乙次郎知道你的長相吧？」

「對。不過，當時我只是陪同在場，沒報上名字。」

「關於你的身分，只要想調查，絕非什麼難事。總之，你不能四處遊蕩。靠近稻田屋更是萬萬不可。」

聽到夫人的斥責，阿光從廚房跑來查看，露出害怕的表情。小北，你未免太不聽話了。

「我明白了，對不起。」

北一很不甘心，淚水差點奪眶而出。

長屋的眾人也一樣，在這種重要時刻，對於號稱是「已故的千吉老大最小的徒弟」——北一，並未抱持任何期待。

阿金掉著眼淚，阿秀和阿鹿滿臉擔憂，而平時就愛咒罵世上萬物、滿腹牢騷的阿辰婆婆，依舊叨絮不休。辰吉、鹿藏、寅藏、太一，皆表情凝重，但仍每天出外賺錢，回來吃飯、睡覺。眾人都一樣無能爲力。想到自己也算是「眾人」之一，北一益發感到焦躁。

富勘被擄走後，過了一天、兩天、三天，獨自奮戰的北一始終處在「現在不是做這種事的時候吧！」的情緒下，提不起勁叫賣文庫，積累許多賣不出去的貨，因而沒前往萬作的店裡進貨，結果挑擔出外叫賣的鹿藏和太一告訴他：

「文庫屋的阿玉夫人大聲嚷著，以後再也不批貨給那個懶鬼小北了。」

「你還是去跟她打聲招呼比較好吧？」

北一聽了更加意志消沉。

之前都很賣力賺錢，就算生意不好，靠手頭上的現金，仍足以應付兩、三天的伙食，但現在已是山窮水盡。今天不趁早上將文庫賣完，趕在中午前去進貨就糟了。動用到進貨的本金前，得好好工作才行。

北一挑起扁擔，穿過北永堀町的富勘長屋大門，邁步向前走。「文庫～來買文庫～朱纓文庫～」連他自己也聽得出來，叫賣聲有氣無力，嗓音渾濁，沒半點朝氣，實在很沒勁。

還是到稻田屋所在的門前仲町看看吧。如果是去那裡叫賣，想必不會太顯眼，也能順便向八幡宮的香客兜售文庫，減輕一些負擔。只要沒穿幫，就不會挨夫人的罵。不過，恐怕會穿幫吧，畢竟夫人是順風耳。況且，事情都過了三天才要硬闖，未免太慢了。不，只是去看看情況，不是要硬闖。不過，要是乙次郎在場，就一把揪住他的衣襟大聲咆哮——我這種膽小鬼根本辦不到，我真是個沒用的傢伙。

北一抬起沉重的腳步，朝高橋的方向走去時，與橋頭前一名背著大包袱的商人擦身而過。這名商人像被釣線鉤住，踉踉蹌蹌地後退數步，突然窺望起北一的臉。

北一的個頭矮小，那名商人則是高頭大馬，感覺就像抬頭仰望一根曬衣竹竿。

「請問，您是賣文庫的北一先生吧？」

「對，我就是。」

眞是巧遇啊——背著包袱的商人露出慶幸的神情。

「我是佐賀町的租書店『村田屋』的人，名叫治兵衛，平時受到富勘先生不少關照。我很擔心他，不曉得後來情況如何？北一先生，您是否知道些什麼？」

村田屋的治兵衛，那搶眼的身高、彷彿貼上煤炭和煤球般的濃眉大眼、客氣的態度和親切的口吻，同樣難以猜出多大年紀。只不過情況和富勘不同，他可能已年過四十五，那雙跟紙糊犬一樣的圓眼珠，有些可愛。

治兵衛說，站著交談不太合適，邀北一坐在附近圍棋會所前擺出的長椅上。治兵衛一一向圍棋會所的人問候時，北一突然想到：

——該不會這是新兵衛先生常來的地方吧？

對治兵衛而言，這似乎也是一處做生意的地點，圍棋會所的女侍端來兩個茶杯，裡頭是熱騰騰的淡茶。

「佐賀町也有屋子是屬於『福富屋』名下，這次富勘先生遇險，我們左鄰右舍都十分擔心。」

治兵衛開口道。

「而且，不知道該說是湊巧還是不巧，傳來富勘先生遭人擄走的壞消息時，我剛好在『福富屋』。」

如果是這樣，會擔心也是理所當然。

「我們很清楚，這時候大呼小叫沒半點幫助，可是，只是靜觀其變又教人忐忑不安……」

大包袱裡裝的是書箱。租書店會將裝訂本或書籍裝進這樣的書箱中，在市街上行走叫賣。治兵衛約莫是準備前往「福富屋」之類的大客戶那裡拜訪吧。他一身講究的銚子縮和短外罩，月代頭剃得乾乾淨淨，頭皮光亮。

明明是氣質出眾的商人，面對北一這種微不足道的挑擔小販，說話卻如此客氣。
「富勘先生一直下落不明。」
這是北一唯一知道的事，他頗感羞愧，小聲應道。
「就算想尋人，但事發的地點在下谷，以掌管本所深川的澤井大人的立場，或許不方便插手。」
聽北一這麼說，治兵衛十分震驚。
「不，說到尋人……」
治兵衛渾圓的雙眼瞪得老大，接著他留意四周的行人，悄聲道：
「那天半夜有人投了封信到『福富屋』要贖金。」
這次換北一瞪大眼睛。他壓根沒聽說此事。
「真的嗎？我都不知道，在我們的長屋裡也沒人提過。我說的是北永堀町的……」
「富勘長屋？」
治兵衛用力點頭，打斷北一的話。
「以前有位武士曾是那裡的房客，他替我謄寫抄本當副業，所以我很清楚。」
北一猛然想起，「是遭人襲擊或是奉旨討伐而喪命的那位武士嗎？」
「對，真是不幸。」
治兵衛嘴上這樣回答，神情倒是十分平靜（註）。

「古橋大人是個年輕的浪人，寫得一手好字，也擅長解謎，一些複雜的糾紛，他都能順利擺平。北一先生，你現在住的房子，就是先前古橋大人住的地方，我覺得這是一種緣分。」

這算是哪門子緣分啊？北一感到一陣焦躁。

「既然談到贖金，他們應該會和綁架的歹徒進行交涉。」

「嗯，所以我才想，您曾是千吉老大的徒弟，或許會知道目前的情況……」

這是北一現在最不想聽到的話，他的氣血直衝腦門。

「很不巧，這樣的大案子，他們不會找我這種小角色去。不過，或許我還是能幫上一些小忙，所以我接下來要趕往『福富屋』。」

北一結束談話，霍然起身，擱著扁擔和文庫便往前衝，但旋即又想到，跑回來挑起扁擔，慌慌張張地朝冬木町而去。留下神情尷尬的治兵衛，錯愕地目送他離開。北一羞愧得臉上幾乎要冒出火。

扛著扁擔，前後都裝載文庫，根本跑不快。北一又羞又惱，恨不得拋下一切，放聲大吼，於是他搖搖晃晃地跑著，一邊怒氣沖沖地喊著「可惡、可惡、可惡」。

「喂、喂，北一先生！」

有人從背後一把抓住扁擔，害北一重重跌了一跤。

「你幹什麼！」

他轉頭怒吼，只見眼前站著一名下身穿緊身底褲，上身穿肚圍和徽印短外衣的年輕男子，衣服上印有「植半」二字。植半？啊，這不是常在「福富屋」進出的園藝店的人嗎？

「抱歉，突然拉住你。不過，夫人拜託我攔住你。」

園藝店的男子扶起北一，撿拾散落在路旁的文庫。這時，阿光氣喘吁吁地跑來。

「啊，趕上了。竹先生，謝謝你。」

阿光邊喘息邊向男子道謝，隨即臉色一沉，瞪著北一。

「小北，你想去哪裡？」

北一似乎是怒氣沖沖地一路跑，經過夫人的住處沒停下。離「福富屋」的後門只差一小段路。

「去哪裡是我的自由吧！」

「那是什麼口氣？好了，跟我來就對了！竹先生，不好意思，請幫我把這傢伙拉回來。」

夫人來到住處的外廊。北一他們走近後，她微微坐起身。

「竹先生，辛苦了。北一，過來坐下。」

註：這裡提到的武士，是《落櫻繽紛》的主角古橋笙之介，雖然對外聲稱已命喪刀下，但其實沒死，只是改換身分。

夫人雖然看不見，但聽力敏銳得嚇人，對周遭的動靜也十分敏感。

「聽到你從屋旁跑過的腳步聲，我馬上請剛好在場的竹先生去攔你。」

園藝店的年輕人向夫人行一禮後，隨即離去。

「瞧你怒氣沖沖的，是因爲聽到勒索信的事吧？」

夫人又使出了千里眼。

「你是聽誰說的？這個人眞會添亂。枉費澤井大人和『福富屋』老闆爲你著想，刻意壓下消息。」

「所以夫人才一直沒說。」

阿光在一旁幫腔。

「爲了保護你，才沒讓你參與。」

這是什麼意思？

「對方在勒索信中寫著，富勘先生的贖金爲三百兩，必須由賣文庫的小販北一送到赤坂龍土町的八幡神社境內。」

對方還設下期限，要在隔天酉時（傍晚六點）之前送到。

「如果是『福富屋』，他們一天就能湊齊三百兩。」

北一實在無法靜下心坐著。他緊緊咬牙，急得直跺腳。

「事情都傳到夫人耳中了，爲什麼不找我過來？」

既然對方指名，我怎能不接下這項任務，前往赴約？

不料，阿光卻大喊：「別讓我一講再講好嗎？不能任由你以身犯險！明白了沒？」

「少囉嗦，我當然知道會有危險！這點小事，我還能勝任！」

「囉嗦的是你啊，北一。你不該吼阿光。阿光，別再大聲喊了。老大會被你們嚇到翻倒牌位。」

夫人在外廊端正坐好。那光滑的眼皮緊閉，但她彷彿已「看透一切」。

「我就那麼不可靠嗎？」

北一話一出口就哭了起來，止不住淚水。我就那麼不能倚賴、那麼沒用嗎？

「沒人這樣說。」

夫人的聲音變得溫柔。

「這也是無可奈何，我會把知道的事全告訴你。別再生氣了，仔細聽我說，好嗎？」

阿光走過來，朝北一的耳垂用力一捏，把他拉到夫人的跟前，要他坐在地上。

「快把鼻涕擦一擦。」

因爲北一還在哭哭啼啼。

「對方擄走富勘先生，接著打算把你找去……」

夫人平靜地解釋：

「這件事絕對不簡單，不可能在交付贖金後就結束，你還能平安回來。如同我一開始猜測的，這八成是對你和富勘先生懷恨在心的稻田屋公子哥幹的好事。」

澤井少爺也說，此事可說已不容懷疑。不過，光憑乙次郎一個人，沒這等能耐。實際上，擄走富勘時，動用了兩名轎夫，而且會開出三百兩這麼一大筆金額，也是因爲有其他「同黨」。

「聽說乙次郎被稻田屋斷絕關係後，在成爲新店主的甲一郎先生安排下，交由甲一郎先生的妻子娘家那邊的人看管。」

那是擁有田地的大農家，宅院位在青山的西邊。乙次郎住在那裡，和佃農們一起揮汗工作。

「稻田屋那邊似乎盤算著，只要乙次郎肯洗心革面，表現出認眞工作的態度，就算無法馬上收回斷絕關係的承諾，至少能把他叫回老家，留在近處工作，但世上沒那麼好的事。」

託人看管不到十天，乙次郎便逃離，下落不明。

「正好是小北在五本松附近，挖掘地板下骸骨的時候。」

一開始，北一很嫌棄那種會搞得渾身髒汗的工作，但逐漸習慣後，對那副骸骨產生一股親近和憐憫的感情，全心投入。至於乙次郎的事，以及擔心會遭到報復的事，全忘得一乾一淨。

「乙次郎逃離農家後，一度透過別人向稻田屋的女侍總管要錢。對方似乎幫他籌來一些錢，接著乙次郎便消失無蹤，不知道躲在何處。」

稻田屋的女侍總管？是乙次郎的奶媽，那個長得像鯰魚的老太婆。

「連那名女侍總管也不知道他在哪裡嗎？」

「她本人是這麼說。」

「她是個張著一張像鯰魚般的大嘴，替心愛的少爺漫天扯謊，臉不紅氣不喘的臭老太婆。只要把她綁起來，她一定會從實招來！」

北一捲起袖子，一副幹勁十足的模樣。阿光瞪了他一眼，夫人緩緩搖頭。

「澤井大人早就這麼做了，但還是一無所知。這次稻田屋的人也一籌莫展。聽說甲一郎先生和那名女侍總管聽聞富勘先生的遭遇時，嚇得臉色發白。」

乙次郎在富裕的糕餅之家出生成長，習慣悠游在甜水中，一滴苦水也沒嘗過，現在突然把他丟進農家，要他和那些渾身泥濘的佃農一起工作，他想必覺得眼前一片黑暗。北一心想，的確，沒拿過比點心或酒杯還重的東西的紈褲子弟，如今身無分文地被逐出家門，沒有比這更痛苦的打擊了。

乙次郎自暴自棄，將滿腔怒火發洩在陷害他的富勘身上。光是打傷他、取他性命，難消心頭之恨，不如順便靠他發筆橫財吧。於是，乙次郎想出的壞主意，便是強行擄人與勒索贖金。

「發現勒索信的隔天，澤井大人一早便與龍土町八幡神社的神官商量，在境內立起告示牌。」

上頭寫的文字簡單扼要：以贖金換回富勘的自由。如果沒能確認富勘一切安好，「福富屋」不會付一毛錢。切記。

「接著，在酉時之前，派衙門的捕快潛伏暗處，監視前來看告示牌的人們。」

不曉得是不湊巧，或是那幫人早料到會有這一招，才選在八幡神社。附近的居民都知道這是欣賞紫藤的知名景點，每到這個季節，總會擠滿賞花的人潮。沒辦法將進入神社境內的人一一逮來審問，也沒有明顯行徑可疑的人出現。

「最後過了時限，只能撤離……」

隔天上午，一個小男孩送信到「福富屋」，說是在兩國橋旁，一名「帥氣的男人」給他跑腿費，要他來傳話。

「第二封信中，對方威脅『這場交易破局，我會斬下勘右衛門的首級送去，做好心理準備吧』，全篇皆以平假名寫成，筆跡拙劣。」

北一背脊一涼。我就說吧！就是沒依照對方的指示行動，才會失去逮捕綁匪的機會，以及救出富勘的線索。

「北一，你又噘嘴了吧？」

夫人光滑的眼皮顫動，嘴角輕揚，露出苦笑。

「不過，這樣做就對了。」

「哪裡對啊，根本搞砸了。」

「因爲這封信沒多大意義。」

如果綁匪眞的想取消交易，不會特地派人通報消息。如果對方怒不可抑，想讓「福富屋」和澤井少爺大吃一驚，不會只寫信恐嚇，眞的包好富勘的人頭寄去就行。

夫人的話實在嚇人。

「爲了要錢，那群綁匪一定會再派人來傳話。目前就是在等對方的下一步動作。」

「這是夫人的看法嗎？」

「是澤井大人的看法，『福富屋』老闆和我也這麼認爲。」

那幫人以爲用富勘的性命威脅，輕鬆取得三百兩後，還能將負責送錢的北一狠狠修理一頓，卻打錯如意算盤，現在應該很焦急。

「話說回來，他們以爲光憑勒索信，事情就能順利進行，未免太天眞，多麼頭腦簡單的一群人。要是他們能起內鬨，露出破綻就好了。」

「富勘先生也許被擄走後，就遭到殺害。」

「是嗎？小北，你太小看富勘先生了。」

夫人緊抿雙唇，表情嚴肅。

「他是行事老練的長屋管理人，不僅口才好，辦事手腕更是高明。被人擄走後，他總不會只是嚇得發抖吧？況且，如果綁匪眞的那麼凶狠，在投出第一封勒索信時，就會附上富勘先生的單邊耳朵或一顆牙齒，證明是綁架。」

他們沒做到這種地步——不，是做不到。他們只想著用卑鄙的手段要錢，現在可能已慌了手腳。面對這樣的對手，富勘不會任憑擺布，甚至可能趁對方不注意時逃脫。

「不管怎樣，眼下得暫時忍耐。」

像是在附和夫人的話，阿光低頭望著北一說：

「小北，你要是胡來，會造成別人的困擾，懂了嗎？」

什麼嘛，與其說不想讓我遭遇危險，這樣反倒更教人心情沉重。

北一怒火中燒，另一個疑問浮現腦海。

「有件事我一直耿耿於懷。」

「你還有事要抱怨啊？」

「不，不是抱怨。富勘先生不是跑到下谷那麼遠的地方嗎？他在那裡被擄走，綁匪是一直尾隨著他嗎？還是，他們知道那天富勘先生會前往下谷，於是準備好擄人用的轎子，在那裡埋伏？」

不管是哪一種情況，都安排得相當巧妙。

「這表示他們在『福富屋』附近有眼線吧？」

北一隱隱覺得不對勁。

這時，夫人眼皮底下的眼珠骨碌碌轉動，似乎頗為吃驚。

「小北，這方面你挺敏銳的嘛。」

咦，這是在誇我嗎？

「富勘先生會前往下谷，是因爲前年春天從『福富屋』嫁往下谷棉被行的一名女侍生了孩子。」

富勘是去祝賀對方平安生產。

「那是一名工作勤奮的女侍，當初是『福富屋』幫她談成這樁婚事，就像是她的父母一樣。『福富屋』那邊認爲第一胎能平安順產，可喜可賀，於是特地派富勘先生前去祝賀。」

拜訪的日子，上個月便已決定，而且是值得慶賀的喜事，所以「福富屋」上上下下，甚至是進出店裡的人們，都在談論這個話題。

現在不光是隱隱覺得，北一感到渾身發毛。

「這樣的話，『福富屋』附近果然有人跟那群綁匪勾結，向他們通報富勘先生的動向。」

夫人頷首，「沒錯，所以別那麼大聲說話。」

那個人可能是受綁匪威脅，也可能是被收買，或是因故對富勘懷恨在心，才會入夥。

「澤井大人說，不管是什麼原因，遲早要把那個人揪出來。這件事也一樣，不能操之過急，所以小北，你不能隨便插手，懂嗎？」

夫人對北一說，既然談到這件事，順便告訴你吧，澤井少爺也對「暮半」的阿信進行嚴格的訊問，問她有沒有幫乙次郎的忙？乙次郎有沒有託她辦事？

「這怎麼可能！」
北一不禁跳了起來。
「阿信姑娘絕不會做這種事。」
一個被乙次郎玩弄、瞧不起，像破布一樣拋棄的女人，生氣還有可能，但絕不可能出手幫他。
「你說得這麼篤定好嗎？」
夫人若有所思地偏著頭。
「不管現在如何，畢竟曾是情深意濃的一對男女。而且，乙次郎是阿信肚裡孩子的父親。」
夫人說，在情感的束縛下，阿信可能會受他擺布。至少你得先明白這一點，否則會有危險。
「你雖然聰明，但還不了解男女之情，這也是沒辦法的事。不過，既然你想從事捕快相關的工作，就得對人心存懷疑，不能有所忌憚。即使心腸化爲惡鬼也一樣，非得對每個人都抱持懷疑不可。」
捕快就是這樣的角色，所以才惹人厭——
「千吉老大誇過你善良，以及擁有能夠體恤弱者、想幫助他們的心。這是你與生俱來的好性情，是他不希望你捨棄的優點。」

這樣的稱讚，北一從未聽老大親口說過。

「我也認爲，與其要你擺出捕快的派頭，不如要你好好愛惜老大的文庫。比起萬作和阿玉，我更希望是由你來繼承『朱纓文庫』。雖然現在還沒辦法，但我保證一定會好好安排，絕不會虧待你。」

北一一時無言以對。

先前跌倒撒落一地，弄髒、壓扁的文庫，已不能賣。北一暫時返回長屋，卸下這些貨，挑起空扁擔和貨架，前往萬作和阿玉的文庫屋。

北一低頭道歉說「對不起，我進貨的資金不夠。我會用之後賺來的錢償還，請先借我這筆資金」，阿玉看準機會，出言挖苦。北一正面接受她的言語數落，態度恭順。

「夠了。」

萬作打斷她的話，要北一寫一份簡單的字據後，便批貨給他。

「下不爲例啊。要是你以爲這種厚臉皮的手法，下次一樣行得通，我們可就傷腦筋了。」

阿玉尖聲說得激昂，雙眼炯亮。

她看我哪裡不順眼？我到底對阿玉做了什麼，讓她這麼討厭我？這個謎，北一同樣解不開。

北一意志消沉地蹲坐在四張半榻榻米大的住處。他沒吃晚餐，連喝水都懶。窮人長屋裡，沒人會點亮昂貴的油燈熬夜。房客們早早就寢，安靜無聲，不知從什麼時候起，只剩北一在黑夜中，獨自抱膝而坐。

咚。

好像有個輕巧的東西擊中出入口的腰高紙門（註），發出聲響。

——下雨了嗎？

今晚應該是半月，但從傍晚起雲層增厚，月光轉淡，可能快下雨了吧。

心不在焉地想著，又傳來「咚」一聲，北一轉頭望向紙門。

三尺寬的正方形土間角落擺著水桶，還設有層架。層架上各有一個簸箕、碗、陶鍋，是北一搬進這裡時，夫人所贈送。

跟層架上面數下來第二層差不多高的一道人影，映照在紙門上。換句話說，是個和北一差不多高的矮小人影。

北一忍不住眨眼。

從門外應該看不到北一，但那道人影似乎知道北一發現他，舉起一手，示意北一過去。

緊接著，那道人影像變魔術一樣倏然消失。

北一急忙走下土間，心想：是我打瞌睡，一時睡迷糊了嗎？

腰高紙門旁設有一扇格子窗。平時北一都在格子窗底下用陶爐炊煮食物，所以紙門的糊紙都被熏成褐色，看不清楚外面的情況。對方就躲在那裡嗎？

北一打開紙門，悄悄往外探頭。宛如破碎棉花的雲朵，點點覆滿夜空。四周平靜無風，空氣中飽含溼氣。

長屋的巷弄裡空無一人，往右轉通往出入口的大門，往左轉則是共用水井和廁所。水溝蓋凹凸不平，一路向前延伸。

北一搖搖頭，關上紙門。

聽阿金說，以前這扇門不太牢靠，開關時要是不小心，就會掉出門框外翻倒。

——這實在很不像樣，所以房子空出時，富勘先生請木匠來修繕，付了不少工錢。富勘先生抱怨，早知道得花這麼多錢，就不找人處理，白白浪費了。

富勘對一些雞毛蒜皮的事特別小氣。要是知道自己的性命值三百兩，不知道他有何感想？他會覺得太便宜，還是太浪費？

北一準備從土間走上屋內時，發現剛才自己抱膝坐著的地方，蹲著一道人影。

北一大驚，正要放聲叫喊時，那道人影在唇前豎起食指。安靜，別出聲。

北一吞了口唾沫，連話聲也一併嚥回肚裡。

在他住慣的屋子裡，昏暗的一隅。

註：原文為「腰高障子」，紙門的一種形式，上半部是紙門，下半部是木板。

隨意在腦後綁成一束的蓬頭亂髮，由於身材消瘦，感覺那道人影相當單薄。

「你、你、你是……」

「嗯。」

那道人影開口應道。

「借一步說話。」

塵埃和垃圾的臭味撲鼻而來。

像這樣的傢伙，除了「長命湯」的鍋爐工喜多次之外，也沒別人了。

五

兩人從晾衣場來到外頭。

富勘長屋的後方是一條窄細的水渠。他們穿過矗立在水渠旁的櫻樹底下，沿著河堤走在暗夜裡。

爲了避免發出聲響，北一脫下木屐拎在手上，赤腳踩著泥土地。喜多次似乎穿著一雙皮底二趾襪，速度雖快，卻沒發出任何腳步聲。

「找我有什麼事？」

眼下這一帶還亮著燈光的，大概只有木戶番和番屋。富勘長屋附近，在後門點亮小小的箱形招牌的，是這一帶唯一的藥鋪。北一對意想不到的發展感到吃驚，夜闌時分從河堤看到的街景，也變得和平時熟悉的景象不太一樣。

「通過二目橋，朝向島走。」

喜多次如此說道，完全沒放慢腳步。

「那一帶全是水田，不過，有一棟看起來只勉強比簡陋的破屋好的房子，藏在蓄水池旁的雜樹林裡。」

這傢伙明明講話很正常嘛。

「你認識的那位名叫勘右衛門的長屋管理人，就在那裡。」

因爲太過震驚，北一頓時停步。

「你、你、你說什麼？」

喜多次先行走遠。他的腳步像貓一樣輕快。

「我是說富勘先生。他雖然受了傷，但似乎沒有生命危險。」

喜多次一面走著，一面自顧自地說道。北一急忙追上前，但腳底被河堤的泥濘黏住，跌了一跤。

「等、等、等一下！」

北一想爬起身，手再度撐向地面，泥水濺入眼中。正在手忙腳亂，喜多次返回，一把抓住他的手臂，將他拉起來。

「振作一點，接下來你要立大功了。」
這小子到底在說什麼？北一揪住喜多次那骯髒的徽印短外衣的前襟。
「你是扇橋町『長命湯』的鍋爐工？不是我認錯人吧？」
喜多次背對著半月，臉隱沒在黑夜的陰影中，只有眼白比月亮還白。不，這傢伙的臉沾滿煤灰，不論白天或夜晚，始終一片漆黑。
「一個郊外澡堂的鍋爐工，爲什麼會知道富勘先生的下落？」
北一開口詢問後，猛然意識到一件事。
「難道你是綁匪的黨羽？你收了對方的錢，協助他們擄走富勘先生？」
話一出口，北一便後悔了。好蠢的想法。喜多次的確是個可疑的怪人，但他沒閒工夫去做這麼費心勞神的事。
然而，喜多次任由北一揪住他的衣襟，點了點瘦削尖突的下巴。
「我不是他們的黨羽，但我知道和這起綁架案有關聯的人。」
那是我們店裡的客人——喜多次說。
我們店裡的客人。「長命湯」的客人。
北一忍不住笑了出來，用力推開喜多次。就憑你這個骨瘦如柴又駝背的小子！
「耍人也要有個限度！」
喜多次只是後退一步，便化解了北一的力道。那宛如半月般的眼白，始終緊盯著北一，不顯一絲動搖。

「我沒要你。大家都叫那傢伙『吉松』，是個遊手好閒的人，一個月當中，有一半的時間都在我們澡堂二樓賭博。」

「啊，原來是這樣。」

「約莫半個月前，吉松在我們店裡二樓頻頻邀人入夥。」

——有個賺大錢的機會，要不要參一腳？

「他專挑那些老是賭輸，或是欠了一屁股債的人，主動向他們邀約。」

——放心啦，不會有危險。只要花點工夫，就能賺進大筆銀兩。

「吉松在說明時，多次提到『福富屋』這個店名。」

喜多次是在進出二樓打掃整理時，聽聞此事。

北一收起原本的嬉皮笑臉。其實在他準備收起笑容前，笑容早已崩垮。

「你不是整天都蹲在鍋爐口前，忙著升火嗎？」

「才沒呢。我們那家澡堂，裡頭全是老爺爺和老奶奶，所以我什麼都得做。」

因爲他們對我有收留之恩。

這麼一提北一才想到，這小子曾挺身勸阻客人打架，被痛毆一頓。對方喝了酒，拿著短刀胡亂揮舞，是個不好惹的客人，這小子卻沒逃避。雖然遭受拳打腳踢，之後仍若無其事地工作。

「雖然我對『福富屋』這家店沒什麼印象……」

喜多次哼了一聲，接著說道：

「但我心想，既然像吉松這樣的傢伙嬉皮笑臉地說有賺大錢的機會，包准不是什麼正當生意。就算店裡的客人聽了之後上鉤，也不足爲奇。」

澡堂二樓不是什麼高尙的地方，而是平民百姓的玩樂場所。那裡比其他地方都還龍蛇雜處，正經的店內夥計、工匠、無賴、遊手好閒的人、賭徒，全混雜其中。

再加上「長命湯」是如此破舊的澡堂，店員全是耳背眼花的老人，那些幹壞事的傢伙待在這種地方特別自在，自然會往這裡匯聚。客人的素質愈來愈糟，正派的客人避而遠之，不良分子更加聚集——因此，剛才北一不自主提到「郊外」一詞，就許多層面來說，可謂一語中的。

「我們店裡的老爺爺和老奶奶，絕不能受到這些災禍波及，我一向留意防範。話說回來，想闖民宅搶劫或殺人的眞正惡徒，不會在澡堂二樓大剌剌地四處宣揚，所以我沒太擔心。」

我決定擺出一副什麼都不知道的神情，不過之後吉松進出時，我都會特別留意——喜多次說道。

北一突然丟出一個尖銳的問題：

「那個遊手好閒的吉松，眞的沒跟你說有賺錢的好機會，開口向你邀約嗎？」

北一當自己是壓低聲音說話，發出的卻是沙啞的呢喃。

「北一先生……」

喜多次的話聲和態度都很沉穩。

「第一次見到我時，你有什麼感覺？你認爲這傢伙是笨蛋吧？一個渾身骯髒的呆子，跟店裡的老爺爺和老奶奶一樣耳背眼花。」

北一不禁怯縮。他往後移步，再度因泥濘而踩滑。

「我、我才沒有。」

「你是這麼想的吧？沒關係，我就是刻意給人這種印象。在店裡的客人，以及好脾氣的老爺爺和老奶奶的眼中，我就像頭牛一樣，是只會工作的笨蛋。」

不過，現在喜多次判若兩人。

「吉松那傢伙也是個二愣子，不過他還沒那麼傻，會特地選像我這樣的笨蛋，和他們一起幹壞事。」

「我明白了……」

喜多次望著北一。北一感受到他的視線，不由得低下頭。

「過了幾天後，大概是三天前吧，番屋傳來公告，提到深川冬木町的木材批發商『福富屋』，他們旗下的長屋管理人勘右衛門，人稱『富勘』，遭到綁架，行蹤不明。我大吃一驚，旋即往膝蓋用力一拍，明白整件事的始末。」

原來吉松擬定了綁架這名管理人的計畫，才會召募人手。

「沒想到吉松會幹下這種大案子，眞不知道該對他刮目相看，還是該覺得自己錯看他了。不過，是哪種都不重要了。」

喜多次豎起大拇指比向身後，催促北一加快腳步。

「快點趕路吧，趁著天色昏暗動手比較合適。」

動手？要幹麼？北一的腦袋一片混亂，只知道得緊跟著喜多次行動。兩人一前一後，在夜色中行進。

「我們店裡的老爺爺和老奶奶不會認字，偏偏又不能扔著公告不管，所以他們請輪値的官差念給他們聽。聽完，他們緊張地嚷嚷著，擄人是件嚴重的大事啊，眞可怕。」

「長命湯」的老爺爺和老奶奶，對「福富屋」以及富勘的事都一無所悉。不過，他們倒是知道之前掌管深川一帶的治安，在過年期間猝死的文庫屋千吉老大。

「他們的嘴巴缺牙又漏風，你一言、我一語地說，千吉老大實在是個好人，連我們這種深川郊外的店，他也不時會來露臉。沒想到他竟然吃河豚中毒身亡，眞是遺憾。要是千吉老大在世，肯定三兩下就能破案。」

喜多次快速說著，走在前頭，完全沒轉頭望向北一。

「我也記得你之前在鍋爐口說過的話。」

當時在鍋爐口對喜多次說了些什麼，細節北一早就忘了。他只覺得，這小子果然是在裝睡。

「我想到你說的『已故的老大』，應該就是千吉老大。既然你住在富勘長屋，那麼，勘右衛門先生或許是你認識的人。」

北一想跟上喜多次的腳步，走得上氣不接下氣。他氣喘吁吁地說道：

「我是富勘先生的房客，他很照顧我。」

「是嗎？還好我猜中了。救出對你有恩的長屋管理人，並將綁匪繩之以法，你就立大功了。」

喜多次剛才也這樣說。

「身爲徒弟的你打響名號，千吉老大應該會高興吧。」

「我只是一個賣文庫的小販，沒本事替官府效力。」

「不過，當初賜給千吉老大手牌的那位大爺，你不是都任由他使喚嗎？既然如此，只要這次讓他見識你的本領，你不就能正式成爲捕快了嗎？」

北一猛然回神，發現已走過橫川的河堤下方，通過業平橋。由於一路緊跟在喜多次身後，北一根本不記得路過哪些地方、走過怎樣的路徑。但可以確定的是，他們避開木戶番和番屋，巧妙地行走在暗路上，簡直就像竊賊或密探。

——這小子到底是什麼來歷？

現在思考這個問題也沒用。

「吉松整天窩在我們澡堂二樓，說話口無遮攔，所以他的住處、他會光顧的店，以及他相好的住處，我大致都知道。」

看到公告後，喜多次假裝要蒐集焚燒用的垃圾，馬上到那一帶查看，但始終找不到吉松。

「發生綁架案的前一天，他到我們澡堂露過面，之後就沒再來過。擄走勘右衛門先生後，他和擄人的同夥一起躲藏在某處。既然他說是『賺大錢的機會』，肯定是想以勘右衛門先生的性命威脅，向『福富屋』勒索金銀財寶。這很像是一個整天遊手好閒的落魄男藝者會做的事。」

北一漸漸覺得，喜多次和夫人一樣有千里眼，不自主地說溜嘴。

「他們曾投來勒索信，要求贖金三百兩。」

北一大致說明後續的情況，喜多次第一次呵呵笑了起來。

「他們的計畫眞隨便，不過，那位八丁堀的大爺可不是簡單的人物。」

「吉松那傢伙原本是個男藝者嗎？」

「他自己是這麼說的。他和一名常捧他場的老爺的小妾有染，因而再也無法踏入新吉原和洲崎（註）半步。」

若是如此，他會與稻田屋的紈褲子弟乙次郎往來，也不足爲奇。一邊是背叛金主，慘遭放逐，一邊是放蕩過度，被斷絕父子關係，好一對離經叛道的難兄難弟。

「坦白說，對方鎖定富勘先生，並非全是爲了錢。」

事情發展至此，再隱瞞下去只會讓人感到焦急。北一從在貸席的包廂裡上演的那齣戲開始，迅速說明來龍去脈。他講得氣喘吁吁，忽然發現成排的商家已到盡頭，連武家宅邸的高大黑影也消失不見，四周是遼闊的水田和旱田。

「他應該更小心一點。一時大意，才會惹禍上身。」

想起那件事，北一心頭一寒。之前他警告過富勘，對方可能會找他報仇，當時富勘說：

——既然如此，小北，你來幫忙盯緊他吧。我就靠你了。

但北一心生逃避，回說自己沒這種能耐。

——這麼說來，是我白指望嘍？眞失落啊。

「如果是這樣，你更應該親手將他們繩之以法。」

喜多次一直執意要這麼做。

「你爲什麼要找我出來？既然你這位鍋爐工這般明察秋毫，早點去番屋報案不就得了？」

就說公告裡提到的綁架案，與「長命湯」一個名叫吉松的常客有關，請進行調查。

此事傳進澤井少爺耳中，應該會成爲很有用的線索。

註：江戶時代，洲崎是和吉原齊名的花柳街。

「沒錯。」喜多次應道。「這是很有用的線索，所以我才想告訴你。」

聽起來是在回答北一的問題，其實沒有。

「不過，這也激起了我的欲望。」

咦？

「你說的欲望是指什麼？」

「想查出吉松所在之處的欲望。要是能知道勘右衛門先生遭到囚禁的場所，你就立下大功了。」

一次不夠，北一又「咦？」了一聲。這傢伙爲何這麼想幫我立功？

「話雖如此，就像我剛才說的，我能做的只有努力查出松吉可能出現的地方。」

「拉著你那輛骯髒的拖車，對吧？」

「從看到公告，到今天黃昏之前，不管我去哪裡查探，每個人都一副閒散的模樣。」

「你燒鍋爐的工作沒偷懶吧？」

北一不斷出言挖苦，喜多次都沒搭理。

「再磨蹭下去，恐怕就無法平安救回富勘先生了，所以我才會放棄，決定還是去通報你一聲。」

喜多次聽著申時（下午四點）的鐘響，暫時返回「長命湯」，收拾好拖車和蒐集來的焚燒用垃圾。如果要外出，得先向老爺爺和老奶奶知會一聲，於是他繞往店門口。

「這時，和吉松相好的『提盒女』，在入口處與我們店裡的老女侍聊天。」

所謂的「提盒」，是將酒和菜肴裝飾進多層飯盒裡，送往澡堂二樓之類的玩樂場所或賭場的一種外送生意。這女人就是從事這項工作，所以她賣的不只有酒菜。說她是「吉松的相好」，也是基於此一含意。

「女人說，接下來她要到向島後方做生意。」

妳眞賣力，要到那麼遠的地方啊——老女侍說著客套話，女人嫣然一笑。

——我最近每天都去，好一陣子沒來你們這裡，實在不好意思。我改天會再來。

「我聽了之後，心裡暗呼一聲『哎呀呀』。」

喜多次說到「哎呀呀」時，微微加重語氣。

「最近每天都找相好的這個女人去向島後方的人，不就是吉松嗎？」

那女人拎著大大的多層飯盒，矯揉作態地走著，我一路尾隨——喜多次說。

北一聽傻了眼。這傢伙是如假包換的笨蛋，但直覺敏銳，運氣過人。或者應該說，他到底在想什麼？如果交換立場，我會怎麼做？可能也會尾隨女人吧，並且會提高警覺，避免踩到對方隨著太陽西下而拉長的影子。

「女人毫無提防，相較之下，追著貓到處跑還比較累人。」

接著，兩人終於抵達目的地。

「就是那裡。瞧，樹叢間透出燈光，對吧？」

喜多次指著前方。廣闊的農田裡坐落著一座雜樹林，形狀像一個覆蓋的碗。林間確實微微有黃色燈光閃爍。

兩人潛伏在雜樹林的草叢中，低聲持續交談。

「傍晚我來打探情況時，看到一名膚色蒼白的年輕男子，以及可能是要和女人見面，打扮得特別講究的吉松，外加一名腦袋似乎不太靈光的大漢。那傢伙的肩上長著厚厚的繭，一定是轎夫。」

此人約莫就是將富勘強押進轎內的其中一名轎夫。

「大概是在吉松的邀約下，爲了錢才幫忙的。那名膚色蒼白的男子，應該是糕餅店的紈褲子弟乙次郎，你認得他嗎？」

「認得。他想必也認得我。」

果真如喜多次所言，只勉強比簡陋的破屋好的那棟荒屋，燈火未熄，沒傳出任何聲響。有一扇外推窗，以木棍頂著，完全敞開。從窗口流瀉出的昏黃燈光下，也看不出有任何動靜。

「那盞燈是燭火。底下沒盤子，也沒燭台，就靠滴下的蠟油立著。」

燈光不時劇烈搖晃，應該就是這個緣故。北一他們位在上風處，夜風從兩人身後徐徐吹來，掠過草叢。

「那提盒女可能是受吉松委託，常來煮飯或是溫酒。在只有兩間房外加土間的小小屋裡，沒看到富勘先生的身影，但有個特別大的木箱，一名膚色蒼白的男人一直躺在上頭。」

「看來，就在那木箱裡了。」

喜多次在昏暗的草叢裡點了點頭。

「嗯。女人回去後，膚色蒼白的男子就會打開木箱，拖出一個年約五十的男子。」

男子手腳受縛，身上的衣服鬆垮骯髒，左眼和嘴角腫脹。

「長什麼樣？」

「下巴很長，微微往前突。」

是富勘。

「儘管受到這樣的對待，他仍十分從容，還對那膚色蒼白的男人說，每天都到這裡來，眞是個好女人，你好歹也該多給她一點跑腿費吧。」

——身爲人質，還這麼多嘴。

「那臉色蒼白的男人覺得他很吵。」

北一愈來愈確信是富勘。

「那肩膀長著厚繭的大漢，似乎十分爲難。他一副快哭出來的神情，不斷抱怨著：眞的拿得到錢嗎？等天亮後，我會帶我的搭檔回來，你們先讓我回去吧。」

儘管一同蹲在地上，北一就是忍不住挪動身體，導致草叢發出窸窣聲。喜多次雖然一直在說話，卻像化為石頭般一動也不動，連一片枯葉都沒驚擾。

「當時富勘先生手搭在大漢的肩上說：『這件事拖這麼久，真教人同情，看在我的面子上，先讓他回家一趟吧，他不是有個生病的妻子和還沒斷奶的孩子？』結果又被嫌吵。」

——再不閉上你的嘴，就把你塞進木箱裡。

——饒了我吧。你們年輕不打緊，我都這把歲數了，腰可挺不住。

「一開始我也感到納悶，乾脆把人質關進木箱裡不就得了？後來我很快知道原因。吉松他們請勘右衛門先生幫忙出主意取得贖金。」

富勘相當好心，真的不停出主意。他們給富勘紙筆，一想到好點子他就寫成書信。

——把金額降為一百兩，由你們自己去取，如何？只要說用我這條命換剩下的二百兩，就能確實拿到一百兩。

——要是被人看到我的臉就糟了。

——戴上面具就行。

——萬一遭到跟蹤，這個地方不就會被人知道嗎？

——所以回來時要迂迴繞路，避免讓人尾隨。有沒有地圖？我幫你們畫條路線，會更方便好懂。

喜多次低聲說著，眼角流露笑意。

「沒錯，這樣就不用擔心人質的性命會有危險。我就是這麼想，才決定暫時離開，等夜深再帶你過來。」

聽著這番話，北一既傻眼又忍不住讚嘆，因而一時說不出話。夫人果然早就看穿一切，他深感佩服。富勘口才過人，已完全哄騙住這群綁匪。

「他們在做什麼？」

「應該是吃飽喝足，正在睡覺吧。點著蠟燭眞是浪費。」

這小子在意的竟然是這件事。

「好了，我們趕緊闖進去，救出勘右衛門先生，將他們三人綁起來吧。這全都會成爲你的功勞。」

喜多次輕鬆地說道。開什麼玩笑！不管綁匪是不是在睡覺，他們有三人啊。其中一人還是高大的轎夫，北一沒那麼孔武有力，足以和他們對抗。難得人證物證俱全，他不希望自己像個傻蛋，搞砸一切。

從外推窗逸出的昏黃燈光眞美，感覺比一開始看到的時候更亮。

「你留在這裡監視，我去通報澤井少爺。」

昏暗的草叢中，喜多次注視著北一。

「你大可不必像忠犬一樣，明明現在就能做個了結。」

「我不可能辦到。」

「我會幫你，功勞歸你一人所有。」

就當我不存在——喜多次懇求似地說道。

「我今後仍會是個憨傻的鍋爐工。」

所以，他才會說出要趁著黑夜動手的話嗎？

「你爲什麼會想裝成笨蛋？爲什麼要讓我立功？」

「說來話長，以後再告訴你吧。」

北一蹲得雙腳發麻，草叢發出窸窣聲。

「不行。光靠我一個人，連怎麼查出這裡，都沒辦法解釋。」

喜多次第一次露出焦急的神色，長嘆一聲。

「這件事再簡單不過了。剛才我不是也說了嗎？千吉老大常到我們那裡露臉。不正經的傢伙會往我們那種澡堂聚集，只要多留意這些人說的話、做的事，就會在關鍵時刻派上用場。」

傑出的捕快就是如此。在平靜的日常中，便緊盯可能作惡的傢伙，等到有事發生時，就找他們查探。

「所以，只要說你在千吉老大死後，同樣這麼做，才查出吉松的事，就說得通了。你獨自跟蹤吉松，一路找到這裡。因爲想早點救出富勘先生，於是一個人闖入，最後一切圓滿落幕。」

行不通。這種瞎編的話，瞞不過澤井少爺。就算騙得了澤井少爺，對夫人也行不通。

北一望向小屋窗口透出的黃色燈光。看起來亮度似乎增加了，是他想多了嗎？

「我沒那樣的頭腦和本事，沒人會相信。」

「你不想立功嗎？」

「說不想是騙人的，但瞞不住。因爲夫人是千里眼啊。」

「千吉老大的夫人是吧。你現在改爲服侍夫人嗎？」

「這和你沒關係。總之，我辦不到。」

喜多次噘起嘴，模樣活像火男。隔著草叢，隱約可看見他的表情。東方的夜空已微微變亮，還不到黎明時分吧？

「你沒欲望是吧。」

「我是個膽小鬼。周遭的人都知道我比涼粉還軟弱沒用，這樣的謊言根本行不……」

喜多次打斷北一的話，撥開草叢站起身。

「啊，這下糟了。」

不像這種場合該有的明亮燈光，照亮他的身體。這麼一來，北一也意識到發生什麼事。

小屋裡不是點著燈，而是火燒了起來。

單獨點著沒裝在容器裡的蠟燭著實危險，只要倒下，馬上會演變成這種後果。

「失火了！」

由於他們待在上風處，而且專注於交談，才會這麼晚才聞到煙味。不過，一發現便迅速展開行動。不，這說的不是北一，而是喜多次。

「你待在這裡，我去帶富勘先生出來。」

說時遲，那時快，北一還在眨眼，喜多次已竄出草叢，如蛇般滑溜地潛入小屋。就在喜多次的身影消失在小屋內的瞬間，不知道是乙次郎或吉松大喊一聲「喂，有火！燒起來了，可惡」，又靜了下來。

等了約從一數到十的時間後，小屋裡傳來「卡」、「咚」、「啪」的三聲。一點都不誇大，眞的只響了三次。接著，喜多次扛著富勘走出屋外。

富勘手腳依舊受縛，臉被手巾蒙住，癱軟地倚在喜多次的肩上。

「你快離開這裡，躲到暗處。」

喜多次將富勘移往北一肩上，又返回小屋。火勢蔓延，不時從外推窗探出火舌。這次約數到二十，喜多次才獨自走出。

「搞什麼，不是叫你離開嗎？」

「可是你……」

「快往這邊走。」

兩人扛著富勘穿過雜樹林，讓他躺在田間小路上。北一準備替富勘解開繩索時——

「等一下，你眞的不想立功嗎？」

喜多次以之前不曾出現的嚴厲口吻問道。

「我不需要。」

喜多次聞言，閉上眼睛，彷彿要說服自己，微微點了點頭。

「好，既然這樣，保留他身上的繩索吧。」

說完，他只取下蒙住富勘的臉的手巾。富勘驚詫似地嘴巴微張，陷入昏迷。

「我只是朝他的要害輕輕打了一拳，很快就會醒來。」

我們快走吧——聽見喜多次的催促，北一大吃一驚。

「把富勘先生留在這裡？」

「火燒成那樣，當地的居民馬上就會趕來，進而發現他。我們得趕在那之前離開。」

「那乙次郎他們呢？」

「我已將他們拖往後院。」

喜多次朝小屋的另一側努了努下巴。

「要是小屋燒毀，壓在他們身上，只能算他們運氣不好。」

換句話說，喜多次已讓他們無法動彈？

「我沒殺他們。你若是擔心，要不要去看看？」

北一跑向小屋的另一側。

只見兩個男人像鯉魚旗般並排躺在地上，衣服下襬往下捲，小腿裸露在外。北一不認識那一身歌舞伎圖案的衣服，打扮花稍的男人。此人應該是吉松。另一個「膚色蒼白」的男人，確實是讓「暮半」的阿信爲他落淚、嬉皮笑臉的花心少爺乙次郎。這傢伙和富勘不一樣，疑似做了什麼惡夢，表情嚴重扭曲，昏迷不醒。

火勢增強，一路延燒至屋頂。北一急忙回到喜多次和富勘身旁。

「那名轎夫不在嗎？」

「不在。應該是在這個人的居中調解下，暫時回家了吧。」

喜多次低頭望著在地上沉睡的富勘說道。

「好一個處變不驚的男人。」

「就算你誇他，他應該也會很傷腦筋。」

一點都沒錯——喜多次瞇著眼睛低語，然後站起身。

「走吧。」

兩人一前一後融入黑暗中，跑沒多久，夜裡的這片水田多處亮起燈光，並傳來警報的鐘聲。附近的住戶已發現火災，起身查看。

「喂……」

北一朝喜多次的背後問道。他跑得比剛才來的時候還喘，許多疑問和想法在他的胸口交纏。

「爲什麼會失火？」

「他們點著蠟燭睡著了。」
「不是我們的錯吧？」
喜多次轉頭瞄了北一一眼。
「爲什麼你會這麼想？怎麼可能會是你的錯？」
那是天譴——喜多次說。
「拜此之賜，你不用編故事，也不用撒謊，一切圓滿落幕。」
「嗯……」
之後，兩人沉默地奔跑著。
跑過新辻橋，進入深川後，喜多次才放慢腳步，轉頭望向北一。東方天空初露魚肚白，夜幕已逐漸往上收。這名清瘦、駝背，渾身垃圾和塵埃臭味的鍋爐工，和第一次見面時一樣，板起臉孔。
「我得謝謝你。」
喜多次突然冒出一句。
「因爲你撿拾我爹的遺骨，並收拾得很乾淨。」
今天一整晚驚奇連連，最後這個驚奇，更是令北一嚇得打嗝。
「嗝？」
「死在五本松旁那棟宅院地板下的屍體，是我爹。」

「嗝？」

「你畫下和我爹一同出土的根付，我看了之後馬上知道是他。那等同於我們一族的家紋。」

北一打嗝不止。我們一族的家紋？這小子是擁有家紋的名門後裔？

北一還沒來得及開口說話，倒先打起了嗝。

「嗝？」

「我爹可能橫屍街頭，我很早以前就有心理準備。」

喜多次不顯一絲悲傷，也不是用沉痛的口吻說話。

「不過，聽說在地主的宅院裡，他們好心地上香供奉我爹，所以我才打算佯裝不知道。因爲就算我領回遺體，也沒辦法替他善後。」

「嗝……」

「日後要是地主覺得麻煩，丟棄我爹的遺骨，也沒關係。他們肯暫時供奉我爹，這樣就足夠了。」

北一吞了口唾沫，覺得自己總算能出聲說話，但腦中一片混亂，不曉得該說什麼才好。

喜多次語氣平淡地往下說：

「你和地主都對我有恩。雖然我是個不成材的傢伙，但我知道這份恩情有多重。」

所以，他才會想讓我立大功嗎？北一終於明白是怎麼回事。

「要是日後你有什麼困擾……」

喜多次抬起骨瘦嶙峋的手，搔抓著腦袋。

「儘管跟我說一聲，什麼時候都行。我一定會幫忙，就當是報恩。」

他邊說邊搔抓那髒兮兮的腦袋，是難爲情嗎？

「不過，我要拜託你，別告訴任何人這件事。我依然是那個憨傻的鍋爐工，我想留在『長命湯』的老爺爺和老奶奶身邊。」

那邊又是不同的情況。因爲當初他們收留倒在後院的喜多次，是他的恩人。

雖然看起來不像，他也不想給人這種感覺，但這小子形同「長命湯」的保鑣。

當眞就像烏天狗一樣，身輕如燕、強悍過人，摸不清眞面目的人。

北一出聲：「能救出富勘先生，我就心滿意足了。」

很有意思的一晚，實在是千載難逢。

「你的事我不會告訴任何人，我保證。」

遠方的朝霞，將喜多次那沾滿煤灰的瘦臉照成了暗紅色。

「後會有期了，北一先生。」

語畢，喜多次便消失蹤影。他當然是步行離去，但動作迅速，悄靜無聲，一直到最後，北一始終覺得自己彷彿又看了一場魔術，獨自被留在原地。

那天下午，澤井少爺的隨從接回富勘。他沒受什麼傷，而且得到一次離奇的經驗，反倒顯得意氣風發。

吉松和乙次郎被人發現躺在那棟燒毀的小屋前方，失去意識。吉松右膝脫臼，乙次郎則是左腳踝脫臼，無法行走。

之前傳出「卡」、「咚」的聲響，應該是喜多次所為（打中富勘要害的那一擊，想必是「啪」），之後還將兩人拖出小屋。

——讓人關節脫臼、無法脫逃的絕招，究竟是如何施展？

詳情北一並不想知道。他完全不去想這個問題。他唯一想起的是乙次郎昏厥時，那張扭曲變形的臉孔。一定很痛吧。老天保佑、老天保佑。

「我不記得自己是怎麼逃出火場的。因為現場沒其他人，或許是那兩個人救了我……不過，說來還眞是不可思議。」

面對偏著頭感到納悶的富勘，北一也和大家一起露出感到不可思議的神情。

「富勘先生，幸好你帶著毘沙門天的護身符。」

這是阿光的說法。

吉松和乙次郎都坦白招認，另外兩名轎夫旋即遭到逮捕，他們皆是乙次郎的賭友，欠了不少賭債。那肩膀長著厚繭的男人，家中確實有生病的妻子和還沒斷奶的孩子，急需用錢，才會接受乙次郎的邀約，參與這次的綁架計畫。
那棟小屋是歸附近的地主所有，不過從很早以前便是空屋。其中一名轎夫在向島出生，所以知道這件事。聽說小屋曾有鬧鬼的傳聞。
「或許是屋裡的鬼魂救了我。」
富勘開心地這麼認爲。
究竟有沒有內鬼向乙次郎他們通報富勘的動向？最後還是沒能查出這一點。不過，富勘平安歸來的隔天，一名受僱於「福富屋」的川並（將浮在儲木場的木材綁成木筏的工匠），突然逃逸無蹤，什麼也沒帶走。此人同樣好賭，而且欠了一屁股債，不難猜出是怎麼一回事。
北一不擅長說謊。其實他很清楚來龍去脈，所以決定盡量保持沉默。
「實在不可思議。」
「不管怎樣，能平安歸來，眞是謝天謝地。」
「這就是俗話說的『法網恢恢，疏而不漏』。」
北一頂多這麼回應。再不認眞投入賣文庫的本業，就得喝西北風了，我得和萬作、阿玉夫婦打好關係才行——他決定佯裝爲工作忙得不可開交（這也是事實，並不是在開玩笑），等過些時日，大家的興奮情緒都平靜下來。
只要別露出破綻就行了，這樣連夫人的千里眼都能瞞過。就瞞過去吧，也只能瞞了。

目前非得這麼做不可。

——小北，你有點不對勁。

夫人沒這樣質問我。沒問題，我隱瞞得很好。

沒錯，這是個無法和任何人分享，北一獨自面對的難解之謎，他獨自埋藏在心底。

鍋爐工喜多次到底是何方神聖？

或許日後有機會查出他的眞實身分，但也可能不會有那麼一天。他覺得不需要那種機會，又覺得很想一探究竟。連他都搞不清楚自己的心思。

不過，之前答應喜多次不會告訴任何人，所以北一守口如瓶。這麼一件小事，像我這般沒用的人應該也辦到才對。

第四話

陰間新娘

一

江戶的市街上，下起了雨。

這種事一年到頭隨時都在發生。不過，此時梅雨下得正旺。不同於春夏兩季的各種「〇〇梅雨」，這是貨眞價實的梅雨。堪稱梅雨中的橫綱（註）。

今年的梅雨，從北一十六年的人生經歷來看，也是萬分柔美的風情。猶如濃霧般的細雨連續下了兩、三天，中間才短短一天從雲縫間照下微弱的陽光，旋即又下起濛濛細雨。

同是長屋房客的阿秀說「這梅雨眞像爲老爺守靈的小妾」。多所顧慮地暗自啜泣，而想起與死者生前的回憶，臉上泛起微笑時，也同樣低調。

住北一隔壁的阿鹿聽見，則是偏著頭感到納悶。她說，如果是能來老爺的喪禮弔唁的小妾，應該會大哭大鬧才對。

「今年這柔細的梅雨，是被厚臉皮的小妾擅闖家門，處境堪憐的正室流下的眼淚啊。」

阿鹿與阿秀的年齡差距近乎母女，而且雙方都不是固執己見的女人。阿秀馬上讓步說「也對，或許眞是如此」，阿鹿也恢復平日柔和親切的笑容，結束這個話題。

註：相撲力士的最高等級。

阿鹿一家，只有她與丈夫鹿藏兩人。鹿藏挑菜出外叫賣，阿鹿則是將菜葉或根莖類蔬菜醃製成醬菜販售。如同北一，他們是一對每天都辛苦掙錢、老實的夫婦。鹿藏沉默寡言，阿鹿不愛說三道四。所以，這次阿鹿對阿秀提出異議，周遭的人不光是感到稀奇，更覺得驚訝。

「我是不是說了什麼惹人厭的話？」

當事人阿秀甚至心生歉疚，於是北一安慰她說「才沒有」。

「這場綿綿細雨實在下得太誇張，她只是想發表一下感想罷了。」

不過，幾天後，阿鹿再度讓「富勘長屋」的房客們大吃一驚。她讓販售用的醬菜長滿了黴。那是此一時節特別暢銷的夏季蘿蔔，加砂村的小黃瓜製成的醬菜。

似乎是鹽放少了——鹿藏代替阿鹿解釋，仔細沖洗一番後，免費分送給左鄰右舍。

「只要再淋上醬油，就能當小菜。」

阿鹿製作的醬菜，主要的客戶是一些飯館和外送餐館，現在他們最新鮮的蔬菜已完全不剩，連花一個晚上就能製成的淺漬醬菜也張羅不出來，想必損失不小。鹿藏一點都不生氣，阿鹿也沒意志消沉。話說回來，這對夫妻凡事低調，確實很像他們平日的作風。

北一是獨居，炊煮食物全靠一個小小的陶鍋。他將鹿藏分送的淺漬醬菜放進陶鍋，緩步前往夫人位於冬木町的住處。這天細雨止歇，微弱的陽光露臉，淡淡的晚霞高掛天邊。

北一帶來的蘿蔔和小黃瓜，做成醋溜涼拌後，一同擺上餐桌。瀝除鹽分，稍微擰擠後，切塊拌以梅醋。

「接下來的時節，只要吃了醋，便能消除疲勞。」

夫人說一個人用餐沒意思，在這裡向來都是夫人坐在上座，北一和女侍阿光坐在下座，三人一同用餐。

「辛苦工作一整天，你們多吃點。」

北一對於夫人的吩咐，向來不會客氣。他一面大快朵頤，一面說出鹿藏分醬菜給他的緣由，夫人那光滑的眼皮和低垂的睫毛，微微顫動。對盲人來說，這動作就像眨眼一樣，意謂著有什麼事引起夫人的注意，或是夫人從中察覺到什麼。果不其然，夫人馬上開口詢問：

「阿鹿女士平時很少會有這樣的疏失，對吧？」

「對，所以大家都十分吃驚。」

北一在今年一月住進富勘長屋，至今已有四個月之久。不過，其他房客都是老住戶。挑擔叫賣的魚販之子太一，今年十四歲，聽說出生時就是用長屋那口井燒水洗澡。連老住戶都一臉驚訝，可見這種情況非比尋常。

「在她讓醬菜長黴之前，有沒有出現其他罕見的舉動？」

「有……」

北一嚥下嘴裡的飯，說出阿鹿先前反駁阿秀的事。

夫人雖然看不見，卻擁有千里眼，知識淵博，記性絕佳。這四個月來，令北一驚詫連連，但這又是什麼情況？

夫人嚼著醋溜小黃瓜，發出卡滋卡滋的清脆聲響。接著，她擱下筷子，伸手探尋擺在箱膳（註）右上角、裝著麥茶的茶杯，一把拿起。

夫人的餐點是由女侍阿光準備，並不特別費工。除了剔除魚刺，燉煮的料理切成方便進食的一口大小，以及需要沾醬汁或醬油的菜，得先扶著夫人的手讓她知道小碟和小碗的位置，接下來夫人自己能處理。

「我只是略有耳聞，不確定眞僞。傳聞的出處不是富勘先生，而是像隨風飄揚的塵埃一樣，從某處飄來的小道消息，所以得先讓你有這樣的了解。」

一段開場白後，夫人接著說：

「那位阿鹿女士，出生在富裕人家，是大商賈的千金。不過，她爹因沉迷玩樂，散盡家財而早逝，留下她獨自照顧母親，吃了不少苦。」

爲了日後能當個賢妻良母，阿鹿曾修習才藝，無論唱歌、舞蹈或三弦琴，都頗有造詣。

「在她與丈夫成婚，過著現在的生活之前，究竟有怎樣的遭遇，詳情我並不清楚。」

夫人說，或許是這個季節的綿綿陰雨，讓她想起什麼痛苦的回憶吧。

「要不就是在老爺的喪禮上，厚著臉皮前來大聲哭喊的小妾，令她留下難受的回憶。」

所以她才會因綿綿細雨而內心紛亂，一反平時的作風，出言反駁阿秀，又任憑做生意用的醬菜發黴——

阿光瞄了北一一眼，說道：

「真是人不可貌相。」

「就是說啊。怎樣的人吃過何種苦、享受過何種榮華富貴，光從外表是看不出來的。」

儘管一起坐著用餐，但在夫人吃完之前，阿光始終沒動筷。等到夫人飯後在休息時，阿光才像變戲法似的，以驚人的速度掃光自己的飯菜，令人不禁咋舌。

「小北，要再來一碗嗎？」

「啊，麻煩妳了。」

阿光伸手接過北一的碗。基於夫人的喜好，晚餐都會現煮白飯，早餐則是用前一晚的剩飯做成開水泡飯，或是煮成什錦粥。裝進飯桶裡的，是剛煮好的白米飯，仍散發著香甜的熱氣，吃再多碗都不成問題。

「別人的過去不可知，也不該去查探。」

夫人仍拿著筷子，夾起一塊竹莢魚乾的碎肉。北一塞了滿嘴剛添好的米飯。

明明剛得知阿鹿令人意外的過去，此刻北一腦中浮現的卻是另一張臉。而且，不是阿鹿那雙頰寬大、活像萎縮的冬瓜般的臉，而是清瘦、布滿汙垢、骯髒，蓬頭亂髮在腦後綁成一束，語氣冷淡的那名「長命湯」鍋爐工的臉。

註：一種可當餐桌的有蓋木箱。

別人的過去不可知。

就像北一曾是迷路的孤兒，那小子——鍋爐工喜多次，一定也有與他年紀相應的過去。那小子會有怎樣的過去呢？

如風般敏捷的行動，沒發出多大聲響，便將三個大男人撂倒的身手。思路靈活的腦袋，外加過人的膽量。

——五本松旁那棟宅院地板下的屍體，是我爹。

那天在暗夜中，他這樣說道。

——你畫下和我爹一同出土的根付，我看了之後馬上知道是他。因爲那等同於我們一族的家紋。

「我們一族」的這種說法，以及家紋，都是辛苦掙錢度日的文庫小販，或是澡堂的鍋爐工扯不上邊的事。沒錯，北一原本以爲對方和自己的出身差不多，但似乎根本不是這麼回事。

喜多次到底是何方神聖？他說的話眞的可以相信嗎？從那之後，北一多次思考此事，卻得不到確切的答案。

喜多次說，因爲北一認眞處理他父親的遺骨，想向北一報恩。此外，他想待在「長命湯」的老爺爺和老奶奶身邊，所以繼續當個骯髒的鍋爐工即可，要北一保密。

連「長命湯」的人救他一命的經過，也充滿謎團。

——去年歲末的某天清晨，他倒在我們的後院。

澡堂的老女侍邊講話邊漏風，她告訴北一，當時天氣寒冷，水窪表面結了一層薄冰，喜多次卻只穿浴衣，一頭亂髮，打著赤腳，凍得無法動彈。雖然沒受傷，但高燒不退，眾人無法丟下他不管，於是加以照料。

喜多次感念他們的恩情，留在那裡當鍋爐工，並擔任「長命湯」的保鑣。不，北一親眼見識過他的本領和聰明的頭腦，才知道他是「長命湯」的保鑣，除了北一之外，恐怕沒人這麼認為。

北一心不在焉地想著，停下筷子。只要想到喜多次的長相，彷彿就會被夫人看穿，於是他急忙拿筷子戳向魚乾。

「小北。」

這聲叫喚嚇了北一一跳，夫人看出來了嗎？你有什麼事瞞著我吧——

「我有件事想和你商量。」

夫人的雙手包覆茶杯，挺直腰桿，面向北一。

「謝謝夫人的款待。請問是什麼事？」

北一朝餐盤雙手合十，行了一禮，也重新坐正。

「你最近和萬作夫婦處得可好？」

北一挑擔叫賣的「朱纓文庫」，是他向繼承千吉老大生意的萬作、阿玉夫婦那裡批來的貨。萬作姑且不談，他的妻子阿玉對此頗有意見。她總是將北一視爲厚著臉皮勒索他們的傢伙，也常這樣四處跟人說，毫無忌憚。

北一一直忍氣吞聲。萬作畢竟是千吉老大的徒弟，他不願與萬作爲敵。不過，他實在不想長期這樣與他們夫婦往來，日漸感到煩躁，疑惑自己一直忍氣吞聲好嗎？

「差強人意啦。」

北一小聲應道，夫人面露苦笑。至於阿光，則是假裝沒聽到，自顧自地吃飯。

「小北，如果你覺得差不多該和他們夫婦分道揚鑣，獨自做賣文庫的生意，儘管放膽去做。當然，繼續打著『朱纓文庫』的名號無妨，老大會替你高興，不會責怪你的。」

夫人說得這麼直白，北一一時無言以對。

「你一直忍氣吞聲，是不希望同門之間起紛爭，有辱老大的顏面，對吧？不過，你大可不必操這個心，也沒必要考慮到我的生活。老大留給我的積蓄，已綽綽有餘。」

老大去世後，經過一番商量，決定生意由萬作夫婦繼承，每個月固定付一筆金額給夫人，當招牌使用費。

北一確實暗自想過，要是夫人總是站在他這邊，和萬作夫婦的關係鬧僵，到時候他們不願每個月支付招牌使用費就麻煩了。雖然他不認爲萬作是這麼忘恩負義的人，但愛斤斤計較的阿玉是怎麼想，就不得而知了。

「所以，主要得看你是否有經商的才能。」

「咦？」

北一發出窩囊的叫聲。

「如果沒從萬作那裡批貨，由你來製作文庫，能不能賣出成績呢？」

製作文庫的工匠——就算不用做到這種程度，不過，能買到材料用紙的地方、製作的技術、有能力畫出「朱纓文庫」需要的圖的人，這些北一是否都能自己出資張羅？

「光想不做，不管等再久，都還是原地踏步。看你要不要拿定主意，放手一搏。」

阿光吃完飯後，收走餐具，悄悄離開。剩北一與夫人獨處，夫人接著往下說。

這是昔日與千吉老大素有交誼的深川佐賀町味噌店「祝屋」的提議。

「祝屋的繼承人萬太郎，正準備娶新娘。」

今年的兩國開川儀式（註）中，他們打算租一艘煙火船，邀請男女雙方的親人，以及生意上有往來的料理店家一同慶祝。

「要在煙火船上舉辦婚禮嗎？」

一邊欣賞開川儀式的煙火，一邊享受美酒佳肴，雖然奢華，卻是十分罕見的古怪婚禮。一些上了年紀、想法守舊的親戚，似乎都爲此皺眉。

註：江戶時代，每年陰曆五月二十八日到八月底爲隅田川的納涼時節，第一天會舉辦慶祝儀式，並在兩國施放煙火。

「萬太郎先生是再娶，舉辦和之前同樣規格的婚禮，不免有所忌諱。」

萬太郎今年三十八歲。十八歲與前妻結縭，一年多後妻子懷有身孕，最後不幸流產，妻子也失去性命。

悲傷的萬太郎一直堅守單身，這次終於決定再娶。他的繼室是本所一家蠟燭店的長女，今年二十三歲。之所以略微晚婚，是因爲她代替早逝的母親掌管家務。去年繼承家業的弟弟娶了媳婦，她終於能開始考慮自己的人生大事，因而接受與萬太郎的這門婚事。

由於是這樣一對新郎新娘，喜宴反倒成了附屬節目，欣賞煙火才是主戲。

「所以是私下低調舉行，生意上往來的客戶只邀請兩家，其中一家還擔任媒人的角色。」

與會的一行人，有祝屋的店主夫婦、新娘的父親與弟弟夫婦、兩家料理店的店主夫婦、新郎萬太郎的叔叔嬸嬸。合計十一人，再加上新郎新娘，一共十三人。

「祝屋的老闆娘希望能以『朱纓文庫』當給來賓的贈禮。」

當然，老闆娘是先跟萬作和阿玉的文庫屋談這件事。由於是婚禮上要用的贈禮，他們已決定好文庫封面的設計。就是在祝屋的屋號與新娘娘家的屋號上，添加吉祥的龜鶴圖案。祝屋的店主夫婦想要一個留作紀念，並送新婚夫婦一個。因此，總共是七個。

接下這份訂單後，阿玉獅子大開口。

「爲了區區七個文庫，我們得花不少工夫準備，而且這個設計不能挪爲他用，粗估要再提高十兩。」

偏偏哪壺不開提哪壺，阿玉又補上一句「請當成是包禮金給我們吧」。

「應該主動說一句『眞是可喜可賀，容我爲您打個折，當成是祝賀的禮金』，這樣才對吧？」

北一說完，夫人露齒而笑。

「你也這麼認爲嗎？如果這麼說，祝屋那邊聽了會很開心，除了商品的費用外，還會再包一筆禮金給我們，以結果來看，一樣有賺頭。我認爲做生意就是這麼回事，但阿玉似乎並不這麼想。」

祝屋的老闆娘十分傻眼，老闆也大爲不悅，乾脆取消這門生意。於是，怒氣未消的老闆娘跑來向夫人告狀。

「她對我說『現在跟妳抱怨這種事，實在也很奇怪』，接著道出緣由。」

那是今日白天時發生的事。

「我聽得冷汗直流，頻頻道歉，並請她給我一點時間。因爲我想將這項委託交給你。」

北一也聽得冷汗直流。

如果只有七個，我依樣畫葫蘆，應該製作得出來——北一暗忖。然而，那是婚禮上要送人的贈禮，製作上不能有半點差池。雖然不需要花心思設計，但北一不會畫畫。就算不用一個一個畫，只要剪下貼上即可，還是需要原畫。畢竟是紀念品，如果是像孩童塗鴉般的圖畫，絕對行不通。

而且沒時間磨蹭了，距離兩國開川儀式只剩不到半個月。

「我向祝屋爭取到三天的時間考慮。」夫人說。

「小北，你利用這三天，試試能否辦到。還是，你要當場拒絕？那麼，我去跟對方說一聲。」

這是一大考驗，但也是個好機會。

「請給我三天。」

一回神，北一已有氣無力地回答。明明沒半點頭緒。

不過，只能全力一搏。這幾個月以來，他心中累積許多抱怨，儘管覺得這樣下去不是辦法，卻還是只能仰賴萬作和阿玉，眼下正是該做個了結的時候。

「謝謝您想到要交給我。」

由於雙手撐地，低頭行了一禮，熱血直衝北一的面門。

「要用心做。」

夫人嫣然一笑。不知何時，阿光也回到一旁。

「讓阿玉大吃一驚。」她像在慫恿般，如此說道。

「如果你能做成這筆買賣，我就幫你刻一個印鑑，當成『朱纓文庫』的證明，包準萬作和阿玉都不敢有半句怨言。」

這七個文庫，將會是富勘長屋的北一，首次真正打出「朱纓文庫」的旗幟開賣的商品。

二

有三天的時間考慮。七個能充當贈禮的漂亮文庫，有辦法製作出來嗎？

北一拚命思索，發現自己並非毫無頭緒。要是真的與對方接洽，或許結果只會是他一廂情願，卻值得一試。

千吉老大過世，萬作夫婦繼承文庫屋後，住在店內的工匠當中最資深的末三老爺子辭去職務。他說「實在慚愧，上了年紀後，變得視力模糊，手指發顫，派不上用場了」，千吉老大的七七忌日一過，他便離開店裡。

末三老爺子身體還硬朗的時候，就有重聽的毛病。

「欸，今天早上真冷。」

「我吃過早飯了。」

「可以借一下這把尺嗎？」

「我這裡沒有紙。」

就像這樣，常常牛頭不對馬嘴，發生不少趣事。店裡的人嫌他麻煩，都當他是坐在工房角落的一尊地藏王像。

然而，不管他有沒有回話，溝通是否會有牛頭不對馬嘴的情形，北一仍會主動和他說話，一起去澡堂泡澡，幫他刷背。不成氣候的北一，與宛如地藏王像的末三老爺子，似乎很合得來。

當末三老爺子說要辭職時，北一的擔心勝過驚訝。

「可是，今後您要去哪裡？」

北一扯開嗓門，一字一句地問「您、今後、要去、哪裡」，末三老爺子莞爾一笑。

「去我女兒女婿那裡。」

據說末三老爺子有個女兒，和丈夫一起經營一家圓扇店。店面位於田原町三丁目，他們很久以前就對末三老爺子說「爹，你差不多該退休來和我們同住了，讓我們孝敬孝敬你吧」。

「老大過世後，我的幹勁全沒了。」

末三老爺子在變得耳背前，似乎原本就沉默寡言，店裡沒人聽過關於他的事，連北一也不知道他竟然有個女兒。

很久以前……有像是他女兒的人來過嗎？還是，只是我沒注意到罷了？師兄們大概也都不在乎末三老爺子的事。

北一再度嚇了一跳，當中夾雜些著許羨慕。

——我一直以為，他和我一樣是孤家寡人。

這種想法眞糟糕，連北一自己都覺得難爲情。爲了趕跑這個念頭，他刻意提高嗓門：

「這、這樣的話，完全不用考慮，可以說走就走，實在太好了。老大地下有知，一定會很高興。」

末三老爺子離開文庫屋那天，女兒帶著童工從田原町前來迎接。其實在這之前，北一還一直有些懷疑：

——老爺子的話不曉得是眞是假？

北一有感於自己的卑劣，嘴裡一陣苦澀。

那看起來勤奮幹練的女兒（不過已有相當的年紀），連對北一也鞠躬說「謝謝您平日對家父的關照」。接著，她想跟文庫屋的店主夫婦問候一聲，末三老爺子卻搖搖頭。

「眞正對我好的，只有這位北一先生。我已和老大道別，這樣就行了。」

童工背起末三老爺子那小小的包袱，父女倆一同離去，北一送他們走到新大橋邊。

「我們的店名叫『丸屋』，門口掛著一個圓扇的招牌。您要是有機會到那附近，請務必來坐坐，我爹一定會很開心。」

末三老爺子的女兒如此說道，再度向北一深深一鞠躬。

——既然她都那麼說了，我就順從她的好意吧。

自行帶材料去，請末三老爺子指導，親手製作文庫。要是能趁這時候擺脫依樣畫葫蘆的困境，請老爺子好好教導，對日後大有助益。

想到就做，不必再挑日子，隔天北一馬上啓程前往田原町。「丸屋」是採座燈式建造（外型簡陋的房子），面向大路的小店家。末三老爺子正悠哉地顧店，身旁有個大簸箕，裡頭躺著牙牙學語的小嬰兒。他的女兒女婿則在店內的木板地上專心製作圓扇。

「噢，小北來了。」

末三老爺子開心地出來迎接。

簸箕裡的嬰兒是臉頰紅通通的女娃，也是末三老爺子的第三個外孫。丸屋裡有他的女兒女婿、一名女侍和一名童工，剖開竹子加以彎撓的作業、糊紙晾乾的作業，以及在晾乾後的紙上畫圖寫字、修飾加工的作業，他們會分工完成。如果忙不過來，就請人兼差處理。

對了，圓扇上也有圖畫。這不是馬上能學會的技藝，但北一急需製作的贈禮，或許可以請他們作畫。北一心裡打著算盤，參觀一會後，說出來意。

北一明白這樣的要求很厚臉皮，所以深深低下頭，但老爺子依舊耳背，勢必得扯開嗓門說明。不久，女兒女婿停下手中的工作跑來，一起聽他說。

「小北要自立門戶，這是好事一樁啊。」

末三老爺子手指顫抖，就算坐著聊天也看得出來。雖然雙眼仍清澈有神，但滿是眼油，今天明明不是陽光刺眼的日子，他卻老眨眼睛。

不過，他的頭腦十分清楚。

「我早料到會是這種情形。萬作那家店，始終沒傳出好的風評，和老大以前的文庫屋不一樣。」

雖然嘴巴上沒說，其實末三老爺子對於換人接班的文庫屋頗有意見。

「如你所見，我的手指不管用了，但如果是要指導，絕對沒問題。」

女兒女婿在一旁頻頻點頭。丸屋的店主有著一張和招牌的圓扇一樣圓的臉，還有一對肥厚大耳。

「隨時都歡迎你來。如果不嫌棄，也能借場地給你。」

「太感謝了，您的恩情我會牢記在心。」

不過，說到重要的繪圖，店主側著頭，面露爲難之色。

「如果是贈禮用的圖畫，我們無法勝任。這種情況，委託正職的畫師處理比較好。」

至少底稿得請正職的畫師繪製才行，否則上不了檯面。

「圓扇上的圖案是固定的，而且我們都沒眞正學過作畫。」

「這樣啊……」

「不管怎樣，爲了你今後的生意著想，最好跟正統的畫師建立穩固的關係。」

這時，末三老爺子張著缺牙的嘴，含糊不清地說：

「如果要找畫師，不妨詢問『富勘』先生，他的人面廣。」

說得有道理。

「關於紙張的進貨，介紹一家跟我們有合作的批發商給你吧。糊紙的方法我可以教你，只要能找到畫師，接下來就簡單了。北一先生，你要好好幹啊。」

丸屋夫婦會如此親切，不光是念及北一和末三老爺子過去那小小的緣分，想必是老爺子明顯對萬作和阿玉的文庫屋感到不滿，才是主要原因吧。

北一彷彿受到激勵，大感痛快，卻又對千吉老大有些歉疚，於是懸著一顆起伏不定的心，離開田原町。

任憑長長的短外罩繫繩擺盪，像斷了線的風箏般行蹤飄忽不定的富勘，偏偏在這種時候找不到人。北一四處挑擔叫賣，結束了一天。

翌晨，離開長屋前，北一問其他房客，昨天是否在哪裡見過富勘，阿秀回道：

「聽說富勘先生去爲『福富屋』辦事，這兩、三天都不在家。」

「咦！他去哪裡？」

「他說，如果告訴我們，大家就會吵著要他帶伴手禮回來，所以保密。」

那就是去遊山玩水了。這位長屋管理人眞會挑時間，都忘了我之前救他一命的恩情——北一才剛這麼想，便急忙打消念頭。實際上，救富勘一命的不是他，而是喜多次。北一只是跟在一旁窮緊張。

這下傷腦筋了。

今明兩天要是沒找到合適的畫師，夫人辛苦向祝屋爭取的時間就白費了。

一早天空還是灰濛濛，但中午前雲層散開，讓人聯想到炎炎夏日的豔陽高掛。見到久違

的太陽，路上往來的行人皆露出爽朗的神情。

連這樣都令北一看了惱火，他一個人緊張得直冒汗。

不管怎樣，今天得好好掙錢才行。他扛著扁擔，走過仙台堀，瞥見路旁整排的武家宅邸土牆的瓦片上，晾曬著攤開的卷軸或書本。這是在曬書蟲。位於大川東側的都是下屋敷或抱屋敷，所以有時會採用如此大剌剌的方法。

這時，北一靈光一閃。

書本。

之前富勘失蹤時，在高橋圍棋會所旁叫喚北一的「村田屋」老闆，像竹竿一樣高瘦，有著一對粗眉和宛如紙糊犬般的圓眼。

村田屋老闆說，他在佐賀町開租書店。出租的草紙和合卷本（註），裡頭都有圖畫。如果書本破損，就會製作新的抄本，這也算是他們的一項生意，就算和畫師有合作往來也不足爲奇，甚至可能會僱用畫師。

「畫師啊……」村田屋治兵衛說道。

坐在帳房裡，身高就沒那麼顯眼。那對濃眉大眼，還是和北一的印象中一樣。附帶一提，他的下巴也很長。

「畫師啊……」他又重複一次。

北一以為租書店會布滿塵埃，但村田屋裡打掃得一塵不染，昏暗寧靜。看不到半個客人，因為租書店不是開店做生意，而是出外跑生意。這麼一提，第一次遇見治兵衛時，他背著一個大行李。

「畫師是吧……」

重複第三次時，不知為何，治兵衛露出細細思索的神情。

北一不禁擔心是不是說了什麼不該說的話？難道畫師和租書店，是不共戴天的生意對手？

治兵衛請北一坐在圓墊上，他局促不安地挪動屁股。

「請問……哪裡不對嗎？」

北一戰戰兢兢地問，治兵衛當著他的面長嘆一聲。

「很難侍候。」

「價錢極高。」

「哦……」

「咦？」

「如果是製作抄本，照著原書抄寫，找個畫技還行的人就夠了。但我們店裡不光有到處

註：通俗讀本「草雙紙」，單冊稱為「草紙」，多冊合訂稱為「合卷本」。

都租借得到的知名讀本，還會挖掘出一般人不知道的逸品，這是獨家賣點。」
像這種讀本，最重要的就是得附上會讓人眼睛一亮的插圖。
「如果是有才能又有技藝的畫師，能畫出如此出色的作品，開價也較高。」
那宛如貼著兩片烤海苔的眉毛垂落，治兵衛再度嘆了口氣。
「北一先生，你不是繼承了千吉老大的『朱纓文庫』嗎？你跟那位素有好評的畫師之間發生什麼事？現在要找人頂替嗎？」
「不，不是這樣的。」
北一尷尬地搔著頭。
「老大的文庫是請哪位畫師作畫，我不清楚。我只是個小小的挑擔小販——不，原本只是個挑擔小販。」
治兵衛那對圓眼緊盯著北一。
「原本？意思是，今後會不一樣嘍？」
「是的。我打算不再向師兄他們批貨，自己來做這項生意。」
治兵衛的雙眼瞪得老大，教人不禁擔心眼珠會滾落。
「太好了。」
什麼嘛，原來是要誇獎我。
「不過，要僱用眞正的畫師，我覺得有困難。每一個文庫的利潤並不高，要是照著畫師的開價付錢，你就沒什麼賺頭了。」

這樣的話，只要是畫技還行的畫師就夠了——北一差點脫口而出。治兵衛好似要堵住他的嘴，長長的下巴微抬，嘴角垂落，接著道：

「千吉老大是憑藉人品和名望，才有好的畫師爲他效力。原本的這層關係，現在不知道變得怎樣。繼承文庫屋的萬作先生與畫師之間，會不會爲了錢而起紛爭，我也不清楚。」

他嘴巴上說不清楚，語氣卻像在透露有這種情況，北一暗自驚呼。萬作和阿玉的店，在文庫的製作方面，會不會不如老大在世時那麼順利？

治兵衛彷彿看出北一的心思，緩緩點頭。

「沒傳出什麼好評。」

末三老爺子說過同樣的話。

「這種時候你要自立門立，再好不過。像你這樣的年輕人，不可能一直坐在快沉沒的泥船上。」

泥船，說得這麼絕啊？

「世間的傳聞大半都不能信，唯獨『某家店快倒了』之類的傳聞，往往有很高的眞實性，不能聽過就算了。」

北一突然一陣心神不寧，老大留下的店就快倒了……

「爲了守護千吉老大的名聲，眼下最好的辦法，就是由你來挺住。」

治兵衛說著，雙手揣進懷裡。

「不過，我們村田屋幫不上忙。話說回來，以你的情況來看，開價高的畫師沒有合作空間。即使是差強人意的畫師，只要是我出面介紹，一定會有傳聞流出，引發糾紛。」

北一再度暗暗驚呼。這個人是不想和萬作夫婦起衝突嗎？這個手揣懷裡的動作，不是要說教，只是想明哲保身嗎？

不出所料，治兵衛壓低聲音說：

「我很怕阿玉夫人。」

北一差點笑了出來，連忙忍住。

「沒人和她處得來。」

「果然啊。」

治兵衛呵呵輕笑，似乎不太甘心，緊蹙眉頭。

「唉，要是笙先生在就好了。他一定會樂於幫忙，爲了製作出漂亮的文庫，也會動腦想出各種主意。」

笙先生？誰啊？

「總之，實在抱歉。我能給你的建議，就是找一位做事細心、畫功不錯的武士，請對方兼差作畫，這是最好的辦法。或者，光靠奉祿難以生活的御家人（註）也行。當然，找浪人也可以。」

雖然得到建議，但北一覺得自己像是被對方操弄於股掌，趕出村田屋。

北一的周遭，與他談得上話的武士只有兩人。一位是長屋附近一家習字所的老師，另一位是猿江「櫸宅邸」的御用人青海新兵衛。

「櫸宅邸」是北一自己取的名稱，其實那是小普請組支配組頭椿山勝元大人的別宅。椿山家是旗本，地位頗高，不過新兵衛或許知道貧困的御家人當中，有誰善於繪畫。

北一研判，應該先詢問新兵衛才對，於是前往櫸宅邸。新兵衛以束衣帶纏住衣袖，撩起裙褲的下襬，蹲在地上清除庭院的雜草。看到他這副姿態，北一深深覺得，御用人與其說是武士，倒不如說是僕人。

「噢，好久不見。」

一見北一到來，新兵衛馬上站起，仰望天空伸了個懶腰。

「最近每天下雨，始終下不膩。你應該也正爲了商品受潮而傷腦筋吧？」

聽說櫸宅邸的少主外出，那名女侍總管，同時也是新兵衛上司的瀨戶大人一同隨行。一派輕鬆地留守的新兵衛，邀北一從後門進入屋內。

北一這次是有事前來，所以雙膝併攏，跪坐在廚房的土間。

註一：江戶時代，直屬將軍的家臣中，沒有資格謁見將軍的下級武士。

「青海大人，我今日前來，是有一事相求。」

新兵衛正打著赤膊擦汗，發出「啥？」的怪聲，停止動作。

「喂喂喂，到底是怎麼了？」

事情是這樣的——北一詳細說出來龍去脈。新兵衛坐在入門台階處，手巾披在脖子上，以分不清是正經還是灑脫的神情，側耳聆聽。當北一提到村田屋老闆的嘆息，以及畫師要價頗高時，新兵衛嘴角輕揚。接著北一表示，他得趕在今明兩天內，找到一名擅長繪畫、願意以不會太貴的工資幫「朱纓文庫」作畫的人（這些都是北一的需求），並談妥條件才行。聽到這裡，新兵衛突然放聲大笑。

「哈哈哈……」

北一略感受傷，「這可不好笑。」

「抱歉、抱歉。」

新兵衛抬起手，做出安撫的動作。

「小北，你眞是找對人了。」

我青海新兵衛決定幫你這個忙。

「我和你一起去末三老先生那裡吧。只要學習製作文庫的方法，我也能成爲製作者，而且日後僱人時，我還能成爲指導者。」

他在說些什麼啊？

「青海大人，您要學當工匠嗎？」
「我可是萬事通。」
新兵衛雙手撐膝，挺直腰桿，擺出架勢。
「小北，我答應過你，隨時都能當你的助拳人。」
應該不是這個意思吧。
「如果您方便，就幫了我一個大忙。」
眞正困難的是要找畫師。
「青海大人，您懂繪畫嗎？」
「不懂。」
語畢，新兵衛再度哈哈大笑。
「別這麼沮喪，放一百二十個心吧。關於這方面，我有個可靠的人選。」
平時神情爽朗的新兵衛，此時臉上滿是難以自抑的喜色。
「可以請少主畫，他的功力不輸一般的畫師。」
北一像被狐狸耍了似的，愣在原地。

三

充當祝屋贈禮的文庫，在製作完成之前，從頭到尾全靠青海新兵衛和櫸宅邸方面鼎力相助。

新兵衛的辦事能力，遠遠超出北一的想像。他自稱「萬事通」，絕非吹噓。

新兵衛的性格豁達開朗，不擺架子，所以末三老爺子和丸屋的人很快就和這位「青海大人」混熟，關係親密。他還有一雙巧手（也許比北一更巧），迅速掌握製作文庫的要領。經過幾次試作後，才學了四天，便製作出有模有樣的文庫，連末三老爺子也誇讚：

「有這種水準，保證不會丟臉。」

大家開始改叫他「新兵衛先生」、「新大人」。

至於懸而未決的圖案，在北一和新兵衛學習製作文庫的期間，櫸宅邸的少主按照祝屋提出的要求，畫了三種不同設計的底稿。擺在一起與末三老爺子討論後，決定採用其中一種。

「少主說，如果直接畫在文庫上，畫壞了會感到歉疚，這次就用剪貼的方式吧。」

由於這個緣故，等少主畫好七張圖後，在末三老爺子的指示下，北一與新兵衛謹慎地剪貼。最後的貼金箔作業，由末三老爺子出馬，丸屋夫婦在一旁吞著口水，全程觀看。

「畫得眞好。」

「設計也品味獨具。」

「新兵衛先生的少主學過畫嗎？外行人是畫不出這種水準的。」

「今後可以幫我們的圓扇作畫嗎？只要畫底稿就行了。」

現場好不熱鬧。

「今後的事，等小北順利交貨，再來仔細討論吧。」

雖然這樣回答，但新兵衛已預先為未來著想。

「我和附近農家願意兼差製作文庫的人接洽過了。雖然全是老先生和老太太，不過他們都還沒眼花，而且有雙巧手。末三說能去教他們，所以地點由我來張羅。」

北一只能回一句「這樣啊，眞是太感謝您了」。

籌備的過程中，北一常造訪櫸宅邸，但都沒能見到少主——不該用這種說法，應該說沒能獲准晉見。因為有瀨戶大人這道關卡阻擋。

之前總覺得新兵衛對瀨戶大人唯命是從，平日不是挨罵，就是被說得啞口無言，或是不斷受到使喚。實際見過她本人後，北一發現情況比想像中嚴重。

「青海大人！」

「青海大人？」

「青、海、大、人。」

不管她用什麼方式叫喚，新兵衛都會馬上回應。

「是，瀨戶大人，有什麼事？」

「哎呀，瀨戶大人，眞是抱歉。」

「噢，瀨戶大人，太感謝了。」

新兵衛一貫採取低姿態，但北一明白，他絕不討厭瀨戶大人。

說實話，瀨戶大人是個活像梅子乾的老太太。滿臉皺紋，皮膚乾癟皺縮，但聲音響若洪鐘，背脊也像放了把尺似地直挺。花白的頭髮加上許多假髮，梳成御所髻，身上穿的江戶褄（註）下襬，宛如大奧女官般長到拖地。舉手投足始終都很安靜，散發一股嚴肅的氣息。

「我只見過一次，一旦有要事發生，瀨戶大人會穿著那身裝扮，以驚人的速度奔跑。」

新兵衛一本正經地說道。

「她會撩起衣襬，身子微微前傾，發出沙沙聲，破風奔馳。」

眞的假的？

「你說有要事發生，是怎樣的事？」

「少主小時候從木馬上摔下來。」

一聽見當時才五歲的少主哭聲，瀨戶大人從位於赤坂的椿山家本邸內室，一路衝向練習騎馬用的木馬擺放的庭院，模樣猶如鬼神。

眞的假的啊？

——應該說，從少主年幼時，新兵衛先生就隨侍在側嗎？他還待過本邸？

不是外宅僱的御用人，而是原本隸屬於椿山家的家臣嗎？若是如此，這樣沒大沒小地和他往來，不就太不知禮數了嗎？

現在才煩惱這種事已太遲，但北一還是感覺到心底有個疙瘩，不太自在。

——我一直被新兵衛先生的幹勁拖著走，這樣好嗎？

至今北一都沒能讓瀨戶大人記住他的名字。

第一次拜見時，瀨戶大人叫他「賤民」。

第二次叫他「奴才」。

第三次略微升格爲「那個賣貨的」。

從第四次開始，改叫他「喂，文庫屋」。

這就夠了。

站在瀨戶大人的立場，像北一這種身分的人要晉見少主，是難以允許的無禮之舉。爲文庫作畫，自始至終都只是供少主「舒心解悶」，絕非是爲了做生意。

「站在我的立場，只要能得到好畫，不管少主是爲了舒心解悶，還是一時興起，都沒關係，不過，少主應該不討厭吧？是不是有點樂在其中呢？」

對於北一的不安，新兵衛一笑置之。

註：和服裙襬的大片豪華花紋。

「用不著擔心，少主很喜歡這項兼差的工作。」

「不，說兼差不太恰當吧。」

「嗯，要是傳進瀨戶大人的耳中，我就得切腹了。小北，你也會被砍頭。」

新兵衛說，他會十分小心，趁瀨戶大人不注意時，看準機會，安排北一和少主見面。

「我家少主相當欣賞千吉老大的『朱纓文庫』。打算繼承『朱纓文庫』的小北究竟有何才幹，少主頗感興趣。」

才幹？跟老大相比，北一根本就像是底部破洞的長柄勺，而且是廁所裡撈水用的長柄勺。

「我很想當面向少主道謝，但畢竟小命只有一條，請您千萬別太勉強。」

「也對，我們日後會是重要的生意夥伴。」

雖然隱隱有些不安，不確定是否該認真看待此事，但不管怎樣，北一終於完成祝屋訂購的這批貨，成功趕上了！

他先將製作好要當贈禮的七個文庫帶到冬木町，向夫人展示。

「哇，好美！」

阿光發出歡呼，針對文庫的款式仔細向夫人說明。夫人聆聽時頻頻點頭。

「小北，你做得很好。」

「謝謝您。今後我打算自立門戶製作文庫販售的事，總算籌備得差不多。」

北一提到末三老爺子和青海新兵衛的幫忙，接著夫人不知道在想什麼，朝他招手。
「你過來一下。」
北一戰戰兢兢地走近。
「手伸出來。」
夫人牽起北一伸出的手，順著他的胳臂，手掌一路從他的肩膀移至頭頂。
接著，夫人輕拍他的頭。
「你的頭髮終於長齊，以後別再當別人練習剃頭的對象了。」
北一差點流下淚來。
該將這些重要的文庫贈禮，送去佐賀町的祝屋了。運往店主夫婦等候的地點後，北一說了一聲「請過目」，打開來展示。店主夫婦看過，不僅歡呼，還忍不住拍手。
「幸好委託你製作，這才是千吉老大在世時，『朱纓文庫』應有的水準啊。謝謝你，太感謝了。」
北一收下費用，本應就此告辭，但祝屋的老闆娘叫住他，喜孜孜地說：
「北一先生，當天我們的船出發前，請來一趟。我會告訴大家，製作這些文庫贈禮的，是這家文庫屋。舉行開川儀式當天，每家船宿都人山人海，到時候一定會有很好的宣傳效果。」
「您打算向別的客人展示我們家製作的贈禮嗎？」

「如果是我們自己的那一份，有什麼關係？我就擺在包廂裡，好好炫耀一番。」

北一萬分感激地接受這項提議。

祝屋用來舉辦婚禮的屋形船，是從淺草山谷堀的船宿「銀柳」出發。

山谷堀整排的船宿，由於地緣關係，平時都是以搭乘扁舟到吉原尋歡的男客為上賓。江戶市內的船宿數量，幾乎和稻荷神社一樣多，但為什麼要特地從山谷堀發船舉辦婚宴呢？北一心中難免產生疑惑，詢問後得知，在決定「銀柳」這家船宿前，祝屋他們可說是找遍當地每一家船宿，費了好大一番工夫。

「像我們這種第一次光顧的客人，是突然一時興起，想坐煙火船。能在好的地點停船的船宿，接待的往往都是常客，大家早在前一年便付錢訂好位了。為了穿插位子，我們彷彿在懇求地獄的閻羅王高抬貴手，幾乎是使出渾身解數。」

之所以願意克服重重難關，想必是兒子萬太郎終於再娶，不勝欣喜吧。因為期盼他能幸福。眞是一對好父母，教人羨慕。

——如果我能靠自己的文庫屋過活，讓自己衣食無虞……

我也要請夫人坐煙火船。雖然夫人看不到彩繪夜空的煙火，但聽得到聲音。夏天的傍晚，大川的河水氣味、煙火爆開的火藥氣味、拍打船舷的水聲、遊客的歡笑聲，北一想讓夫人體驗這一切。

可能是一邊想著這件事，一邊走回富勘長屋的緣故，來到出入口的木門前，與他打照面的太一調侃道：

「小北，你遇到什麼好事？」

「咦，看得出來嗎？」

「你走路的模樣，簡直像在游泳。」

接著，太一似乎猛然想起什麼。

「白天租書店『村田屋』的老闆來過。他跟我說，『北一先生應該是出外做生意去了，請幫我傳句話。』」

——如果順路，請到我店裡一趟。我有事想和您商量。

會是什麼事？現在才要介紹畫師給我嗎？不過我已趕上出貨。北一暗暗想著。

「這樣啊，謝謝。」

在北一十六年的人生中，從來不曾這般期盼大川的開川儀式。

當天要去拜會眾人，穿著打扮絕不能馬虎。幸好這次北一很快就遇上「困難時的救星富勘」，先前在貸席演那齣戲時穿的衣服、腰帶、鞋子，全都借到了。

「這件事希望你暫時保密，我要自立門戶了。」

北一說完，富勘抬手輕拈長長的下巴，擺出風情萬種的姿態。

「真吊人胃口。話說回來，夫人知道這件事嗎？」

富勘模仿花魁（註一）的動作，莞爾一笑。

「她不可能不知道。唔，你就拿出拚勁，好好幹吧。」

希望當天別下雨才好。要是風勢太強，也教人傷腦筋。北一仰望天空，心中忐忑不安。在猿江的櫸宅邸與新兵衛討論未來的方向時，他同樣心神不定。連重要的挑擔叫賣他也心不在焉，甚至找錯錢，實在傻得可愛。

或許是北一的祈願傳進老天爺耳中，舉行開川儀式當天晴空萬里。

祝屋一行人在申時（下午四點）抵達「銀柳」。北一比他們提早來到船宿，在掛燈旁等候。山谷堀逐漸擠滿準備搭乘煙火船的客人，以及要去吉原尋花問柳的男客，四周不斷傳來「歡迎光臨」、「您來啦」的招呼聲。

不光是客人，各家船宿都會有往來的外送餐館人員、魚販、酒販、油販進出。通過棧橋運來的酒桶中摻雜著角樽（註二），想必是因爲除了祝屋以外，還有其他乘客要坐煙火船慶祝。船宿的童工左右腋下夾著陶爐，輕盈地走過棧橋，沒掉入水中眞不簡單。

北一站著，又做起美夢。阿光牽著一身華服的夫人，我也穿上短外罩。一直以來都受富勘關照，也邀他一同參加。當然，新兵衛先生、末三老爺子、丸屋夫婦也不能少。這麼一來，乾脆大手筆款待，把長屋的住戶全部請來，一同搭乘煙火船吧——

北一覺得似乎有人在看他，猛然回神。

來來往往的人群，開開關關的腰高紙門。河面上成排的船隻，船頭緩緩地上下晃動。河水的氣味中，微微夾帶著海潮的香氣。

是我想多了嗎？——環視四周時，北一與站在前方河岸柵欄處的年輕女子四目交接。對方強悍的眼神，令他納悶地發出一聲「咦」。

女子突然移開目光，側過身，背對著北一。

她身穿玉紬和服，上面套著黑緞衣領。頭上的島田髻，只綁著皺綢紋的彩紙當裝飾。十分樸素的穿著，想必不是要光顧船宿的客人，但似乎也不是女侍。女子穿著分趾布襪，腳踩的不是木屐，而是草屐。

她一手拎著小小的提袋，莫名使勁緊握繫繩。

站在河邊若有所思的一名妙齡女子，讓人不禁懷疑她要跳河。不過，再怎麼說，此時此刻在山谷堀，不可能發生這種事。

——還頗有姿色。

女子身材纖細，頸項雪白。她看起來肩膀緊繃，像是渾身使勁，可能是北一想多了吧。

「哦，文庫屋老闆，你來得眞早。」

聽到這聲開朗的叫喚，北一心頭一驚。祝屋的店主夫婦領頭，後面跟著一大群人。雖說是私下低調舉行，但畢竟是婚禮，男賓都穿上短外罩，女賓也都盛裝出席。

註一：指日本江户時代的花街「吉原」裡地位最高的遊女。

註二：附上大握把，形狀像角的酒桶。通常用來當祝賀時的贈酒。

看起來像是萬太郎的男子以及新娘，一眼便能認出。萬太郎的體格與祝屋老闆一模一樣，容貌則是比較像老闆娘。站在他的背後，儘管一再壓抑，嘴角仍忍不住浮現笑意，恭順垂眼望向地面的，應該就是新娘吧。兩人全身都散發著幸福的光輝。

北一思索著，該怎麼向他們問候才好？新郎名叫萬太郎，新娘名叫阿夏，絕不能搞錯。還有祝屋，以及新娘娘家那邊的屋號……叫什麼來著？

自立門戶後第一次開賣，宣傳精心製作的七個文庫，好緊張啊。要學富勘平時對應房東或商家的大老爺，踩穩腳步，雙手擺在膝蓋上，背脊不彎，挺直地低頭鞠躬，說一句：在下是文庫屋的北一，今日恭喜各位——

「萬太郎先生！」

一個高亢的女聲，劃破現場熱鬧的氣氛。

只有山谷堀的這個角落，時間彷彿暫停。在場的客人、商人、船老大、男人、女人、老人、孩童、行人、運貨的人、發出笑聲的人、擦汗的人，全都爲出聲叫喚萬太郎的這名女子吸引。

足見這聲叫喚多麼急切。

站在柵欄旁的那名年輕女子，一手緊握提袋的繫繩，一手握拳抵在胸前。那白皙的雙頰因氣血上衝而泛紅，雙眼溼潤。

穿著草屐的一腳，向前邁出半步。年輕女子的視線前方，正是萬太郎。

「我是阿菊。」

她的雙唇發顫，接著往下說：

「是你的妻子阿菊。」

她講到破音，臉頰上滾落一滴淚。

「對不起，或許你無法相信，但我眞的是阿菊。」

祝屋眾人愣在原地。北一鞠躬到一半，頓時定格，注視著那名年輕女子。

——你的妻子阿菊？

二十年前與萬太郎成婚，腹中的胎兒流產時，跟著一同喪命的前妻，確實就叫「阿菊」。前些日子，祝屋的店主夫婦是這麼說的。

——萬太郎忘不了阿菊，也沒必要刻意忘了她。不過，如果能得到新的幸福，阿菊一定也會很開心。

——她是個心地善良的媳婦。阿菊地下有知，想必會爲他高興。

北一沒記錯。這到底是怎麼回事？

「萬太郎先生！」

自稱阿菊的年輕女子發出的叫喚，像在懇求般聲音扭曲，因悲痛而嘶啞。

「我轉世重生了。」

爲了與你再續前緣。

「我從黃泉歸來。求求你，再次和我結爲夫妻！」

四

冬木町的夫人手執長長的菸管，如此低語。夫人喜歡的菸絲，微微帶有山椒的氣味。

「這件事實在可疑。」

「是啊，眞的很詭異。」

北一點頭應道。他的左眼有一圈瘀青。

昨晚開川儀式的煙火相當盛大，但祝屋一行人沒坐上船，萬太郎和阿夏的婚禮就此取消。當然，全是那名聲稱是他亡妻阿菊轉世的女子，不請自來的緣故。

女子在船宿前叫喚時，是隻身一人，其實有人與她同行。他們是這女子的親生父母，著實教人驚訝。三人緊抓著萬太郎不放，大聲嚷嚷，直說萬太郎眞正的妻子是阿菊，既然阿菊活過來了，就該再續前緣才合情合理，令祝屋一行人不知所措。新娘阿夏原本還算鎭定，但自稱阿菊的女子緊摟著萬太郎不放，祝屋老闆和萬太郎的叔叔嬸嬸，試著拉開她，與她的父母扭成一團。最後新娘再也支撐不住，昏厥倒地。

錯愕的北一看到阿夏血色盡失的臉龐後，頓時回過神。他擠進扭打在一起的眾人當中，挨了一拳，留下左眼的瘀青。由於現場一陣大亂鬥，他已不記得是誰打了這一拳。

「這未免太不像話了。」

夫人生氣時，緊閉的眼皮會頻頻震動。

「凡事總有先後順序。就算那名女子眞的是阿菊轉世，在那之前應該多的是時間可以向祝屋方面道出實情，好好商量。偏偏她選在對方再婚當天不請自來，也太壞心了。」

「您說得沒錯，不過，對方也說了許多理由。」

昨天顧慮到阿夏的身體狀況，請新娘那邊的親人先帶她回去，其他人留下討論。如果只對那不自請來的一家三口斥責一句「請別胡說八道」，直接趕回去，祝屋這邊也不能接受。尤其是萬太郎，他想聽對方解釋清楚。

他們遣走煙火船上的客人，向「銀柳」租了一個包廂，但在眾人恢復冷靜之前，北一已拜託「銀柳」的老闆娘派人跑一趟，向富勘通報此事。當富勘晃著那長長的短外罩繫繩趕到時，哭喊不休的阿菊已安靜下來，和父母坐在一起，頹然垂首。

「眞的很抱歉，我原本已拿定主意，要是萬太郎先生娶了繼室，得到幸福，我就保持沉默，不會說出自己其實是阿菊。」

阿菊還說，她聽聞祝屋要在開川慶祝儀式這天，在煙火船上舉辦一場華麗的婚禮。爲了萬太郎好，這應該是值得高興的事。但到了婚禮當天，她實在無法忍耐，要是自己就這樣抽身，日後只會留下懊悔。她說了一大串話，實在教人聽不下去。

「儘管她如此解釋，但我聽了只覺得怒火中燒。不過，果然薑是老的辣，富勘先生巧妙地問出一些事。」

自稱是阿菊轉世的女子，名叫阿咲，芳齡十七。父母在駒形町經營一家小飯館，阿咲是他們引以為傲的飯館西施。

父親又吉與母親阿勝，原本是上州的佃農子弟，兩人是青梅竹馬。打從懂事起，兩人便到江戶工作，後來又吉在下谷的外送餐館當夥計，就此在下谷定居，並有了家室。兩人共生下四個孩子，但最後平安長大的，只有么女阿咲。

又吉和阿勝的話特別多，說夫妻倆當初一同在外送飯館工作，一路走來吃了不少苦，才得以開設現在這家飯館，不過他們最愛的還是阿咲，當她是掌上明珠般細心呵護。

他們發現心愛的女兒「有點古怪」，是在阿咲十二、三歲的時候。

「她有時會談起像我們這種窮人家不可能吃得到的食物，以及看戲的回憶。」

還提到從京都寄來的過年漂亮服裝、在不同季節為名勝點綴色彩的櫻花和紫藤之美、習字所的嚴厲女師傅誇她字寫得好等等，除此之外……

——明明沒教過她，之前她也沒學過，卻跳得出美麗的舞姿，懂得怎麼彈三弦琴。

每一項都是又吉和阿勝的生活中，不可能接觸的事物。

到了阿咲十六歲那年歲末，她仰望飄零的雪花，終於說出眞相。

——爹、娘，其實我眞正的名字是阿菊。我的老家是深川佐賀町的「津野屋」，專賣菜籽油和醬油。隔壁是一家叫「祝屋」的味噌店，我和他們家的萬太郎先生是青梅竹馬。我嫁給他當媳婦，可惜我早逝。

由於一心愛著萬太郎，就此轉生。對於自己是阿菊的事，小時候她只有模糊的記憶，然而，現在記憶一天比一天清楚。

——萬太郎先生和我成婚那天，也飄著細雪。當時是二月初，飄落在庭院紅梅樹上的雪花美不勝收。祝屋的公公還說是吉兆，非常開心。

——後來，我肚裡的孩子流產，我跟著一同喪命。只和萬太郎先生當了一年夫妻，便被迫分離，我感到既寂寞又難過。

又吉和阿勝並非完全相信女兒的話。他們好不容易開店，生活逐漸變得比較寬裕，於是花了點錢，請人去調查眞僞。

經調查後得知，深川佐賀町確實有家叫「祝屋」的味噌店。隔壁是紙店和棉被店，不過那家紙店以前是賣菜籽油和醬油，名叫「津野屋」。

「同時得知，祝屋確實有個叫萬太郎的兒子，娶了津野屋的女兒爲妻，但一年後便陽陰兩隔。」

之後津野屋結束生意，遷往他處，那間空屋改由紙店進駐。

「聽到這裡，祝屋的店主夫婦和萬太郎皆面如白蠟。」

尤其萬太郎更是方寸大亂，不聽父母的勸阻，不斷向阿咲發問。妳記得我們家和隔壁店家中間有一棵大銀杏樹嗎？記得我倆撿了銀杏後，都埋在什麼地方嗎？記得在月圓之夜，我倆一定會到附近的稻荷神社參拜祈願嗎？

「這一連串提問，阿咲都對答如流。『埋銀杏的地方，是在祝屋後院一顆形狀像青蛙的石頭旁。我們向稻荷神許願，希望日後能結爲夫妻，生下兩女三男。』」

連萬太郎沒問到的部分，阿咲也主動說出：萬太郎先生左手食指有一處劃傷，那是你十三歲時把玩小刀，不小心割傷。我是到女師傅開設的習字所上課，那裡只收女生，但我想和萬太郎先生上同一家習字所，有一次偷偷跟去，混在其他學生當中，被狠狠罵了一頓。萬太郎先生愛吃柿子，但每次吃都會腹瀉。你有一個好朋友，名叫長吉，是兼差木匠的兒子，你去他住的裏長屋玩，弄破補鍋師傅家的紙門，挨了一頓罵。替對方的紙門重新糊紙時，我一起去幫忙，那補鍋師傅直誇我是個漂亮姑娘，你滿臉通紅——

「聽到這裡，萬太郎先生彷彿全身淋了一桶水，冷汗直流。」

「弄破補鍋師傅家紙門的事，我一直瞞著沒跟爹娘說，只有阿菊知道！」

他說，這個人或許眞的是阿菊轉世。

還有，向稻荷神許的願。

「當時只、只有我們兩人，暗、暗、暗自許下心願，希、希望日後能結爲夫妻，有、有、有可愛的孩子，從、從沒跟任何人提過。」

萬太郎的情緒激動，眼中噙著淚水。在場眾人全都備感震驚，半晌說不出話。

「富勘先生也沒說話嗎？」

「是的，他只摩挲著長長的下巴。」

夫人呵呵輕笑，菸管敲向長火盆的外緣。

「然後呢？還談到什麼嗎？」

如果是一些細節的交談，根本多得數不清，身爲外人的北一無法一一牢記。不過，就算是外人也看得出來，最後說服萬太郎和祝屋夫婦的關鍵因素，是阿咲提到她與「御狩大人」有關的往事。

「御狩大人？」

「我也不清楚，事後富勘先生才爲我仔細說明。那算是屋敷神吧？是津野屋自家膜拜的守護神。」

津野屋一家原本是近江出身，在故鄉的村落裡是允許冠姓帶刀的名門，擔任鎮守神（註一）的神官。當分家前往江戶時，會請一尊鎮守神的分身，當成家中的守護神，虔誠供奉。拜此之賜，店裡生意興隆，過著富裕的生活，阿菊和家人總會在不同的季節出外遊山玩水。

「聽說御狩大人的神體，是祂鎮守的森林中的一棵老樹。在請分身時，是挖掘老樹根部的泥土，裝進小瓶子裡，以護符封住。」

在津野屋，同樣會祭拜擺在神龕上的深川產土神（註二）護符或大黑天的木雕像，唯獨御狩大人的這個小瓶子是擺在佛龕的門內祭拜，只有家人能照料御狩大人，其他夥計一律不准靠近。

「不過阿咲說，萬太郎先生參拜過御狩大人。」

萬太郎十二歲、阿菊十一歲那年夏天，深川一帶正流行疱瘡（天花），人人聞之色變。

「當時津野屋的老闆娘在場，即阿菊的母親。她一起從佛龕裡取出御狩大人的小瓶子，抵向兩人的額頭。」

——只要這麼做，御狩大人的神力便能保護你們不會染上疱瘡。

事實上，兩人的確躲過瘟疫。萬太郎和阿菊都對御狩大人的神力感到敬畏，萬太郎連對自己的父母也沒提過。

「那已是二十六年前的事，在妳提起之前，我根本忘得一乾二淨。」

萬太郎感動得流下淚，如此說道。

「阿菊過世後，連想起快樂的回憶都覺得痛苦，所以我極力壓抑，希望遺忘過去。」

知道御狩大人的事，如數家珍地說出一切的阿咲，眞的是阿菊轉世投胎，此外別無可能！

「萬太郎先生和阿咲牽起手，淚眼相對，祝屋的老闆娘也哭了。至於店主的表情，則像是有人拿著捕蠅拍輕撫他的臉。」

註一：日本神道中，特定建築或地區的守護神。

註二：土地的守護神。

夫人微微垂落嘴角，又朝菸管裡塞菸絲。

由於想早點向夫人報告昨天發生的事，聽取她的意見，北一今天特地趕在挑擔叫賣前，跑來冬木町。聽說夫人平時白天不會抽菸，難道是她此刻覺得煩躁？

「眞抱歉。理應是宣傳我的文庫的大好機會，卻捲入一場奇怪的風波。」

梅雨結束至今已過了十天左右，連日都是悶熱的天氣，這正是江戶的夏天。今天一早便烈日當空。坐在長火盆對面的夫人，臉上滿是夏日的晨光，但似乎有些悶悶不樂。

「小北，你沒錯。」

夫人低聲說道。

「那七個文庫呢？祝屋的人帶回去了嗎？」

「是的，他們帶回去了。」

費用全數付清，所以商品已歸祝屋所有。他們要重新包裹帶走時，北一也在一旁幫忙。

由於在「銀柳」的店門口發生那場風波，所以北一的文庫擺在包廂時，不曉得其他客人是否看見。有的客人發現起衝突，會在一旁湊熱鬧，有的客人則是不想扯上關係，催船老大趕緊出船。其餘在場的人，想必也沒空去注意小小的文庫吧。

「要是萬太郎先生和阿夏小姐的婚事告吹，贈禮就派不上用場了。」

北一不願去想的事，夫人卻直言不諱。

「就算沒發展到那一步，作爲吉祥物，也不吉利。我不希望祝屋扔棄，就由我買下吧。」

只要搬出千吉老大的名字，我來向對方懇求，對方應該不會拒絕。之後我會派阿光跑一趟，小北，你先去跟祝屋說一聲吧。」

「這麼一來，夫人不就白白破費了嗎？」

「你在說什麼傻話啊，這不是白白破費。第一次辛苦製作的文庫，要是被人棄如敝屣，你不就沒臉見青海大人和末三老爺子他們了嗎？」

話是沒錯……

「婚事會告吹嗎？夫人，您剛才不是說，此事著實可疑嗎？」

夫人轉頭面向北一，手中的菸管緩緩擱向一旁。

「我們會感到懷疑，是因爲我們是毫無瓜葛的外人。」

如果是當事人，恐怕不會這麼想。

「萬太郎先生似乎已對那個叫阿咲的女人深信不疑。祝屋的老闆娘或許想依從兒子的意思，至於店主，雖然覺得此事詭異，有詐騙的嫌疑，也不好隨便開口。」

有詐騙的嫌疑是吧。

「夫人，您認爲眞有投胎轉世這種事嗎？」

「我哪知道啊。」

我不清楚，夫人冷冷應道。

「世界之大，無奇不有，也許眞有投胎轉世這種事。不過，若是問阿咲這個女人說的話能否相信……」

夫人緩緩搖頭，意思是信不得。

「富勘先生怎麼說？」

「他說這是詐騙。」

昨晚在回程中，他一臉疲倦地摩挲著脖子。

——又是這種複雜的詐騙手法。

不過，接下來情勢會怎麼發展，只能靜觀其變，所以小北，你也不能輕舉妄動。

——輕舉妄動……是什麼意思？

——就像沒穿兜襠布，直接套上緊身底褲一樣，慌慌張張地東奔西跑。

「不愧是富勘先生。」

夫人噗哧一笑，終於轉爲愉悅的語氣。

「祝屋那一帶，也算是『福富屋』的地盤。如果是將近二十年前的事，或許帳面上已沒留下資料，不過請富勘先生稍微調查一下，找出津野屋後來搬去哪裡就行。只要能見上阿菊姑娘的父母一面，一切就好辦了。」

「意思是……如果是親生父母，就能準確看出阿咲是否眞的是阿菊轉世嗎？」

「不，這倒不見得。但可以聽他們說說心中的感受，不是嗎？」

已故的愛女，不是轉世投胎到親生父母家，而是一對毫無關係的陌生夫婦家，他們有什麼看法？

「如果是我，一定很生氣。」

夫人以強悍的口吻說道。

「開什麼玩笑，竟然這麼看輕親子的情分。」

原來如此，確實有道理。

「退一百步來說好了，如果她轉世投胎到夫家祝屋的親戚家中，那倒還好，偏偏是出生在位於莫名其妙地點的飯館。」

北一從沒這樣想過，大感驚訝。

「阿菊姑娘是在十九年前過世，而阿咲今年十七歲，對吧？中間有兩年的空白，這又是為什麼？」

夫人話中帶刺，一字一句都像針戳。

「理應沒告訴過任何人的兒時經歷，阿咲全都知道，所以相信她？對方略施小計就被玩弄得團團轉，萬太郎先生未免太天真。如果是這樣，祝屋未來堪憂啊。」

這件事要保密，只有我們知道——這種約定，連成人也守不住。更何況是孩童之間，只有彼此才知道的祕密，絕對不可能存在。

「萬太郎先生應該是忘了以前發生過的事吧？那麼，連他當時對別人說過的話都忘記，也不足為奇。」

要挖掘往事，其實意外地簡單。因爲人們都會緬懷過去，好事和快樂的事就不用說了，連生氣的事、打從心底覺得可怕的事，也會想一再重提。

如果阿咲一家三口，謊稱阿咲是阿菊轉世，背後有什麼原因——

「若是有利可圖，或是能大賺一筆……」

要調查過去的事，多得是方法。既然知道她的目的是要假冒阿菊，那麼，查出她所圖爲何就簡單了。

「不過，祝屋的店主似乎沒萬太郎先生那麼激動，所以眼下只能照富勘先生說的，靜觀其變了。」

現在更重要的是，小北文庫屋的生意。夫人朝北一扁塌的屁股輕輕一拍。

「雖然這場宣傳走味了，卻不能任由它發餿。啊，祝屋本身就是味噌店，難怪會走味，眞是失策。」

雖然只是一句小小的玩笑話，但北一聽了之後莞爾一笑，重振精神。他按照夫人的吩咐，先去祝屋打聲招呼，阿光當天便前去將當贈禮用的文庫買回，北一很高興。

想到阿夏的心情，便忍不住爲她擔憂，但此事沒有北一這個外人置喙的餘地。他一面和青海新兵衛一同爲今後的生意做準備，一面討好萬作和阿玉夫婦，畢竟現在還不能和他們斷絕往來，北一投入進貨和叫賣的工作中，努力掙錢，踩穩人生腳步。

就在經歷大川開川儀式的半個月後，發生一起事件。

五

祝屋的萬太郎有個奶媽叫阿年。她不是祝屋的女侍，而是附近長屋裡一名轎夫的妻子。祝屋的老闆娘產下萬太郎後，身子一直很虛弱，奶水不夠，爲此傷透腦筋。阿年剛好比老闆娘早半個月生下兒子常吉，奶水多到會自動溢出。於是，祝屋方面在長屋管理人（富勘的前一任）的介紹下，請求阿年分奶水給萬太郎喝。

祝屋對阿年禮遇有加，她以豐沛的奶水養大萬太郎和常吉。一同奶大的兩人，在斷奶後變得像親兄弟，阿年也頗受祝屋的倚重，十分信賴她。

阿年的丈夫好酒、好色，又好賭，光自己的收入還不夠，連妻子每個月從祝屋賺來的補貼費也被他揮霍殆盡，是個無賴漢。可能是看在夫妻的情分上，阿年一直忍耐，但常吉三歲那年夏天，丈夫捲進賭場的械鬥，一命嗚呼。

淪爲寡婦的阿年，祝屋當然不會置之不理。他們僱用阿年當萬太郎的褓母，同時擔任幫老闆娘處理身邊雜務的女侍，於是她在店裡住下。當然，常吉也同住。

爲了報答祝屋的恩情，阿年工作勤奮，萬太郎和常吉則是感情融洽地一塊長大。不過，一同奶大的兩人，畢竟沒有血緣關係。常吉懂事後，店主覺得與其讓阿年母子在祝屋長住，不如好好做個了斷。

常吉十歲那年，到位於大傳馬町南邊新材木町的一家建具（註）店工作。這是基於阿年的願望所做的決定，她希望兒子習得一技之長。

幸好常吉不像那個無賴父親，比較像工作勤奮的母親。他腳踏實地，持續學習當一名建具工匠。

阿年則是一直待在祝屋工作。到了萬太郎十八歲那年，娶阿菊爲妻後，阿年改以資深女侍的身分照顧這對年輕夫妻。因此，當阿菊和嬰兒一同喪命，萬太郎悲傷難過時，阿年也陪在他的身旁。

對於終日悲嘆的萬太郎以及祝屋的店主夫婦，阿年一直都服侍得無微不至。然而，人們有時會管不住情緒，在遭逢不幸時更是難以自抑。祝屋的店主夫婦，尤其是老闆娘，開始疏遠阿年。萬太郎失去新婚妻子、痛失愛子，老闆娘失去可愛的孫子，但阿年還有常吉。當然，阿年是僕人的身分，和常吉沒辦法說見就見，不過，至少常吉好端端地活著。今後常吉娶了媳婦，她就能抱孫。

身邊的女侍過得這麼幸福，未來充滿希望，爲她打下幸福根基的自己，卻一直害怕萬太郎會尋短，每天都竭盡全力在背後支持他。世上有這麼不合理的事嗎？祝屋的老闆娘對待阿年的態度變得很苛刻。

阿年是個聰明的女人，馬上明白眼前的情況，決定請辭離開祝屋。當時萬太郎和常吉都已二十歲，所以是十八年前的事。

常吉原本是個住在店裡的工匠，趁母親離開祝屋的這個機會，他取得師傅的同意，母子倆在建具店附近的裏長屋租屋同住。二十五歲那年，他成為獨當一面的工匠，並娶了媳婦，孩子陸續出生。

阿年和像她一樣工作勤奮的兒子、溫順的媳婦，以及三名孫兒，一起過著幸福的生活。不久，一家人從裏長屋搬往小巧的獨棟房，而以建具工匠的身分自立門戶的常吉，收入漸漸豐厚。儘管如此，上了年紀依舊硬朗的阿年，仍持續在商人客棧擔任女侍。

至於祝屋方面，早已忘了這個奶媽和一同奶大的兄弟。雖然雙方斷了音訊，不過阿年可沒忘。尤其是萬太郎遲遲未能走出喪妻之痛，不肯再娶，任憑年華老去，阿年十分擔心。佐賀町與新材木町相隔兩地，但阿年一直很留意祝屋和萬太郎的近況，一有相關傳聞，都會仔細聆聽。因著這麼一段過去，得知萬太郎與阿夏的婚事敲定時，阿年歡欣不已。新材木町附近有許多商人客棧，其中剛好有一家和阿夏家的蠟燭店「木野屋」素有交誼，這可喜可賀的消息就是從那裡傳進阿年的耳中。那是今年剛過完年的事。

阿年與常吉討論，要看準時機前往祝賀。萬太郎終於肯再婚，再度重拾幸福，阿年應該也能收起原本對祝屋的顧慮了。

——我不可能永遠健康。我想趁現在重新向祝屋的老爺和夫人表達感謝之意。

註：指日本傳統建築的隔間物，通常具有開關的功能，例如各種門窗。

再過幾年就邁入花甲之年，她說著笑了起來，非常期待萬太郎的婚禮。

然而，命運難料。初春時阿年感染風寒發高燒，之後日漸衰弱。腰腿使不上力，變得健忘，當江戶市內的櫻花散盡，她連家人的長相和名字也記不得了。

——雖然很遺憾，但照這樣的情況看來，沒辦法帶娘去祝屋，由我代為前去問候吧。

如今常吉已成為工匠頭子，有長住店內的徒弟和女侍，他與妻子討論，訂製一件全新的短外罩。

這時傳來一則奇聞，慶祝開川的當天傍晚，在萬太郎與阿夏舉辦婚禮的煙火船上，一名自稱是阿菊轉世的女子突然出現。與木野屋有交誼的那家商人客棧內一陣騷然，眾人想到阿夏的心情，忿忿不平。常吉也是其中之一，但令他驚訝的是，原本嚴重痴呆、臥床不起的阿年，聽聞這消息後忽然恢復正常，比任何人都憤慨。

事到如今，還想用這種不入流的手法破壞萬太郎先生的幸福，一定是詐騙。已故的阿菊夫人性情善良，非常為萬太郎先生著想，豈會在這種時候讓他迷惘、痛苦？阿年以不太靈光的舌頭說了這一串話，怒不可抑，周遭的人不禁為她捏了把冷汗。

——既然這樣，我去會會那名女子吧，看我怎麼揭穿她的假面具。阿菊夫人過世前，我一直在身旁照顧她，絕不會受騙上當。

阿年的態度堅決，完全沒外人插嘴的餘地，所以常吉和妻子極力安撫，並告訴她，現在只能觀察情勢怎麼發展。

半個月後，某天的黎明時分。

阿年一度因萬太郎那件大事而恢復正常，但她並未重拾活力，又慢慢變得痴呆。可能是一時的興奮造成反效果，她的身體加速衰退，之前偶爾能起身，如今幾乎都臥病不起。常吉擔心母親，每天早上一起床，就會去查看阿年的情況。

這天，他打開防雨門一看，天空湛藍，十分晴朗，通往阿年起居室的那一小段走廊，一早便灑滿亮白的晨光。

此時，常吉聽到阿年的聲音。她不知道在說些什麼。

——是我不好。既然眞的是阿菊夫人回來，就沒有我多嘴抱怨的餘地了。

她在道歉？誰在阿年的身旁嗎？

——請原諒，我以後再也不敢多管閒事。我向您賠罪。

阿年的聲音急切。常吉心頭一驚，僵立原地。

——請您原諒。好痛、好痛。啊，請原諒我，御狩大人！

阿年的聲音轉爲慘叫，傳來淒厲的一聲「呀～」，又歸於平靜。

常吉衝進阿年的寢室。只見阿年仰躺在墊被上，雙目圓睜，已氣絕身亡。額頭上有個寬約兩寸的圓形瘀青，像是用相同大小的壺或瓶子，用力抵住她的額頭或是敲打造成。

「——事情的經過就是如此。」

今天北一同樣坐在冬木町的夫人面前。

夫人的前方擺著菸盆，手指把玩著鍾愛的菸管。阿光陪在她的身旁，抱著一個圓盤，眼中散發光芒。

「小北，你是聽誰說的？」

夫人一直板著臉，不發一語，所以阿光率先開口。

「是富勘先生。阿年女士是昨天早上過世的。」

常吉非常激動。

——我娘惹怒了御狩大人。無論如何，我得向佐賀町的祝屋通報一聲。

他十分堅持，於是新材木町的番屋向這邊的長屋管理人富勘通報。富勘急忙告訴祝屋此事。

祝屋的店主、老闆娘、萬太郎，聽到阿年和常吉的名字，大吃一驚。雖然後來關係疏遠，但祝屋方面並未忘記他們。

「於是，富勘先生陪同祝屋的店主和萬太郎先生，一同前往新材木町，查看阿年女士的屍體。」

阿年的額頭上，確實有一塊圓形瘀青。

「阿菊夫人的娘家『津野屋』供奉的御狩大人神體，就是差不多這個大小的瓶子。」

據說，祝屋的兩人嚇得發抖。

「御狩大人的憤怒是吧。」

夫人依舊神情凝重，如此低語。阿光則是逐漸靠上前。

「那麼，是因爲阿年女士生氣地說，飯館的女兒阿咲堅稱自己是阿菊夫人轉世，根本是詐欺，她是冒牌貨，才遭御狩大人懲罰？」

換句話說，阿咲眞的是阿菊夫人轉世！有御狩大人出面保證！

「話是沒錯，不過阿光，妳怎麼知道御狩大人的事？」

阿光扮了個鬼臉，「哎呀，這是因爲……」

阿光偷聽前幾天我們的對話嗎？眞拿她沒辦法，北一心想。

「一對苦戀的男女，轉世投胎後再度重逢，實在太迷人了，我一時忍不住就……」

夫人將手中的菸管轉了一圈說「爲什麼會知道這件事，我也很好奇」。

「對不起。不過，我眞的只是剛好聽到啊，夫人。」

「我不是說妳，而是常吉先生。」

夫人轉頭望向北一。今天她緊閉的眼皮，連眼線都顯得扭曲，恐怕是非常不高興吧。

「爲什麼常吉先生會知道御狩大人的事？」

「是從阿年女士那裡聽來的。」

聽說，阿年不時會跟常吉提到她在祝屋的一些往事。

「這就怪了。爲什麼阿年女士會知道？守護津野屋的御狩大人，應該只有祝屋的家人知道祂的存在才對。」

「所以，事情就像夫人先前的推測。」

——萬太郎先生應該是忘了以前發生過的事吧？那麼，連他當時對別人說過的話都忘了，也不足爲奇。

「萬太郎先生向阿年女士提過御狩大人的事。由於對方是從嬰兒時期就在身旁照顧他的奶媽，才會說出祕密。」

阿年將這個祕密當成回憶珍藏，說給兒子常吉聽。

——萬太郎先生和阿菊夫人，備受津野屋的家神御狩大人寵愛。這對郎才女貌的夫妻，眞的就像雛人偶（註）一樣，琴瑟和鳴。

「因此，常吉先生一聽到阿年女士向御狩大人道歉，馬上明白是怎麼回事。」

北一拿起纏在脖子上的手巾擦臉。他冷汗直冒。今天夫人滿臉慍色，前所未見。眞的是怒火熾盛。

「最後竟然還鬧出人命……」

夫人重新握緊菸管。

「啊，眞是丟人。要是老大在世，在發生這種情況前，想必早已擺平一切。」

要是千吉老大還在世。不管什麼時候聽到這句話，北一都覺得刺耳。

「您說擺平一切，意思是直接承認阿咲姑娘是阿菊夫人轉世，讓她與萬太郎先生成婚嗎？」
阿光若無其事地問道。看夫人氣得都快把菸管折斷了，北一急忙接話。
「是嗎？我倒是認爲，老大會和富勘先生一樣，抱持戒心。」
「才不會，因爲老大總是特別善待兩情相悅的男女。」
不，在這種情況下，萬太郎和阿咲不算是兩情相悅的普通男女。
「阿光，幫忙跑個腿。」
夫人語氣尖銳地說道。
「妳去『三德屋』買兩包我平時抽的菸絲。」
「三德屋」是夫人常光顧的菸店。
「夫人，您不是說最近喉嚨痛，要少抽點菸嗎？」
「妳快去就是了！」
那凶悍的神情，連阿光也感到害怕，她馬上出門。
屋裡只剩北一和夫人獨處後，夫人想將手中的菸管擺向菸盆，但沒擺好。菸管滾落在榻榻米上。平時不會發生這種事，夫人果然是因動怒而心思紛亂。

註：日本的女兒節「雛祭」當天，父母會爲女兒設置階梯狀的陳列台，擺放穿著和服的娃娃，稱爲「雛人偶」。

「抱歉……」

北一低頭行了一禮，悄悄撿起菸管，放回菸盆上。

很遺憾，十九年前發生那場不幸的事故後，津野屋究竟遷往何處，始終查不出結果。

北一先向祝屋詢問。他們表示，津野屋夫婦因愛女和其腹中的嬰兒喪命，大受打擊，透過宗家的幫忙，遷回故鄉近江定居。

津野屋夫婦似乎原本就打算讓獨生女嫁進祝屋，等順利看到孫子出世，便搬回故鄉養老。當時兩家討論過，如果祝屋有意願，他們可將醬油和菜籽油的生意拱手轉讓。

相隔十九年的歲月，以及江戶與近江的距離，要查出津野屋夫婦的消息，幾乎不可能。富勘動用廣大的人脈，探詢是否有人仍與津野屋夫婦保持聯繫（北一在挑擔叫賣時也順便幫忙），依舊毫無所獲。

祝屋這邊，自開川儀式那天的傍晚，萬太郎便失去理智。他認定阿咲就是阿菊，雖然阿光沒這麼說，不過他們確實成了一對「兩情相悅的男女」。

在愛意和懷念之情的驅策下，萬太郎幾乎每天都和阿咲見面，聊往事，牽起她的手，一起歡笑和哭泣。北一雖然沒親眼目睹，但富勘去過祝屋幾趟，每次返回時，都不停摩挲那長長的下巴。

富勘說，目前阿咲「還沒露出破綻」。她眞的記得過去的事，而且與萬太郎交談時，不顯一絲慌亂，也不會答不出話。

「儘管如此，富勘先生仍認爲是詐騙嗎？」

「嗯，手法太過巧妙，反倒更像詐騙。」

「這是什麼說法啊。」

「這是直覺，不能用道理來解釋。小北，你現在應該還無法理解。」

祝屋的店主遠比萬太郎冷靜，極力說服兒子：你突然取消和阿夏的婚事，怎麼對得起木野屋？你要成熟一點，仔細想清楚。

不過，老闆娘就不夠冷靜了。可能是不忍心兒子一直單身不娶，落得淒涼的下場。

「我會向木野屋道歉，不管要我做什麼都行。我會幫阿夏介紹更好的對象，所以，爲了萬太郎的幸福著想，請讓他迎娶阿咲當繼室吧。不，不是繼室，因爲是阿菊回來了。」

她不斷說服丈夫，甚至從背後打他。

原本要參加喜宴的萬太郎的叔叔夫婦，以及客戶，大多站在店主這一邊，但萬太郎哭求讓他和阿菊再續前緣後，他們紛紛改變立場，改爲站在老闆娘那邊。這群人實在很不可靠。

有趣的是，這群人對阿咲和她父母都沒有好感。跟冬木町的夫人想法一樣，這一家三口特地選在萬太郎與阿夏成婚當天鬧事，厚臉皮的行徑令人厭惡。然而，他們還是改變立場，只因同情思念亡妻的萬太郎。

最該生氣的木野屋和阿夏，一時對事態的發展感到茫然，最後還是採取必要的行動，調查阿咲一家人的身世。幸好富勘的人面廣，向掌管駒形町一帶的捕快和町內官差打聽，阿咲和她父母是否眞如他們自己所說，是一對經營飯館的夫婦和飯館西施，以及有沒有不良的風評、阿咲在外頭有沒有別的男人。

就萬太郎看來，阿咲他們句句屬實。眞要說有哪裡可疑，就是阿咲十分多情，打著飯館西施的名號，若有年輕男客邀約，一律來者不拒，有時出外遊山玩水、有時看戲、有時會收到別人贈送的昂貴髮簪或飾品。不過，她從未惹出桃色糾紛，而那些討好阿咲的男人，也不是眞的想娶她爲妻，只是玩玩。

阿咲的父母並非從以前就經營飯館，而是五、六年前突然在那裡開店定居的外地人。她的父親是腰間插著一把菜刀，四處做生意的「流動廚師」，母親跟著丈夫一起討生活，當初開始經營飯館時，還沒生下阿咲。這件事不能聽過就算了，仔細調查後得知，這對夫婦結束流動廚師的生活，決定開店落腳，是因爲四谷鹽町的老字號料理店「山之井」退休的老闆當他們的後盾。在飯館的生意穩定下來之前，約莫有一年的時間，阿咲都是託那位退休老闆照料。

對方在前年過世。由於阿咲的父母曾擔任「山之井」的廚師和侍女，工作勤奮，沒傳出不良的風評，這位退休的老闆才會資助他們開飯館。

像名主這類的名門世家另當別論，擠在江戶八百零八個町裡生活的商人、工匠、一般町人，大部分都是既沒名氣也沒靠山的普通百姓。連剛好在場見證這起風波的北一，說起他的身世，也不曉得到底算是走失兒童，還是遭遺棄的孤兒。倘若懷疑阿咲他們的出身，可是會遭報應的。

阿咲一家查不出什麼大問題，也沒捏造謊言，這麼一來，木野屋和阿夏便無計可施了。想懇求萬太郎回心轉意，但他早就被阿咲迷得神魂顚倒。木野屋夫婦得顧及店鋪的面子，不能輕易認輸，但原本應該要當新娘的阿夏已讓步，表示「我和萬太郎先生無緣」。於是，現下擺明反對將阿咲當成阿菊娶進門的，只有祝屋的店主一人。

「阿年女士喪命的事，祝屋的老爺不知道怎麼看？」

夫人光滑的眼皮顫動，如此低語。

「在想接納阿咲的人看來，阿年女士離奇死亡，恰恰是個好藉口。他們會說，因爲津野屋的守護神懲罰了反對者，所以阿咲肯定就是阿菊轉世。」

北一拉著手巾的兩端，點點頭。

「事實上，目前似乎就是這樣的氣氛。由於是這幾天才發生的事，而且站在祝屋的立場，他們已很久沒和常吉先生見面，一時有點不知所措。」

夫人撇下嘴角，從鼻孔重重呼出氣息。

「小北，你要睜大眼睛看，豎起耳朵聽，我很擔心祝屋店主的安危。」

這件事非常可疑——

聽從夫人的吩咐，北一隨時睜大眼睛，豎起耳朵。他挑著文庫沿街叫賣，一邊到新兵衛所在的猿江，爲自己的生意張羅準備，一邊展開監視。他明白這樣不太可靠，投注的心力不夠，但自認已竭盡所能。

然而，阿年喪命後的第四天，又有人出事。而且，是萬萬不該出事的人物。

這次喪命的，是祝屋的老闆娘。

六

冬木町的夫人極爲擔心，於是北一什麼也沒帶，直接趕往佐賀町的祝屋。本所深川同心的澤井蓮太郎早已抵達。

「澤井大人，您辦公辛苦了。」

俊俏的澤井少爺正好走出祝屋，富勘跟在他的身後。

「哦，小北，你可來了。」

富勘如此說道，誇張地皺著眉頭。

「雖然你只是個初出茅蘆的小捕快，但好歹是想繼承千吉老大職務的人，動作怎麼能比我這個長屋管理人還慢呢？遺體已運往番屋，等候驗屍的官差到來。等你事情忙完，也去一趟吧。」

——咦，富勘先生，你在說什麼啊？

北一還在發愣，澤井少爺與富勘已走到大路上。身材高大、長相俊俏的澤井少爺，經過北一的身邊時，低頭瞄了他一眼，似乎感到有些納悶。

聽聞有事發生，我急忙趕過來。發生這樣的事，實在遺憾，有沒有我幫得上忙的地方？寒暄幾句後，北一走進祝屋。

令人驚訝的是，阿咲在屋內，面如白蠟，哭得像個淚人兒，萬太郎緊摟著她的肩膀。兩人都身穿浴衣。像祝屋這種有規模的商家，女人不可能大白天就穿著浴衣，這表示她才剛起床，還穿著睡衣。

阿咲已是萬太郎的妻子，只差沒名分。兩人還同住一個屋簷下是嗎？

「夫人……夫人她……」

阿咲抽抽噎噎，萬太郎也淚溼雙頰。萬太郎的外表比實際年輕，所以兩人怎麼看都像是一對如膠似漆（雖然教人生氣，但確實很登對）的年輕夫妻。

祝屋的店主似乎隨同遺體前往番屋。少了店主夫婦，祝屋充滿不安的竊竊私語。夥計全聚在一塊，縮著脖子，惶恐不已。理由很簡單，因爲猝死的老闆娘，額頭上有一個圓形瘀青，和奶媽阿年一模一樣。

「是御、御狩大人的懲罰！」

「御狩大人的怒氣，這次轉向老闆娘了。」

北一心想，怎麼可能有這種事？祝屋的老闆娘始終爲萬太郎著想，將阿咲當成阿菊轉世，願意接納她。與「惹怒御狩大人而遭活活打死」的阿年，立場完全相反。

然而，仔細詢問後得知，自從阿年離奇死亡，老闆娘便開始改變想法。

——阿年至今仍十分爲萬太郎著想，卻這樣責怪她，將她活活打死。御狩大人的器量未免太狹小、太冷血無情了吧。話說回來，身爲津野屋守護神的御狩大人，會站在阿咲這個津野屋親人那邊，卻不會成爲我們祝屋的守護神。

雖然老闆娘說阿咲是「津野屋的親人」，表示她還沒搞清楚狀況，但她已逐漸清醒過來。想到老闆娘過去曾疏遠阿年，趕她離開，這句「阿年至今仍十分爲萬太郎著想」，便格外有分量。

憶起自己與阿年的種種往事，對老闆娘產生正面的影響力。祝屋的店主相當開心，他們夫妻似乎準備近日要和萬太郎一起談談。

另一方面，說來諷刺，阿咲是在阿年離奇死亡後才住進祝屋。她本人提議「我想陪在老闆娘和萬太郎先生身邊，就近給予安慰」，萬太郎欣然接受。

但祝屋的店主就不用說了，連老闆娘也沒給好臉色看，所以阿咲被分到客房，當成一名暫住的客人。

——儘管如此，最後她還是和萬太郎先生打得火熱。

好不容易住進祝屋，怎麼可能不善用機會？北一向祝屋的夥計打聽消息，在屋子的裡裡外外走動，查看老闆娘的寢室。

今天早上，一名下女見老闆娘遲遲沒起床，前去一看，發現老闆娘陳屍在床上。這名下女和北一的年紀差不多，在問話的過程中，她放聲哭了起來。但她忍住淚水，告訴北一：老闆娘是躺在床上斷氣，寢室並未顯得凌亂。

「四天前，萬太郎先生的奶媽阿年死亡一事，妳知道嗎？」

「知道。據說是御狩大人的懲罰……所以老闆娘也是一樣的死法。」

「是不是一樣還不清楚，不過，阿年女士臨死前，似乎驚恐地喊著『是我不好，請您原諒』，不斷道歉。」

這名下女忿忿不平地說，祝屋的老闆娘沒那樣叫喊，絕不可能。

「如果傳出那麼詭異的對話，我一定會大聲叫喊，讓店裡的人都聽見，並把大家聚集起來，一塊去救老闆娘。」

下女緊握雙手，如此說道。北一聽得頻頻點頭。

直到昨晚就寢前，祝屋老闆娘一切安好。看不出有哪裡不舒服，或是有什麼異狀。自從阿咲聲稱是阿菊轉世，老闆娘應該沒少操心，而阿年離奇死亡後，老闆娘恐怕又加深心中的懷疑。不過，這似乎並未影響到她的身體健康。

祝屋的店主夫婦會分房睡，是因爲店主常熬夜記帳，並非最近才開始的事。雖然兩人爲此次的糾紛意見分歧，但兩人原本就是一對性情穩重的好夫妻，從來不會怒目相向，發生口角衝突。

北一一面展開行動，一面思索。如果千吉老大在世，處理這起案件時，會想先知道哪件事？老闆娘的寢室有幾個出入口？防雨門或紙門是否牢固？門窗有沒有關好？

沒發現可疑的足跡，以及隔門或家具上有任何損傷。沒有損毀物品，也沒有物品遺失（至少下女沒馬上察覺）。寢室的榻榻米上沒有汙漬，也沒令人在意的臭味。

大致檢查完畢後，北一前往番屋。現場已結束驗屍，澤井少爺早就離去，只有富勘留在原地，等待北一到來。

「你仔細查過了吧？現場不像有人強行闖入，對不對？」

富勘劈頭問道，北一頷首。

「既然說是神明的懲罰，理應不會留下任何痕跡。」

「你是認眞的嗎？這不像捕快該說的話。」

「請別再調侃我了，我只是一個賣文庫的小販。」

你來我往一陣後，兩人同時沉默。富勘豎起大拇指，比向身後的番屋。

「遺體還在裡頭。」

富勘說，祝屋的店主已準備妥當，等人前來迎接。北一又錯過了。說來窩囊，最後沒見到店主，北一鬆了口氣。因爲這實在太難受了。

「我想看看老闆娘的臉。」

北一脫下鞋子，與書記打聲招呼後，走上入門台階。祝屋老闆娘躺在又扁又硬的墊被上，臉和身體都蓋著白布。

北一合掌一拜後，掀起蓋在她臉上的白布。

額頭上有個圓形瘀青，據說是御狩大人憤怒的象徵。這部位的皮膚沒泛紅，微微凹陷。

「看她右邊的嘴角。」

富勘緩緩跟在他的身後，如此說道。

「她的唾沫像泡泡一樣，緊黏在嘴角，對吧？負責驗屍的栗山大人說，這是被迫停止呼吸而死亡的證據。」

他是在驗屍方面經驗老道的與力，絕不會看錯。

「如果是遭人勒住脖子，會留下勒痕，然而，屍體上沒有勒痕，所以栗山大人研判，也許是有誰拿某個東西緊緊抵住她的臉。」

「那麼，被悶住的一方會痛苦地掙扎吧。」

可是，寢室裡不顯一絲凌亂。

「倘若是孔武有力的男人，一個人就能下手，或許是迅速整理過現場。話雖如此，下手的人不只一個的可能性，也不能排除。」

富勘小聲說道。北一望著他突出的下巴，心中暗忖：如果千吉老大在場，接下來會怎麼詢問？

「新材木町的阿年女士是怎樣的死法？」

富勘鼻孔噴氣，哼了一聲。聽在北一的耳中，感覺像是開心時（例如抽中大獎）發出的鼻息，彷彿在說「問得好」。
「寢室一樣不顯一絲凌亂，而且沒有物品遺失或損毀。阿年女士沒有唾沫黏在嘴角，不過，她枯瘦的胸口有遭人用力擠壓的痕跡。」
阿年是遭人猛力撞擊胸口而倒地嗎？那麼，她哭泣求饒，畏怯地叫喊，又發生在哪個階段？
「她的身體遠比祝屋老闆娘衰弱，是個行將就木的老婆婆。不用多大的力氣，就能輕易取她性命。」
兩人的額頭上，都有一個圓形瘀青。
「這瘀青應該是用圓形的東西毆打造成的吧。」
「果真如此，會形成更清楚的青黑色痕跡。」
就像血泡一樣。
「只有人還活著的時候，才能形成這種瘀青嗎？還是，這是趁對方剛死，馬上留下的痕跡？」
北一詢問，富勘露出微笑。
「你提出了一個好問題。栗山大人說，屍體變冷後，不管從外部動什麼手腳，都無法形成瘀青或任何痕跡。不過，如果是剛斷氣，身體仍有餘溫，就能像活著的時候一樣，留下瘀青和痕跡。」

「唔……」北一搔抓著頭髮稀疏的腦袋。凶手殺了阿年和祝屋的老闆娘，將寢室四周布置得像什麼事都沒發生過，再用這種大小的瓶子或陶壺，用力抵住兩人的額頭，留下瘀青，最後如一陣輕煙般離去——

這是一般人就能辦到的事，根本用不著扯上神明的懲罰。

然而——

「祝屋的夥計們你一言、我一語，直說又是御狩大人的懲罰。」

富勘再度哼了一聲。這次明顯是感到不悅。

「連店主這位最重要的人物都意志消沉。剛才他在這裡，看著官差驗屍說……」

——要是一開始我就接受阿吠，是不是就不會發生這種事？

「他被騙了。」

「對，沒錯。就像被狐狸耍了一樣。」

不過，狐狸或狸貓不會取人性命。只有我們人類才會殺人，而且背後一定有目的。

冬木町的夫人氣得咬牙切齒。

「該怎麼收拾這個惡徒才好……」

得好好保護相關人士才行，不能再讓任何人遇害。絕對要將裝神弄鬼、設下這場大騙局的傢伙繩之以法，不能讓他們開溜。

在冬木町的租屋處裡，夫人、富勘、北一和女侍阿光聚在一起。先前儘管夫人不斷仔細說明，阿光似乎還是相信有「轉世投胎」、「御狩大人的懲罰」這種事，但現在目睹夫人橫眉豎目的模樣，她已不敢再隨口胡言。

不過，她仍看不出這場「大騙局」的輪廓。

「如果方便，請爲我解開這個謎，讓我也明白是怎麼回事。」

解開這個奸計引發的謎團。

「其實沒什麼，不是多難懂的問題。」富勘摩挲著長長的下巴，「簡單來說，阿咲自稱是已故的阿菊夫人轉世，根本就是胡扯。」

阿咲和她的父母，開飯館的又吉和阿勝，這一家三口聯合起來扯謊，目的是要讓阿咲嫁入祝屋，當萬太郎的媳婦。

「對他們那家窮飯館來說，祝屋的財產是個誘人的大獵物，值得去獵取。」

「意思是，他們想將女兒嫁給萬太郎先生，日後侵占祝屋嗎？」

「因爲相比之下，阿咲他們一家人年輕多了。」

夫人如此說道，嘴角微微垂落。

「比起阿咲和萬太郎先生，阿勝和萬太郎先生的年紀還比較接近。就算是迎娶繼室，眾人也不樂見這樁婚姻。」

話說回來，祝屋與又吉夫婦開的飯館，稱不上門當戶對。以商家的標準來看，彼此的層級相差太多。

「要翻轉這種不可能的局面，只有製造出萬太郎先生非阿咲不娶的情況。」

阿光聽得直眨眼，「這樣的話，阿咲用一般的方式，色誘萬太郎先生不就行了嗎？萬太郎先生現在不也被迷得神魂顛倒？」

夫人光滑的眼皮顫動，富勘則是搔抓著下巴苦笑。

「因爲採取一般的方式進行色誘有困難，才需要特別設局。中規中矩的萬太郎先生會被治得服服貼貼，不光是阿咲年輕貌美，而是她自稱阿菊夫人轉世，一副煞有其事的模樣。」

是嗎……阿光低語。她當自己是喃喃自語，但夫人接著說：

「這就是人之常情。雖然不希望妳今後的人生中，會遭遇心愛的男人喪命這種悲傷的情況，不過，一旦眞的遇上，妳就會切身體悟。」

聽到這段話猛然驚覺的人，不只有阿光，富勘和北一也都心中一震。

無法忘懷亡妻阿菊的萬太郎，那一直封閉的寂寞心靈，想必與失去千吉老大的夫人有著相似的內心狀態吧。

「萬一有個自稱是千吉老大轉世的男人出現，不管我再怎麼測試，他都能準確回答，並像老大一樣用心待我，或許我也會相信他。」

人就是這麼脆弱——夫人說。

「我很清楚，老大自己也不相信轉世投胎之類騙人的鬼話。不過，要是真的上當，恐怕一下子就會被對方攻陷。」

因爲要是能再見面，是多麼開心的事啊。

「千吉老大不會當眞嗎？」

聽到北一的詢問，夫人頷首。

「其實這不是什麼罕見的手法。」

想和已故之人重逢，是無從改變的人性。

「爲這種事來找老大商量的案子，就有三件之多。分別是夫妻、親子、訂有婚約的男女，這三種不同的組合。」

老大對堅稱自己是「轉世投胎」的人展開徹底的身家調查，戳破謊言。跟這次一樣，那三件案子都鬧出人命，引發不祥的風波。

「不過，只有第三件案子不是爲了錢，而是太愛慕對方，才設下騙局。」

最後，老大向對方曉以大義，沒扭送衙門。

「幸好全部圓滿解決，但老大事後說……」

——被騙的一方，內心仍感到惋惜。

「老大也說，在調查的過程中，有時會覺得，如果眞有轉世投胎的事就好了。這樣的話，人們就能和死別的對象重逢，再次獲得幸福。」

遺憾的是，他從未遇過眞正的轉世投胎，也沒聽過這樣的例子。

「只有死亡是無法改變的事實，也無法加以補償。」

——所以才會有地獄或西方極樂世界。爲了明確區隔陽間的人們，與逝去的死者。這是讓陽世之人徹底放棄妄念的智慧。

「原本以爲老大說的事我也懂，萬萬沒想到會這麼早就失去他，切身體會到那種感受。我還以爲自己會比他早走。」

夫人嘴角掛著淺笑，語氣平靜。那緊閉的眼皮微泛潮紅，可能是北一想多了吧。

此時，傳來像是溼答答的東西漏水的聲音，滴答滴答。是阿光。她突然大哭起來，臉上涕淚縱橫。

「夫、夫人，對不起，我想得太膚淺了。」

富勘朝嗚咽不止的阿光遞出懷紙。喏，拿去擤鼻涕吧。

「阿咲那自信滿滿、不慌不忙的模樣，打一開始我就看不順眼。」

當初富勘就斷定是詐騙。

「說什麼自己是某人轉世，對當事人，或是當事人的父母來說，都不全然是值得慶幸的情況，應該也會感到惶恐、陰森才對。然而，阿咲和飯館的那對夫婦，卻不顯一絲陰鬱，看不出曾努力克服煩惱。」

所以才教人起疑，無法相信——富勘說。

北一試著回想，當時靠在山谷堀的柵欄上，獨自佇立的阿咲。的確，她只有那個時候略顯不安。自從她開口說「我是阿菊」後，感覺就像一路進攻，毫不客氣，沒半點顧慮。

「不過，如果只有飯館那一家三口，要完成這項計畫，人手還不夠。」

還需要搭檔——夫人接著道。

「從目前的腳本來推測，只可能是阿年的兒子常吉。」

就是他們四人想出奸計。

「接下來，純粹是我個人的猜測，姑且說給你們聽吧。」

在北一、富勘，和哭得眼皮浮腫的阿光面前，夫人的長臉轉爲嚴肅。

「身爲萬太郎奶媽的阿年，應該常向與萬太郎情同手足的常吉聊起往事。這根本不足爲奇。」

以阿年與常吉的立場來看，那些不是什麼非保密不可的往事，自然也會跟周遭的人們說。例如，「佐賀町的祝屋對我們有恩。」「哦，原來開建具店的常吉先生有個一同奶大的兄弟啊？」

「飯館那對夫婦就看準這一點。」

他們認爲，替阿咲打造身分，說她是阿菊轉世時，可以拿阿年與常吉的那些往事來當材料。

「可是，又吉夫婦如何與常吉產生關聯？難道常吉是飯館的常客？」

面對北一的詢問，夫人馬上回應。

「有很多種可能，不過，常吉不是建具工匠嗎？或許五、六年前，又吉和阿勝開設飯館時，常吉接過他們店裡的工程。」

富勘雙手一拍，出聲插話：

「那對夫婦以前曾在四谷鹽町的料理店『山之井』工作。如果是料理店，包廂裡的隔門常會更換。小北，你去調查一下。」

北一的體內湧起一股豪情，感覺眞像捕快。

「這個計謀確實惡毒，但他們似乎不是那麼執著。一開始他們只是想出這個主意，如果祝屋的人當眞，就太走運了——可能僅僅抱持這樣的念頭吧。」

因爲這個計畫未免太隨便了。

「如果要將阿咲塑造成是阿菊轉世，早在幾年前就必須裝得煞有其事，慢慢靠近祝屋的人。花時間博取祝屋方面的信任，轉世投胎的事始終只能作爲一種契機。這麼一來，或許就能安穩地談成這門婚事，讓阿咲當萬太郎的繼室。」

他們沒這麼做，而是擅闖萬太郎與阿夏的婚宴，行徑野蠻，想必是顧不了那麼多，急著執行計畫吧。

阿光吸著鼻涕，開口問：「該不會是還在擬定計畫時，萬太郎先生和阿夏小姐的婚事突然談妥，他們感到焦急吧？」

極有可能。
「阿咲頗有姿色，是男人喜歡的類型，所以他們認爲就算來硬的也有機會成功。」
「事實上，萬太郎先生也被她迷得神魂顛倒。」
雖然北一沒有責備的意思，但富勘還是出面替萬太郎講話。
「那是十九年前他與阿菊夫人死別後，一直不沾女色的緣故。」
大鬧會場、做出驚世駭俗之舉，華麗登場的阿咲，將萬太郎的心徹底融化，老闆娘看在眼裡，於是選擇站在兒子這邊。但祝屋店主仍抱持懷疑，成了難以克服的難關。要將阿咲送進祝屋，一定得想辦法攻克這道難關才行。
「更麻煩的是……」夫人壓低聲音，「阿年知道這件事情後，非常憤怒。」
常吉母親的反應，完全在他們的意料之外。她的身子孱弱，年邁昏聵。得知祝屋與阿咲的事後，她怒不可遏，甚至說要親自去會會阿咲，揭穿她的謊言——那夥人萬萬沒想到她還能有這麼清醒的舉動。
可能是一時太過驚慌吧。就算不是，倉促之下做出的壞事，往往很容易變成暴力。
「所以，他們摀住阿年女士的嘴嗎？」
阿光瞪大眼睛，問道。
「這麼傷天害理的事……如果是出自常吉先生之手，不就是殺害親娘嗎？」
現場的氣氛頓時降至冰點，夫人緩緩搖了搖頭。「我也希望常吉下不了手。不過，說什麼阿年在寢室裡向御狩大人道歉，還大喊『請您原諒』，應該是常吉編造的謊言吧。」

是我不好——聽到阿年說這句話的人，只有常吉。就只是常吉這樣說罷了。

「由於阻礙阿咲與萬太郎的好事，阿年惹怒御狩大人，受到處罰，這樣的情節未免太湊巧了。」

富勘雙手揣進懷中，眉頭緊蹙。

「爲祝屋的老闆娘驗屍時，澤井少爺提過……」

——我爹腳掌乾裂，塗抹的藥膏就是裝在這種大小的瓶子裡。

意思應該是，這種方便好用的瓶子，隨手可得。

聽到「驗屍」二字，北一馬上想起一件事。

「阿年女士的寢室，以及祝屋老闆娘的寢室，都沒被弄亂，也沒遭人破門而入的跡象。看來都是家中有人讓凶手入內，才會進行得這麼順利吧。」

以阿年的情況來說，此人是兒子常吉，以祝屋老闆娘的情況來說，則是阿咲。阿咲拿四天前阿年的離奇死亡當藉口，住進祝屋。對照之下，如此吻合一點都不奇怪。

「而且，那天我在祝屋看到阿咲時，她哭得很不尋常。雖然萬太郎先生在一旁柔聲安慰，但她的臉上血色盡失。」

或許是阿咲這個小姑娘參與殺人的行動，心生害怕（儘管她是執行奸計的一員）。不同於新材木町的阿年遇害的情況，祝屋老闆娘遭殺害，就是在阿咲的近旁（搞不好阿咲還親眼目睹）慘遭殺害。

「阿咲是這種人嗎？」

阿光這句話十分毒辣。北一雖然無意站在阿咲這邊，但想到她哭得梨花帶雨的模樣，也只能這麼想。

夫人蹙起眉，額頭上浮現皺紋。

「依照他們的計謀，第二個遭御狩大人懲罰的人，應該是祝屋的店主。」

乘著除去阿年的這股氣勢，標榜「御狩大人發怒了」，一併收拾祝屋的店主，就再也沒有礙事的人。萬太郎是獨生子，所以老闆娘一定會接納阿咲。

動作得快。殺一個人和殺兩個人，已沒多大差別。

「爲了引凶手入內，阿咲住進祝屋。但說來諷刺，自從阿年淒慘地喪命後，老闆娘開始改變心意。」

所以，第二個受罰的對象，改爲老闆娘。

「站在祝屋店主的立場來看，原本站在兒子那邊的老闆娘，好不容易肯聆聽他的想法，卻馬上惹怒御狩大人，他不禁感到心灰意冷。難怪他會這麼想，不，爲了讓他這麼想，非得取老闆娘的性命不可。」

我的雙手好冰冷——北一摩擦手掌，接著發現身體同樣冰冷。明明今天一樣是陽光普照的日子啊。

祝屋的財產？確實是一大筆財產。只靠烹煮定食和配菜來賺錢，經營飯館的夫婦想必十分羨慕。當初常吉被委婉地趕出祝屋，侵占祝屋的財產想必是最痛快的報復吧。

然而，常吉辛辛苦苦地當學徒，終於成爲獨當一面的建具工匠，成家立業，甚至有自己的學徒，還有什麼好不滿的？他母親阿年感念祝屋的恩情，常吉的心裡卻只有怨恨嗎？母親明明是個好奶媽，他和萬太郎明明是一同奶大的兄弟，最後竟被趕出祝屋，棄之不顧，甚至遭到遺忘。

於是，構成殺人的理由嗎？

北一腦中浮現千吉老大的臉。老大會怎麼想？如果老大在世，會怎麼對付他們？光想到這些人的所作所爲，全身的熱血都涼了，渾身發冷。

接著，他突然發現一件事。

——每次遇到糾紛或是案件，老大都會覺得獨自承受，心情太過沉重，於是和夫人一起討論。

那幕情景逐漸浮現在北一的眼前。隔著長火盆，迎面而坐的老大和夫人。替夫人的菸管前端點火的老大。老大說完話，夫人會點頭，顫動眼皮，或是搖著頭回一句「不對」，兩人一起談笑。

正因如此，夫人才會對文庫屋千吉老大的犯科帳（註）知之甚詳。

「阿咲是眞的愛上萬太郎先生嗎？」

聽到阿光尖銳的話聲，北一回過神。

「如果是在演戲，順利侵占祝屋後，他們也會殺了萬太郎先生吧？」

富勘沒答話，北一也不知道該怎麼回答。

「這倒是不用擔心，他們的計謀到此爲止。」

夫人嚴厲地說道。她的眼皮緊繃，底下的雙眼圓睜，猶如大力金剛神。

「我想讓他們心慌意亂，啞口無言，並且丟盡臉面，在世人眼前招認一切，再繩之以法。」

若不這麼做，那些還困在騙局裡的人是不會清醒的。

「老闆娘遭到殺害後，祝屋的店主以及周遭熟識的人都心驚膽顫。沒人敢質疑御狩大人的神力，那些壞蛋想必正暗自叫好。」

不過話說回來，眞的辦得到嗎？

「深川有我在。」

文庫屋千吉老大的遺孀，一個名叫松葉的女人。

「接下來，我要大喊，不光是深川的居民聽得到，要讓江戶市內的每個角落都聽得清清楚楚。阿咲根本不是已故的阿菊夫人轉世，這全是一場騙局，說什麼御狩大人發怒，簡直是用謊言的牛皮製成的大鼓。」

一個發出響亮聲響的謊言大鼓，咚咚卡咚。

「祝屋的萬太郎絕不能迎娶阿咲當繼室，老天爺不會允許這種事。」

就算老天爺想允許，曾經掌管深川的千吉老大的亡魂也不會允許。

「我要賭上老大的名聲，昭告世人，我不會允許這種事發生。我會每天到祝屋去，不厭其煩地大聲嚷嚷。」

什麼？這麼一來，松葉夫人，這次會換您惹怒御狩大人。我求之不得，儘管放馬過來吧。

「我就在這個家等著。如果會遭到天罰，儘管衝著我來吧。」

富勘毫無老練的長屋管理人該有的風範，爲夫人的語氣震懾。

「換句話說……夫人，您想親自當誘餌，引凶手出來嗎？」

她應該就是在打這個主意。

「這麼一來，不就能制伏那些沒人性的凶手嗎？」

「不行！」阿光喊道。「這樣太危險了。」

「哎呀，這是怎麼了？我們有小北在，而且『福富屋』會派男丁來幫我們。更何況，好歹我也會保護自己。」

不行，這怎麼可以？北一和阿光的想法一致，不能讓夫人以身犯險。

註：江户時代的犯罪判決紀錄。

對方不見得會像我們設想的一樣對夫人下手，也猜不出他們什麼時候會下手。

有沒有其他辦法？

得好好安排，讓對方驚慌失措，啞口無言，然後哭著說「對不起」，坦白供出一切。

御狩大人的憤怒。御狩大人的懲罰。

以懲罰來回敬懲罰。

對啊，只要以其人之道，還治其人之身就行了。

北一腦中浮現那名骯髒的鍋爐工身影，同時彷彿傳來他的聲音。

——儘管跟我說一聲，什麼時候都行。我一定會幫忙，就當是報恩。

「夫人……」

北一心底一陣欣喜，忍不住嘴角輕揚。

「我有個好主意，這件事可以交給我來辦嗎？」

七

翌晨。

在佐賀町的祝屋賴著不走的阿咲，早上剛起床，前來幫忙更衣的女侍一見到她，發出一聲驚呼，轉頭就跑。

「眞是的，她是怎麼啦？」

因爲阿咲的額頭上出現一個圓形瘀青，跟阿年和祝屋老闆娘遺體額頭上的瘀青一模一樣。

不光是阿咲，在駒形町的飯館，才剛起床，還睡眼惺忪的又吉和阿勝，一看到彼此額頭上的瘀青，不約而同發出尖叫。

至於常吉，則在新材木町的住家。由於他最近都在睡前喝酒，渾身酒臭，養成早上賴床的惡習。妻子正要搖醒他時，發現他的額頭上有圓形瘀青，大叫起來。

那是御狩大人發怒的象徵，爲什麼會出現在他們四人的額頭上？

消息馬上傳遍街坊。如果這個傳聞能帶來風，今天酷熱難當的深川一帶，應該會變得涼爽許多吧。

御狩大人生氣了。

這消息傳遍整個深川，連爲數眾多的運河，也都被傳聞塡滿。一夜過去，輪到冬木町的夫人登場了。

北一第一次看見夫人穿上華麗的服裝。墨色的羅織和服，下襬是鬼燈（註一）圖案。葉和莖是手繪而成，紅色果實以講究的刺繡呈現。貼身的襯衣外，穿著暗紅色的鮫小紋（註二）內

註一：一種植物，又名「掛金燈」。

註二：細小的點重複排列成圓弧狀圖案，看起來像鯊魚皮，因此取名爲「鮫小紋」。

搭服，黑綢緞衣領格外搶眼。她平時只微微盤起頭髮，今天梳成燈籠鬢（註），據說髮梳和髮簪，都是千吉老大花了好多年一一買齊，全是上等的玳瑁製成。被喚至冬木町住處幫忙的梳頭師傅感嘆，這種上等好貨，十年難得一見。

然而，這身打扮的「最大亮點」，仍是插在印花布腰帶內，那把千吉老大的十手。澤井老太爺特別賜贈的紅纓，完好地繫在十手上。從富勘那裡聽聞此次的安排後，老太爺特地取出夫人一度交還的朱纓十手，借給她使用。

由富勘牽著手，北一跟在身後，夫人以這身凜然之姿造訪祝屋。

「店主和萬太郎先生在嗎？」

這天誰會來到祝屋，北一他們無從判斷。只有阿咲在嗎？還是，阿咲已逃回駒形町？或者，飯館的那對夫婦會出現在祝屋？要是常吉找藉口自己也跑來，可就有趣了。為了因應四名重要角色全部在場的情況，富勘請澤井少爺幫忙（小北，這就叫「事先運作」），向「福富屋」借來幾名男丁。一切安排妥當，若有狀況發生，眾人會一擁而入。

然而，來到屋內一看，只有阿咲一人。她可能很不想離開萬太郎吧。她額頭上的圓形瘀青，下半部脫皮滲血，傷得不輕。想必是她一味用手指摩擦，又用指甲搔抓所致。

這樣的傷勢透露出阿咲的懦弱。北一頓時感到生氣，又不禁心生憐憫，更加確信這個計畫行得通。

盛裝打扮的夫人，在祝屋父子以及阿咲面前，搭著朱纓十手，慢慢解開謎底。她提到在冬木町家中討論過的作案計畫，又吉、阿勝、阿咲這一家三口，與常吉的緊密關係，有惡毒的企圖，並且進行殘忍的謀殺。先前夫人說這只是「我自己的猜測」，現在則是公然陳述她的推論。

事後，富勘對北一說：

「像這種有趣的表演，可說是絕無僅有。不過，希望以後別再看到這種表演。」

聽到夫人這番話，阿咲大受震撼，一會像鬼怪般滿臉通紅，一會像幽魂般臉色發青，時而假裝成無辜好人，彷彿被栽贓莫需有的罪名，講一大堆理由，時而吐出前後矛盾的言論，沒頭沒尾。最後，她放聲尖叫「別再說了、別再說了」，摀起耳朵，模樣狼狽。

祝屋的店主和萬太郎，起初血色盡失，宛如死人，隨著夫人逐漸解開眞相，一點一滴地找回氣力。待夫人說完來龍去脈，他們才恢復正常的氣色。

「不對，妳是存心找碴。不是這樣的。」

面對像木偶般頻頻上下擺頭，只會重複相同話語的阿咲，萬太郎連碰都不想碰她。

這時，夫人從腰帶裡抽出朱纓十手。隱隱散發銀光的十手前端，準確指向阿咲的額頭。

「眞相已浮現在那裡。」

註：江户時代的髮型，兩側向外挺出，狀似石燈籠。

御狩大人非常憤怒！

視力正常的人做出這樣的舉動，應該也會顯得氣勢十足吧。更何況，夫人閉著眼睛，十手卻不偏不倚地對準阿咲。

這是戲法，還是夫人有天眼？其實都不是，夫人只是耳力和直覺特別敏銳罷了。然而明知如此，北一仍感到背後雞皮疙瘩直冒。

年輕的阿咲儘管表現得相當頑強，但在執行奸計的黨羽所形成的鎖鏈中，她是最脆弱的環結。要拆穿這場大戲，從阿咲下手最能見效。這是北一的判斷。之前北一目睹她哭得臉色發白，要是當面說一句「妳是殺人凶手，妳不是人」，阿咲肯定承受不了。

果不其然，面對指著自己的十手，阿咲全身癱軟，簌簌發抖。她用指甲摳著額頭的瘀青，供出一切。

「對不起、對不起，我沒想到會殺人！我只是照爹娘的吩咐去做而已。」

代替已故的千吉老大出面的遺孀松葉，高舉老大的十手，問出他們犯案的始末。

富勘馬上通報番屋，澤井少爺也採取行動，分別在又吉、阿勝、常吉的住處將他們逮捕。當時，他們的額頭上仍殘留圓形的瘀青。

被扭送官府後，常吉乾脆地招認。在審問的過程中得知，北一他們的猜想，以及夫人的推論中，只有一項與事實有出入，就是那對飯館夫婦與常吉搭上線的契機。結果出人意表，著實沒勁。

又吉與常吉是賭友，從十年前開始，他們不時會在各處的中間部屋或澡堂二樓碰面，偶爾會一起小酌，就是這樣的關係。不過，在駒形町開飯館時，由於互相認識，又吉委託常吉來施工。因爲砍了不少價，常吉很不情願，於是又吉說道：

——爲了這點小錢爭執的日子，我實在受夠了。難道沒有一攫千金的機會嗎？

常吉供稱，當時又吉說的這句話，或許就是這個陰謀的起源。

堵住阿年的嘴、將她殺害的是又吉，而拿溼手巾摀住祝屋老闆娘口鼻加以殺害的人，則是常吉。說阿年向御狩大人道歉，編出一段煞有其事的對話，則出自愛看通俗讀本和黃表紙的阿勝之手，是她教常吉這麼說。

至於扮演轉世之人的阿咲，究竟是怎麼看待萬太郎，目前還無從得知。因爲在審問殺人案或詐欺案的犯人時，這種事無關緊要，官差多半不會花時間追究。

木野屋的阿夏雖然擔心萬太郎，仍託人正式提出解除婚約的要求。

「我認爲該做個了結，畢竟我們實在無緣。」

祝屋這邊也沒抱怨，乾脆地接受對方的要求。萬太郎似乎變成一具失了魂的空殼。

北一爲他們兩家製作的文庫，只能束之高閣。雖然早就知道會是這種結果，還是不免一陣沮喪。

不過，在這場風波中，最倒楣的要屬四谷鹽町的「山之井」，遠非北一的沮喪所能比擬。由於曾僱用又吉和阿勝，人們向這家老料理店算起舊帳，紛紛指責「眞噁心」、「實在觸楣頭」，他們只能一肩扛下這些批評。當時很照顧這對夫婦，有段時間還將阿咲留在身邊照料的退休老闆早已過世，算是不幸中的大幸。

常吉負責施工的店面或住家都覺得不吉利，但件數太多，無法一一處理，最後不了了之。或許該慶幸，建具和食物不同，不會吃進肚子裡。

所謂的案件，就算已破案，依然會在人們的心裡留下一些疙瘩。

千吉老大生前就不用說了，在老大死後仍低調地在冬木町離群索居的夫人，由於這次盛大的演出，頓時成爲眾人的焦點。事實上，在深川一帶，許多人雖然受過千吉老大的關照，長期與老大往來，卻不知道老大有位眼盲的夫人，更從未見過夫人。「松葉」這少有的名字，也有許多人從未聽過。

「老大和我都認爲這樣比較好。」

一時的矚目，只要低著頭，泰然處之，一切都會過去。儘管夫人這麼說，北一卻有不同的解讀。夫人展露出如此犀利的口才，會受眾人愛戴，也是理所當然。

另外，自從夫人演出這麼精采的一齣戲後，有件罕見的事發生在北一身上。

那是夫人勇闖祝屋、擺平陰謀的三天後，一早北一到萬作的店裡批貨時，只見阿玉早已橫眉豎目地等著他到來。

「你到底是什麼意思？」

阿玉的態度，與其說可怕，不如說令人意外。

「妳是指哪件事？」

「少裝蒜。你整天往夫人家跑，那件事你也湊了一腳吧？」

「那件事？」

阿玉呲牙裂嘴，口沫橫飛。

「我指的是，夫人在佐賀町向眾人炫耀老大那把朱纓十手的事。聽說當時你也在場，爲什麼你沒通知我們一聲？」

咦，現在才追究這件事，未免太晚了吧。

「不管夫人想做什麼，都和阿玉嫂沒關……」

北一話還沒說完，便挨了一巴掌，只好沉默。阿玉非但沒收手，甚至一把揪住他的衣襟。

「千吉老大的接班人，是我家那口子！像你這種不成材的傢伙，憑什麼把他晾在一旁，跑去蹭夫人，擺出一副很行的姿態？」

文庫屋的夥計們全站得遠遠的，望向扯開嗓門嘶喊的阿玉，以及怯縮的北一。

咦，萬作不就在木板地房間的走廊上嗎？原本北一期待他能出面幫忙解危，沒想到他竟然偷偷溜走。

「喂，你幹麼嬉皮笑臉的？」

北一沒嬉皮笑臉，但阿玉的潑辣勁一發不可收拾。

「我家那口子就像被排除在外，臉面都丟光了。之後不管去哪裡，都會淪爲眾人的笑柄。你要怎麼賠償我們，說啊！」

這根本就是存心找碴，才沒人會嘲笑萬作。如果模仿阿光的口吻，她一定會說「我早就知道，萬作不是那塊料」。市街裡的人們笑容滿面談論的話題，全是夫人有多厲害。

還是，隔了這麼久，妳見老大的十手再度神氣地重出江湖，很不是滋味？

「你倒是說句話啊，這個性彆扭的小鬼！」

阿玉邊叫邊搖晃北一，接著吐出一句話，讓人無法聽過就算了。

「是我們賺錢供夫人吃穿。明明是我們沉重的負擔，她卻一點都不懂得感恩。」

北一感覺胸口有個沉重的東西，發出「咚」一聲悶響。

北一反握阿玉揪住衣襟的手，一把將她推開。接著他理了理衣襟，挺胸站好。

阿玉脹紅了臉。她眼角抽動，嘴角蓄滿唾沫。

「這是妳的眞心話嗎？」

北一故意說得很慢。要是太性急，吼到破音就難看了。雖然他的心臟噗通噗通直跳，實在焦急，但這種時候非得保持冷靜不可。

「既然妳瞧不起夫人，就是我的敵人。趁今天這個機會，我們劃清界線。」

阿玉雖然有點畏怯，還是揚起嘴角，哈哈大笑。

「劃清界線？我求之不得，你儘管試試啊。像你這種小鬼，如果不向我們批文庫去賣，很快就沒辦法餬口。說起來，你和乞丐差不了多少，居然敢說這種大話。」

嘴巴眞臭，阿玉是這樣的女人嗎？她應該也有優點和善良之處吧。

「我才不會爲進貨的事發愁。我自有辦法。」

北一拍拍衣服，拂去看不見的灰塵。

「剛才妳說的那句話，我死都不會原諒妳。不過，之前確實多虧有你們的文庫，我才得以溫飽。這段時日受你們關照了。」

像先前開川儀式的那天傍晚，在山谷堀的「銀柳」前恭迎祝屋一行人時一樣，北一低頭行了一禮。

「從今天起，我們就是生意上的敵人。」

「嗯，淨說夢話。」

阿玉仍繼續嘲笑。

「這家店和我，究竟誰才適合『朱纓文庫』這個名號，留待世人去決定吧。話說在前頭，我不會手下留情。」

北一瞪視著阿玉，阿玉收起臉上的笑。「你說什麼？有種再說一遍，你這個瘟神！」

北一留阿玉在原地，轉身離去。夏天耀眼的晨光映入眼中。

其實，他原本打算等過了這個夏天，再正式和他們斷絕關係，並找富勘見證。雖然一時衝動，演變成這個局面，但也無所謂啦。

北一要製作自己的文庫販售。多虧有櫸宅邸的青海新兵衛和末三老爺子幫忙，一切已準備妥當。不過，販售的商品得再增加一些才行。

終於下定決心了。北一心想，這樣也好。

這是位於深川東邊的一家破舊澡堂「長命湯」。堆放在鍋爐口的，是焚燒用的柴薪、碎木板，以及垃圾，臭氣熏天。不管北一來再多次，還是很難習慣。

北一來的時候，喜多次正好拉著空拖車走出。他準備前往猿江御材木藏一帶。「喜多洗多多，喜多愛洗頭」，北一腦中浮現這句無聊的順口溜。

「怎麼了？」喜多次問。「你和人打架嗎？」

咦！

「你怎麼知道？」

「你那張臉，一看就知道被人呼過巴掌。」

北一摸向被阿玉掌摑的臉頰。

「沒事，我只是順道過來。」

這是騙人的。由於和阿玉起了爭執，北一相當鬱悶，不知不覺便朝扇橋走來。見到喜多次之後，感覺心情頓時變得不一樣。

「上次謝謝你的幫忙。」

「小事一樁，用不著一再向我道謝。」

對喜多次來說，或許眞的是這樣。

睡在祝屋客房裡的阿咲、睡在駒形町飯館內屋的又吉夫婦，以及在新材木町的租屋處，睡前喝得爛醉、鼾聲如雷的常吉。喜多次趁著暗夜，悄悄來到四人的枕邊，爲了防止他們大呼小叫，讓他們暫時昏厥，在額頭留下圓形瘀青後，又像鬼魅般悄然無聲地離去。

對他來說，此事易如反掌。

先前救出富勘時，北一見識過喜多次的本領。他擁有過人的身手，卻不是空有一身蠻力的男人，顯然不是普通人物。

所以，北一才能仰仗他。

「那個小瓶子，你幫我還回去了嗎？」

這家澡堂的老女侍，有個裝著艾草、附木蓋的瓶子，大小正好適合用來在額頭留下瘀青，所以他們借用了一下。

「還了。」

「我下次帶艾草來當伴手禮。今天什麼也沒帶，眞不好意思。」

喜多次在那宛如竹簾般的劉海底下，瞇起了眼睛。這小子要是把臉和身體洗乾淨，再好好梳理那綁成一束的亂髮，應該會是個像舞台演員般俊俏的小生。

「那件事搞定了吧？」

「嗯。」

這也是要剖開來當柴燒，對吧？地上倒放著一個小小的舊木桶，北一扶起並擺好，坐在上頭。

喜多次靠著拖車的拉桿。

「那麼，你是因爲別的事挨打嘍？」

憑阿玉的力氣，其實也沒多痛，但不知爲何，北一伸手一摸就有種火辣辣的感覺。

「有個女人，我怎麼也想不出她的優點。明明應該有才對啊。」

「是你的女人嗎？」

「怎麼可能！」

「那就別管她。」

從浴池的方向傳來說話聲，應該是澡堂的老爺爺和老奶奶在合力打掃吧。

「對方罵我是不成材的傢伙，是瘟神。」

「嗯。」

「很過分，對吧？」

喜多次聳了聳瘦削的肩膀，「你是不是不成材的傢伙、是不是瘟神，我不知道。」

「咦……」

「我只知道，你是撿拾我爹遺骨的恩人。」

所以，他才會接受北一的委託，爲他工作。

「雖然是奇怪的委託，但這樣才能將殺人凶手繩之以法。」

謝謝你──北一說。

「我要自立門戶，開一家文庫屋。」

「哦？」喜多次聽得直眨眼。

「我只能模仿捕快辦案，不過，我家夫人是厲害的智者，所以要是幫得上忙，我什麼都願意做。」

「嗯。」

「日後還是可以請你幫忙嗎？」

「我不是說過了嗎？你對我有恩。」

「應該說，你對我也一樣……」

難道我們就不能更直率地交談嗎？北一心裡焦急，望向地面。

喜多次的事，還沒坦白告訴夫人他們。在阿咲等人的額頭留下瘀青的工作，我有一名幫手可以處理，所以請交給我來辦──當時北一只說了這麼一句。

夫人似乎以爲北一的「幫手」是青海新兵衛，而北一似乎也採用會讓夫人產生誤會的口吻——說「似乎」未免太卑劣，沒錯，他確實是用這種含混的口吻。

夫人一口答應，於是北一立刻奔向扇橋町的「長命湯」，向喜多次說明原委，請他幫忙。當晚，喜多次便俐落辦妥此事，促成隔天上演的那場大戲。

北一望著地面，思索著該怎麼表達才好。我想和你一起模仿捕快辦案，學習當一名捕快……

如果直接告訴喜多次，或許他會說「才不要」，當面回絕，並補上一句「報恩歸報恩，這是兩碼子事」。

「分辨出誰是壞蛋，並繩之以法，遠比想像中痛快。」

北一說著抬起臉，才發現喜多次竟倚著拖車的拉桿，閉目養神。

「睡什麼覺啊！」

我很認眞在思考這件事耶。

「喜多次……」

沒回答，他眞的睡著了嗎？

「之前不知道問你這件事恰不恰當，所以我一直沒問。」

你和你化爲白骨的父親，分別待在深川郊外的猿江和扇橋，兩地之間根本只需走幾步路，這純屬巧合嗎？

「這裡的老爺爺和老奶奶收留你，救了你一命，對吧？之前你是從哪裡逃來這裡的呢？」

喜多次一動也不動。

「令尊會死在地主家的別房地板下，是因爲四處找尋逃亡的你，最後才會倒在那裡，就此喪命吧？」

你和你父親，都擁有烏天狗一族的印記。你們是武士吧？是因故遭到追緝嗎？你父親其實身分特殊，不該死在那種地方吧？

可能是已清掃完浴池，沒再聽到老爺爺和老奶奶的話聲。蟬聲從四面八方灑落。這裡雖臭，但遮蔭處多，格外涼爽。

「才不是湊巧。」

喜多次突然出聲，像死人復活一樣，挺起身子。

「整個江戶市裡，我爹對深川特別熟悉……不，其實不到熟悉的地步。」

躊躇片刻，他改口說「是有一分親近感」。

「所以，他在找落腳處時，不經意流浪到這裡。因爲他是個糊塗蛋，才會死在那種地方。」

「不可以說自己的父親是糊塗蛋！」

「不然，說他沒出息吧。」

這句話眞苛薄。聽在北一耳中，感覺是刻意要撇清關係。

「由於許多原因，我們不知道彼此的所在之處，反倒變成是我四處找尋我爹，所以才會一路來到他熟悉的這塊土地。」

「令尊在這裡有熟人嗎？」

喜多次搖頭。「沒有。我爺爺有個哥哥，就住在深川，不過，那是很久以前的事。」

那只是人生中的某段日子，聽說時間並不長。

「只知道是名列家譜中的一位祖先。」

「既然是你爺爺的哥哥，應該也是烏天狗一族的武士，會不會在這裡有宅邸？」

「他不是武士。當時他已捨棄武士的身分。」

主動捨棄身分，可見身分特殊。光是這一點就和北一大不相同。

「後來，他經營小吃攤。」喜多次接著說。

「咦？」

北一差點跌了一跤，實在太令人意外。

「你不知道嗎？外地人想在江戶討生活，開小吃攤是最快的方法。不過，沒有什麼氣派的店面，只是在深川某條運河的橋邊擺個小攤位，做點小生意。」

小吃攤是嗎？蕎麥麵、壽司、炸天婦羅，眞好。如果是小吃攤，北一也能幫忙想辦法找尋，而且富勘請他吃過。

「聽說，他原本就喜歡下廚。」

喜多次的父親說，他吃過那個人（算是他的伯父）親手做的料理。

「像他這樣，應該稱得上是風雅之人吧。」

「唔，有沒有這麼了不起，我不清楚。不是說了嗎？我也沒見過他。」

喜多次露出凝望遠方的眼神。

「我爹說過，伯父做的豆皮壽司很可口，以前是我們藩國的名產。」

他剛才提到伯父，不過這話是騙人的，北一嘟起了嘴。

「豆皮壽司哪算什麼名產啊。那是江戶的尋常美食，甚至應該說，是祭拜狐仙用的供品。」

令人驚訝的是，喜多次竟然笑了。「你沒離開過江戶，還好意思說呢。只是你不知道而已。」

是嗎？原來是這樣啊。喜多次和烏天狗一族，眞是謎團重重。礙於許多原因，不知道親人的所在之處。嗯，這也是個謎。

「你剛才說，以前是名產，表示你的藩國不在了嗎？那你家後來怎樣了？」

北一一本正經地詢問，喜多次卻像貓似地伸了個懶腰，甚至打了個哈欠，含糊帶過。

「這位自立門戶的文庫屋老闆，我沒你這麼閒。要是再不出門撿柴，我就無法及時趕回來燒洗澡水了。」

「我、我也有工作要忙。」

「自立門戶的文庫屋老闆，你在這種地方打混不好吧？小心紙被太陽曬到褪色，漿糊都乾掉了。」

雖然態度冷淡，但話聲並不冰冷。喜多次拉著空無一物的拖車走向大路，發出卡啦卡啦聲。

北一朝他背後喚道：

「喜多兄，我會再來找你。」

喜多次驚訝地轉過頭，望著北一。那沾滿煤灰的臉上，流下一道汗水。

「平時都是別人叫我『小北』，今天是我第一次這麼叫別人，眞是個好名字（註）。」

一度安靜無聲的夏季蟬鳴，又從四面八方湧現。

「我也要開始做生意了！」

北一不想輸給蟬鳴，朗聲說道。

（全文完）

註：日文中，喜多次的「喜多」和北一的「北」字同音，都是「きた」（kita），所以小北叫喜多，就像在叫自己一樣。

※涉及故事關鍵情節，未讀正文者請慎入

解說——陳栢青

神離開的那天

老大死去的那天，神離開了。

「如果老大在世，絕對不會發生這種事情。」接下來的故事中，這句台詞將像是莎士比亞戲劇裡幽靈徘徊於舞台上喃喃獨白似地迴繞整個大江戶。

這是《北一喜多捕物帖》的開場，人稱「老大」的捕快千吉離世，他身上具備那種古典捕物帖裡捕快的美好特質——重人情義理、有一顆好頭顱又有一腔熱肝膽，愛著人也被人們愛著，對世情曉暢卻總懷著一份通融，散漫卻自成章法，帶著手下呼嘯而過，逐一破解世間疑難——也似乎跟著老大離開而消失世間，當舞台上只剩下這些雜魚，這幾個不成器的，「老大沒有繼承人」，誰能把這個世界一如砝碼乍失的秤砣推回水平線呢？

一切堅固的都煙消雲散了。在《北一喜多捕物帖》中，老大的離開是秩序的毀壞，可以主持大局的人消失了。結構出現缺損，人們不知道如何修補系統上的缺憾，於是世間出現了種種不可解的事情，所謂的怪談、鬼故事。

行。

具體而言，老大不在了。從此以後，就是神不在的世界了。所以人心混沌。所以妖異橫

二〇二〇年在日本出版的《北一喜多捕物帖》有一個充滿象徵性的開場。尤其當作者是宮部美幸時。我們都知道，岡本綺堂的《半七捕物帳》對宮部美幸有多大的意義，每回小說家描述寫作的發端，一定不會漏掉這一段：「小說教室的講師對我說：『用功磨練可以晚點再開始，如果妳有想寫的東西，就先寫出來看看吧。』還有，『首先，讀讀看岡本綺堂的《半七捕物帳》如何？很有趣喔。』」，《半七捕物帳》成為開啓宮部美幸小說世界創世紀的第一章，也幾乎是《聖經》一樣的存在了，此後小說家總是反覆重讀。我讀到一篇出版社的書訊是，宮部美幸正是出於對「捕物帳」三個字的敬畏，才把《北一喜多捕物帖》書名取作「帖」。這樣聽起來，小說家心中有個神。如果我們再做點延伸，「補物帳」本身也是大神林立的世界，但在最初的神離開之後，作為時代小說中一個類型，這個系譜並沒有死，仍有眾多小說家們前仆後繼為此注入活水，所以，這個系統還可以如何發展？

《北一喜多捕物帖》（きたきた捕物帖）以書中角色北一和喜多次命名，取其兩個主人公名字都唸作「きた」，以日文念起來成疊字，聽著便覺颯爽不已。宮部美幸也有意引入同出版社所出版自身著作中的其他角色，例如北一所住長屋裡那位常被提及的「笙先生」，正是武士古橋笙之介，我們會在《落櫻繽紛》中發現他的活躍。而讀過《最初物語》的讀者會在喜多次介紹家族先祖時，想起小說裡那個神祕小攤販。

但《北一喜多捕物帖》提供的樂趣該不只是近距離見到一個宮部美幸宇宙的建立而已，我以爲《北一喜多捕物帖》更有野心，這一回，她對話的，還包括「捕物帖」這個系統本身。

＊

《北一喜多捕物帖》中有兩個小細節讓我細思極恐。一處是第三話〈沉默的保鏢〉中，長屋管理人富勘和負心漢乙次郎對質。富勘於會面時安排了兩次突襲，一是讓北一打前鋒，「這是已故的文庫屋千吉老大的頭號徒弟。」他這樣介紹北一給乙次郎聽。二是讓一群老大爺殿後，後者才是眞主力，這群短外罩上印有家紋和各自屋號的老先生們待在隔壁包廂，就等負心漢講完滿口漂亮話，把責任撇個一乾二淨時，便像舞台拉開簾幕那樣從隔間後登場，不動兵刃，沒有血光，甚至沒有對上一句話，死諸葛嚇走活仲達，老爺子完爆悍小夥，宮部美幸寫，稻田屋的乙次郎竟嚇得落荒而逃。

所以我就問，乙次郎在害怕什麼？

第二處細節，是小說第四話〈陰間新娘〉中，轉世新娘嚷再續前世情緣，夫人和北一談起這件事情。那你記得夫人一開口談的是什麼嗎？讓我引用一下：「凡事總有先後順序，就算那女子眞是阿菊轉世，偏偏選在對方要和繼室成婚那天不請自來，也太壞心了。」

這兩個橋段令我回味再三。《北一喜多捕物帖》裡富勘的人設便是懂人性的老狐狸。退治渣男，他抬出北一很合理，這是明著把捕快名號抬出來了，縱然連讀者如我們都知道渾不是那回事，北一根本不是老大接班人來著。但民不與官鬥，作爲公權力的執行者，光形容北一是「千吉老大的頭號徒弟」，便已是周星馳電影裡捕頭豹子頭總是跳出來先一聲亂吼，要「先嚇嚇他」。

但眞正鎭住這官也不怕渣男的，卻是一群老大爺。

我覺得這裡正是戲肉啊。宮部美幸會寫，在於她的人情練達。《北一喜多捕物帖》中活動的是俗民百姓，寫家常，道俚俗，肉都不是每天吃的，北一猜隔壁人家作醃製的小販以爲最滋補怕不是黃蘿蔔帶水肥大的那一端吧。這是時代繪卷的表面圖層，浮盪生活煙火味兒，小人兒在裡頭作雜耍串門子，撒歡耍潑滿地溜竄成一幅清明上河圖，但最好看是那驅策一整紙靜物動起來的原因，宮部美幸寫出時代的裡。話都說不出的乙次郎這一滋溜竄逃便包含千言萬語。那背後可不明白表示，這個世界裡另有一套運作體制，顯於外，是老頭子「短外罩上印有家紋和各自屋號」，他們或者是商場上話事的，或是各界賢達，是走跳社會「看我三分薄面」、「喊水會結凍」具有話語權的一群人。讀者讀到這該也感受到了，原來在「官─民」以明律嚴法作爲權威的統治力量之外，時代裡還有另一股力量在運作，它不是明文規定，你卻能從關係和應對進退中感覺。它沒有形體，可是整個社會貼著這套模式運行。你瞧那些老大爺怎麼說的：「只要我們開口說要拒絕和稻田屋往來，對那名花花公子就會起懲治的作用」、「他失去做人的信用，只要活著一天，就背負著這樣的恥辱」。稻田屋老闆甚至要和兒子切割，斷絕父子關係並四處道歉才能解決。

亦即，人間失格。原來人情與倫理的密度竟至於此。雖然這個詞彙最初不是這樣使用，但社交媒體時代確實很多人這樣形容這個情境：「社會性死亡」，拉門推開一刻，渣男撞見大老爺，但和讀者打一個照面的，其實是時代湧動人情禮法所構成的臉。乙次郎應該害怕，因爲他逾越了某種約定俗成人情的線，而且被可以啓動懲戒的人逮著了。讀者如我們也應該害怕，因爲那一刻，我們看見某些看不見。這個看不見的力量卻主宰一個人的生死。讓他活著，也像死了。社會性死亡。一個活著的鬼的誕生。

同樣的，比起轉世的眞/僞，〈陰間新娘〉中夫人對案件首次發表談話，她覺得最不得體的，是「怎麼會選在別人結婚的此刻呢？」，這背後意思可不是，就算你是眞轉世，是眞愛，但錯的不是愛，而是在錯的地方表達對的情感。

人會被社會性死亡，鬼就算轉世也要「社會性地活著」，不然也犯了錯。規矩很多，處處踩線，這是宮部美幸時代小說中所體現主導世界的另一股秩序。你甚至可以說，那就是裡世界的存在。這個裡世界不是幽冥，不是地府，而是約定俗成，是倫理綱常所驅動的義理世界，是「理」世界。你瞧作爲宮部美幸時代小說初始《本所深川不可思議草紙》，人和鬼同時奔馳月夜之下，靈異和現實本是可以共存的，但他們依然受到時代裡人情和義理的制肘。乙次郎被逐出就變成鬼。新娘就算是鬼轉世不能逃脫。

所以聰明人能藉由義理和社會性規範制裁他人，例如富勘以此痛打薄情郎。鋌而走險的人則藉此犯罪。畢竟和法律對決的是實打實的犯罪。但有些壞念頭就欺那於法無據，卻於理不合，有些惡行偏要驅動這一番由義理和社會潛規則的系統才能構成，那就是鬼故事的存在。你瞧瞧，談到人情與義理，〈雙六神隱〉中孩子消失若是因爲超自然的雙六遊戲，而不是強行離家，這個超自然的不合理不是反而讓離家合理多了嗎？甚至，越不合理，越合理。鬼故事、怪談提供一個人心的出口，慾念、恐懼、憤怒、渴求在此找到了藉口。它也提供一個窺探時代人情與義理的入口，我們反而是在這些乍看離人世最遠的超自然震動中，看到了一時一地人類社會形態中所能體現的互動，鬼故事反而讓人看到最眞的人。

*

那麼，誰能懂人情，知義理，又能摸清那個由人心中的暗礁，以及各種世俗倫理之眉角所投影出的陰影世界？宮部打造了又一個經典人物，松葉夫人。松葉目不能視物，卻比一般人能看到更多。她隔著一扇窗邊泡澡邊和北一推斷案情。夫人是克莉絲汀所創造的馬波小姐，或是傑佛瑞·迪佛筆下癱瘓只能躺在床上的神探林肯萊姆，那其實是一種極限的挑戰，更有限的資訊——無法偵探現場查案觸發偶然，而必須透過二手資訊進行歸納後推敲——松葉是江戶時代的安樂椅（當然江戶沒這東西）神探。北一稱之爲千里眼。

宮部美幸不甘於夫人只是一個推理的機器。她並非由邏輯的齒輪構成。夫人的成分是什麼？她是整整五口木箱的書（女侍說搬家時光書本就裝了五大木櫃，神似《莊子》中「五車書」的典故）。是以柴火所燒正熱的一浴缸熱水、是隨四季遞嬗的料理（「接下來的時節，只要吃了醋，便能消除疲勞。」夫人有很多食補理論），是大桶白米飯任你吃。那裡有書香，有巷議街談，有一種軟，溫熱，Q彈。很人間，展示夫人的面貌，自有其剛直，卻又不失柔軟。因為夫人要破解的人心也是如此。勢如洪流，不可阻扼，只能引導。沒有道理，所以才有道理。

夫人的破案多從人情出發。你可以說，這是補物帳之所以好看的地方。正因為那是一個科學與邏輯還沒形塑成系統的年代，理性之光還沒全面探入，人們依靠神，或者偶然破出雲層的神思、靈光（例如《北一喜多捕物帖》中的驗屍，「瘀痕形成在死前還是死後？」），捕快從自身歷練和對人情的觀察中得出的某種近乎直覺，但其實有其邏輯的答案。

而且我覺得夫人也不是扮演一名安樂椅神探這麼簡單，瞧瞧宮部美幸是怎麼塑造這人物的，「夫人雙目失明。幾乎足不出戶，成天都窩在屋內房間」、「對北一而言，夫人就像是雲端上的人。在老大的喪禮上也一樣，夫人不知道該說是像擺設，還是裝飾」。

說好聽是「雲端上的人」，但說穿了第一印象就是擺設、裝飾。那其實也就是眾多古典捕物帳裡女人的人設。宮部美幸讓江戶的女人活了起來，她首先不是老大的女人，夫人在這裡，不只是Wife，對讀者而言，更像一種尊稱。而她的洗澡推理，流動的水啊奔騰的思維，你何不解讀爲一種陰性思維呢？在《北一喜多捕物帖》中，男人死的死，小的小，老大掛了，神離開了。可故事不會結束，世界不會滅亡，因爲，夫人在呢，女神還在，一直在，搞不好女神才是一切的支柱。

那麼，面對這個秩序開始崩壞的世界，夫人想到的作法是什麼呢？這就是宮部美幸在《北一喜多捕物帖》中火力全開的地方。「狐狸或狸貓不會殺人，只有人才會，而且背後一定有目的。」小說中夫人明確說出她的判斷來。同樣的問題還可見於第一話〈河豚和笑福面〉，「夫人，您相信詛咒或作祟嗎？」北一這樣詢問夫人，而夫人怎麼回答呢？「我相不相信不重要，重要的是那一家人和『福富屋』的人相信。」

有沒有鬼，是不是超自然不是眞正的重點。第一話中「笑福面」的詛咒是眞的或假的又如何？搞不好有詛咒更好呢，因爲只要按照詛咒，拼湊面具並安撫其上亡靈就能退治了——於是第一話成爲整個系列捕物系統的隱喩——所謂的推理，其實就是拼湊事件的五官。把散落的表情拼湊好。但是更爲重要的，是接著說出的話語，在第一話中人們逐一讚美「笑福面」：「噢，眞美啊。」、「眞是大美人」，這些話語乍看無用，其實最重要。因爲述說這些話語，其實就是完成整個詛咒的儀式。完成儀式，才能讓人安心。而「安心」才是關鍵。那是一種鎭魂。鎭住的不只是面具上的鬼，還有這鬼故事牽動的人。

這裡才是宮部小說流的醍醐味兒。我們以知道答案爲樂。但宮部美幸筆下的案件，往往以安心爲要。她想解決的問題更多。知道眞相並沒有用。如何安人心才是最要緊的。她平息的是人心底的騷動。亦即，回到人情與義理的那一面，卻不被那層網羅束縛著，反而順藤摸瓜更往源頭追——是什麼牽動這一切，那比髮絲還細、像黑暗中一道微光的源頭出自哪裡？

*

松葉夫人在小說中還扮演另一個角色，我想那是某種意義上的母親。她讓北一來家裡用餐，跟他談天，陪伴他長大，代替父母引導他走向一條能自強的坦途。

而我眞正想說的是，這也正是《北一喜多捕物帖》的另一個突破。它同時是本成長小說。

「他還是個孩子啊。」眞想用表情包這樣TAG小說主人公之一的北一。北一也才十六歲，他羽翼未豐，毛都還沒長齊呢，用小說裡的話說，就是「這孩子天生頭髮稀疏」。夫人在第四話鼓勵北一的那一刻，對他說「你的頭髮終於長齊，以後別再當別人練習剃頭的對象了。」像是一次成長儀式，今後你要更往前飛。

人們提議要北一接手老大的位置，北一搖手說「不」。喜多次要北一救富勘領功，做苦工救人的部分由喜多次來做便好了，北一也拒絕。按照過往小說套路，主人翁早就誤打誤撞或著因爲他人成全而上了高位，眞接了捕快或被人認爲是老大繼承人。但宮部美幸反而不這樣寫，是故意想拖戲嗎？是七龍珠裡那美克星要爆炸了，我們還有六集可以跑？

不，我以爲連這一點，宮部美幸都是有意的，北一不只是個孩子，他還是這一代的孩子，富勘對北一說：「你沒有欲望嗎？」對應現代，那不就是草食男、佛性男子的誕生？捕物帖有它的時代。但在那個時代裡，宮部美幸放入超越時代的物事。那就是主人公了。分明是這樣一個現代性格的孩子，茫然，無欲，卻處在神離去的古典時代中，前無路後無靠，他該去哪裡呢？《北一喜多捕物帖》正見證孩子的成長。

事實上整本小說到處挖坑，充滿變成系列作的發展性。看看那第三話才冒出來的喜多次，所以喜多次的父母是誰？他爲何流落於此？他的背景是什麼？烏天狗印記背後有什麼故事？又說回北一，他開始長大了，但也有長大的煩惱，他有了不能跟夫人分享的小祕密（關於喜多次的存在），他的未來該走上哪條路？（接任捕快？還是販售文庫？）《北一喜多捕物帖》要塡的坑可多著呢。

北一販賣文庫。所謂「文庫」是「厚紙製成的箱子」，用來裝東西。你不妨把此延伸爲象徵。這個我們稱之爲「帖」的小說系統，其實本身也就是一個箱子。正因爲是箱子，可以不停放入各種各樣的物事，也就是擺入各種各樣的故事。而這個箱子，以捕快十手上的朱纓爲名：「朱纓文庫」，其實就是「捕物帖」的借代稱呼。小說家在自己的小說中把故事變成箱子，在書外則把箱子變成了書，後設了一切，當故事變成箱子，那就意味它可以重新被裝置。從此以後，這個箱子還可以放入各種東西。它依然擁有豐富的可能性。

原來不只書中主人公在成長，猶然在長大的，還有捕物帖，甚至是時代小說這個系譜本身。

神離開以後，就是人的世代了。但一切仍然大有可爲呢。

作者簡介

陳栢青

一九八三年台中生。台灣大學台灣文學研究所畢業。出版有長篇小說《尖叫連線》、散文集《Mr. Adult 大人先生》。另曾以筆名葉覆鹿出版小說《小城市》。

宮部美幸

作品集 / 75
Miyabe Miyuki

北一喜多捕物帖

國家圖書館出版品預行編目資料

北一喜多捕物帖 / 宮部美幸著；高詹燦譯. - 初版.- 臺北市：獨步文化，城邦文化事業股份有限公司出版：英屬蓋曼群島商家庭傳媒股份有限公司城邦分公司發行, 民 111.01
面； 公分. --（宮部美幸作品集：75）
譯自：きたきた捕物帖
ISBN 978-626-7073-05-6（平裝）
9786267073070（EPUB）
861.57　　110017998

原著書名 / きたきた捕物帖・作者 / 宮部美幸・翻譯 / 高詹燦・責任編輯 / 陳盈竹・行銷業務部 / 徐慧芬、陳紫晴・編輯總監 / 劉麗眞・總經理 / 陳逸瑛・榮譽社長 / 詹宏志・發行人 / 凃玉雲・出版 / 獨步文化 城邦文化事業股份有限公司 台北市中山區104民生東路二段141 號5 樓 電話 / (02) 2500-7696 傳眞 / (02) 2500-1966; 2500-1967・發行 / 英屬蓋曼群島商家庭傳媒股份有限公司城邦分公司 台北市中山區民生東路二段 141 號 11 樓・讀者服務專線 / (02)2500-7718; 2500-7719・服務時間 / 週一至週五：09：30-12：00、13：30-17：00・24小時傳眞服務 / (02)2500-1990; 2500-1991・讀者服務信箱 e-mail / service@readingclub.com.tw・劃撥帳號 / 19863813 書虫股份有限公司・香港發行所 / 城邦（香港）出版集團有限公司 香港灣仔駱克道 193 號東超商業中心 1 樓 / (852) 25086231 傳眞 / (852) 25789337 E-mail / hkcite@biznetvigator.com 馬新發行所 / 城邦（馬新）出版集團 Cite (M) Sdn. Bhd. 41, Jalan Radin Anum, Bandar Baru Sri Petaling,57000 Kuala Lumpur, Malaysia. 電話 / (603) 90578822 傳眞 / (603) 90576622・封面插畫 / 三木謙次・封面設計 / 蕭旭芳・排版 / 游淑萍・印刷 / 中原造像股份有限公司・2022 年1月初版・2023 年11月22日初版四刷・定價 / 450 元
Printed in Taiwan　ISBN 9786267073056（平裝）9786267073070（EPUB）

城邦讀書花園
www.cite.com.tw

獨步文化
APEX PRESS

廣　告　回　函
北區郵政管理登記證
台北廣字第000791號
郵資已付，免貼郵票

104台北市民生東路二段 141 號 2 樓

英屬蓋曼群島商家庭傳媒股份有限公司

城邦分公司

請沿虛線對摺，謝謝！

獨步文化
APEX PRESS

書號：1UA075　**書名**：北一喜多捕物帖　**編碼**：

請於此處用膠水黏貼

獨步文化 APEX PRESS

讀者回函卡

謝謝您購買我們出版的書籍！

請費心填寫此回函卡，我們將不定期寄上城邦集團最新的出版訊息。

姓名：________________________ 性別：□男 □女

生日：西元__________年__________月__________日

地址：____

聯絡電話：____________________ 傳真：__________________

E-mail：______________________________________

學歷：□1.小學 □2.國中 □3.高中 □4.大專 □5.研究所以上

職業：□1.學生 □2.軍公教 □3.服務 □4.金融 □5.製造 □6.資訊

□7.傳播 □8.自由業 □9.農漁牧 □10.家管 □11.退休

□12.其他________________________________

您從何種方式得知本書消息？

□1.書店 □2.網路 □3.報紙 □4.雜誌 □5.廣播 □6.電視

□7.親友推薦 □8.其他____________________________

您通常以何種方式購書？

□1.書店 □2.網路 □3.傳真訂購 □4.郵局劃撥 □5.其他

您喜歡閱讀哪些類別的書籍？

□1.財經商業 □2.自然科學 □3.歷史 □4.法律 □5.文學

□6.休閒旅遊 □7.小說 □8.人物傳記 □9.生活、勵志 □10.其他

對我們的建議：____

____

____

為提供訂購、行銷、客戶管理或其他合於營業登記項目或章程所定業務需要之目的，家庭傳媒集團（即英屬蓋曼群島商家庭傳媒股份有限公司城邦分公司、城邦文化事業股份有限公司、書虫股份有限公司、墨刻出版股份有限公司、城邦原創股份有限公司），於本集團之營運期間及地區內，將以mail、傳真、電話、簡訊、郵寄或其他公告方式利用您提供之資料（資料類別：C001、C002、C003、C011等）。利用對象除本集團外，亦可能包括相關服務的協力機構。如您有依個資法第三條或其他需服務之處，得洽詢本公司服務信箱cite_apexpress@cite.com.tw請求協助。相關資料不提供亦不影響您的權益。

□我已詳讀權利義務之相關條款，並同意遵守。

請於此處用膠水黏貼